Abril rojo

Seix Barral Biblioteca Breve

Santiago Roncagliolo
Abril rojo

A Rosa,
porque yo soy
de donde tú estés

Observe la orgía de corrupción que satura el país;
el hambre que aniquila a unos y el hartazgo
que hace reventar a otros;
converse con la gente de a pie,
observe a la de caballo...
Así se explicará esa violencia...
Y si no quiere explicaciones actuales,
relea el Evangelio de Mateo (21:12-13)
y hallará la explicación milenaria de una ira que
muchos hombres del mundo juzgan santa.

EFRAÍN MOROTE, rector de la Universidad
Nacional San Cristóbal de Huamanga

Nosotros somos gentes pletóricas de fe...
En la Cuarta Sesión Plenaria prometimos
enfrentar el baño de sangre...
Los hijos del pueblo no han muerto, en nosotros
viven y palpitan en nosotros.

ABIMAEL GUZMÁN, líder de Sendero Luminoso

La guerra es santa, su institución es divina
y una de las sagradas leyes del mundo.
Mantiene en los hombres
todos los grandes sentimientos,
como el honor, el desinterés, la virtud y el valor,
y en una palabra le impide caer
en el más repugnante materialismo.

HELMUTH VON MOLTKE, citado en el folleto
senderista *Sobre la Guerra: proverbios y citas*

Jueves 9 de marzo

Con fecha miércoles 8 de marzo de 2000, en circunstancias en que transitaba por las inmediaciones de su domicilio en la localidad de Quinua, Justino Mayta Carazo (31) encontró un cadáver.

Según ha manifestado ante las autoridades competentes, el declarante llevaba tres días en el carnaval del referido asentamiento, donde había participado en el baile del pueblo. Debido a esa contingencia, afirma no recordar dónde se hallaba la noche anterior ni ninguna de las dos precedentes, en las que refirió haber libado grandes cantidades de bebidas espirituosas. Esa versión no ha podido ser ratificada por ninguno de los 1576 vecinos del pueblo, que dan fe de haberse encontrado asimismo en el referido estado etílico durante las anteriores 72 horas con ocasión de dicha festividad.

Durante el amanecer del 8, el susodicho Justino Mayta Carazo (31) declara haberse apersonado a la plaza del pueblo conjuntamente con Manuelcha Pachas Ispijuy (28) y Deolindo Páucar Quispe (32), quienes no lo han podido corroborar. A continuación, según manifiesta el declarante, tomó conciencia de sus obligaciones laborales para con la bodega Mi Perú en la que cumple funciones de vendedor. Se levantó y se dirigió al citado emplazamiento, con el inconveniente de que a la mitad de camino fue víctima de un repentino ataque de agotamiento y decidió volver a su domicilio a gozar de un merecido reposo.

Antes de llegar a su puerta, el ataque se agravó, ingresando el susodicho en el domicilio de su vecino Nemesio Limanta Huamán (41) para descansar antes de retomar los quince metros faltantes hasta la puerta de su domicilio. Según afirma, al ingresar al inmueble no notó nada sospechoso ni encontró a nadies y se dirigió a través del patio directamente al pajar, donde se recostó. Manifiesta haber pasado ahí las siguientes seis horas solo. Nemesio Limanta Huamán (41) ha refutado su versión afirmando que a las doce horas sorprendió abandonando el pajar a la joven Teófila Centeno de Páucar (23), esposa de Deolindo Páucar Quispe (32) y dotada, según testigos, de unas considerables postrimerías y un apetito carnal muy despierto, lo cual ha sido prácticamente desmentido tanto por su cónyuge como por el susodicho declarante Justino Mayta Carazo (31).

Una hora después, a las trece horas, en circunstancias en que estiraba los brazos para despertarse, el declarante manifiesta haber tocado un cuerpo áspero y rígido oculto a medias entre la paja. En la creencia de que podría tratarse de una caja de dinero oculta propiedad del propietario del inmueble, el declarante decidió proceder a su exhumación. La Fiscalía Distrital Adjunta ha procedido oportunamente a amonestar al declarante por sus manifiestas malas intenciones, a lo que Justino Mayta Carazo (31) ha respondido con muestras de genuino arrepentimiento declarando que procedería a confesarse con el sacerdote Julián González Casquignán (65), párroco de la citada localidad.

Aproximadamente a las trece horas con diez minutos, el susodicho declarante consideró que el objeto era demasiado grande para constituir una caja, asemejando más bien un tronco quemado, negro y pegajoso. Procedió a retirar las últimas briznas de paja que lo cubrían, encontrando una superficie irregular perforada por diversos agujeros. Descubrió, según refiere, que uno de esos agujeros constituía una boca llena de dientes negros, y que en la prolongación del cuerpo quedaban aún retazos de la tela de una camisa, igualmente calcinada y confundida con la piel y las cenizas de un cuerpo deformado por el fuego.

Aproximadamente a las trece horas con quince minutos, los gritos de terror de Justino Mayta Carazo (31) despertaron a los otros 1575 vecinos de la localidad.

Y para que así conste en acta, lo firma, a 9 de marzo de 2000, en la provincia de Huamanga,

Félix Chacaltana Saldívar
Fiscal Distrital Adjunto

El fiscal Chacaltana puso el punto final con una mueca de duda en los labios. Volvió a leerlo, borró una tilde y agregó una coma con tinta negra. Ahora sí. Era un buen informe. Seguía todos los procedimientos reglamentarios, elegía sus verbos con precisión y no caía en la chúcara adjetivación habitual de los textos legales. Evitaba las palabras con ñ —porque su Olivetti del 75 había perdido la ñ— pero conocía suficientes palabras para no necesitarla. Podía escribir «cónyuge» en lugar de «señor esposo», o «amanecer» en lugar de «mañana». Se repitió satisfecho que, en su corazón de hombre de leyes, había un poeta pugnando por salir.

Sacó las hojas del rodillo, guardó el papel carbón para futuros documentos e introdujo cada copia del acta en su respectivo sobre: una para el archivo, una para el juzgado penal, una para el expediente y una para el comando de la región militar. Le faltaba adjuntar el informe forense. Antes de ir a la comisaría, escribió una vez más —como todas las mañanas— su solicitud de envío de material para recibir una nueva máquina de escribir, dos lápices y una resma de papel carbón. Ya había mandado treinta y seis solicitudes y guardaba los cargos firmados de todas. No quería ponerse agresivo pero, si el material no le llegaba rápido, podría iniciar un procedimiento administrativo para exigirlo con más contundencia.

Después de llevar personalmente su solicitud y hacer firmar el cargo, salió a la Plaza de Armas. Los altavoces colocados en las cuatro esquinas de la plaza difundían la vida y obra de los ayacuchanos ilustres como parte de la campaña del Ministerio de la Presidencia para insuflar valores patrios a la provincia: don Benigno Huaranga Céspedes, insigne doctor ayacuchano, estudió en la Universidad Nacional Mayor de San Marcos y dedicó su vida a la sabia ciencia médica en la que cosechó diversos elogios y honores varios. Don Pascual Espinoza Chamochumbi, conspicuo abogado huantino, se distinguió por su vocación de ayuda a la provincia, a la que legó un busto del libertador Bolívar. Para el fiscal distrital adjunto Félix Chacaltana Saldívar, esas vidas solemnemente declamadas en la Plaza de Armas eran modelos a seguir, ejemplos de la capacidad de su pueblo para salir adelante a pesar de las penurias. Se preguntó si algún día, en mérito a su infatigable labor en pro de la justicia, su nombre merecería ser repetido por esos altavoces.

Se acercó a una carretilla de periódicos y pidió el diario *El Comercio*. El vendedor dijo que la edición del día no había llegado a Ayacucho, pero tenía la del día anterior. Chacaltana la compró. Nada puede cambiar mucho de un día para otro, pensó, todos los días son básicamente iguales. Luego siguió su camino hacia la comisaría.

Mientras andaba, el cadáver de Quinua le produjo una vaga mezcla de orgullo e inquietud. Era su primer occiso en el año que llevaba desde su regreso a Ayacucho. Era un síntoma de progreso. Hasta ese momento, cualquier caso de muerte había ido directamente a la Justicia Militar, por razones de seguridad. La fiscalía solo recibía peleas de borrachos o maltratos domésticos, a lo más alguna violación, frecuentemente de un esposo a su esposa.

El fiscal Chacaltana veía ahí un problema de tipificación del delito y, de hecho, había remitido al juzgado penal de Huamanga un escrito al respecto, que aún no había recibido respuesta. Según él, esas prácticas, dentro de un matrimonio legal, no se podían llamar violaciones. Los esposos no violan a sus esposas: les cumplen. Pero el fiscal Félix Chacaltana Saldívar, que comprendía la debilidad humana, normalmente abría un acta de conciliación para amistar a las partes y comprometía al esposo a cumplir su deber viril sin producir lesiones de cualquier grado. El fiscal se acordó de su exesposa Cecilia. Ella nunca se había quejado, al menos de eso. El fiscal la había tratado con respeto, apenas la había tocado. Ella se habría quedado boquiabierta de ver la envergadura del caso del cadáver. Lo habría admirado, por una vez.

En la recepción de la comisaría, un solitario sargento leía un periódico deportivo. El fiscal distrital adjunto Félix Chacaltana Saldívar se adelantó con pasos sonoros y se aclaró la garganta.

—Busco al capitán Pacheco.

El sargento levantó una mirada aburrida. Mascaba un palito de fósforos.

—¿El capitán Pacheco?

—Afirmativo. Tenemos que hacer una diligencia de la mayor trascendencia.

El fiscal se identificó. El sargento pareció incómodo. Miró hacia un lado. Al fiscal le pareció ver a alguien, la sombra de alguien. Quizá se equivocaba. El sargento anotó los datos del fiscal y luego salió de la recepción llevando el papel. El fiscal oyó su voz mezclarse con otra en la habitación de al lado, sin poder distinguir lo que decían. De todos modos, trató de no oír. Eso habría constituido violación de comunicación institucional. El sargento volvió ocho minutos después.

—Es que... hoy es jueves, doctor. Los jueves, el capitán solo viene por la tarde... Si viene... porque tiene que hacer varias diligencias él también...

—Pero es que el procedimiento ordena que vayamos juntos a recoger el peritaje del reciente occiso... y quedamos en que...

—... y mañana es un día complicado también, doctor, porque nos han convocado a desfile el domingo y hay que preparar lo que son los preparativos.

El fiscal trató de ofrecer un argumento contundente:

—... Es que... el fenecido no puede esperar...

—Ese ya no espera nada, doctor. Pero no se preocupe que yo le voy a transmitir al capitán que usted se ha apersonado en nuestras dependencias por el occiso correspondiente.

Sin saber bien cómo, el fiscal distrital adjunto se fue dejando arrastrar por las palabras del subordinado hasta la salida. Quiso responder, pero ya era tarde para hablar. Estaba en la calle. Sacó el pañuelo de su bolsillo y se secó el sudor. No sabía bien qué hacer, si saltarse el procedimiento o esperar al capitán. Pero esperar hasta el lunes era demasiado. Le iban a reclamar su informe con puntualidad. Iría solo. Y tramitaría una queja ante la Administración General de la Policía, con copia a la Fiscalía Provincial.

Pensó de nuevo en el cadáver, y eso le recordó a su madre. No había ido a verla. Tendría que pasar por su casa volviendo del hospital, para ver si estaba bien. Atravesó la ciudad en quince minutos, entró en el Hospital Militar y buscó el pabellón de quemados o la morgue. Se desorientó entre los lisiados, golpeados y sufrientes. Decidió preguntarle a una enfermera que acababa de despachar a dos ancianos con actitud de autoridad competente.

—¿El doctor Faustino Posadas, por favor?

La enfermera lo miró con desprecio. El fiscal distrital adjunto Félix Chacaltana Saldívar se preguntó si sería necesario sacar a relucir su cargo. La enfermera entró en una oficina y volvió a salir cinco minutos después.

—El doctor ha salido. Siéntese a esperarlo.

—S... solo vengo a buscar un papel. Requiero de un informe pericial forense.

—Yo mayormente desconozco del tema. Pero siéntese, por favor.

—Soy el fiscal distri...

Era inútil. La enfermera había salido a contener a una mujer que gritaba de dolor. No estaba herida. Solo gritaba de dolor. El fiscal se sentó entre una anciana mamacha que lloraba en quechua y un policía con un corte en la mano que goteaba sangre. Abrió su periódico. El titular anunciaba un plan de fraude del Gobierno para las elecciones de abril. Empezó a leer con disgusto, pensando que esas sospechas se debían denunciar al Ministerio Público para su pertinente aclaración antes de publicarse en la prensa causando lamentables malentendidos.

Al pasar la página, le pareció que el recluta de la entrada lo observaba. No. Ya no. Había desviado la mirada. Quizá ni siquiera lo había mirado. Siguió leyendo. Cada seis minutos aproximadamente, una enfermera surgía de una puerta y llamaba a alguna de las personas de la sala, un hombre sin brazos o un niño con polio que abandonaba su puesto entre gemidos de dolor y suspiros de alivio. A la tercera página, el fiscal sintió que el policía de al lado trataba de leer sobre su hombro. Cuando se volvió, el policía se miraba la herida, absorto. Chacaltana cerró el periódico y lo dejó sobre sus piernas, tamborileando con los dedos sobre el papel para entretener la espera.

El doctor Posadas no llegaba. El fiscal quiso decirle algo a la enfermera pero no supo qué decir. Levantó la vista. Frente a él, una joven sollozaba. Tenía la cara magullada, roja, y un ojo completamente hinchado. Apoyaba su rostro maltrecho en el hombro de su madre. Parecía soltera.

Chacaltana se preguntó qué hacer con las solteras violadas en el ordenamiento jurídico. Al principio, había pedido prisión para los violadores, conforme a la ley. Pero las perjudicadas protestaban: si el agresor iba preso, la agredida no podía casarse con él para restituir su honra perdida. Se imponía, pues, la necesidad de reformar el código penal. Satisfecho por su razonamiento, el fiscal decidió enviar al juzgado penal de Huamanga otro escrito al respecto, adjuntando un oficio de exhortación a dar una respuesta al primero. Una voz chillona con acento norteño lo sacó de sus cavilaciones:

—¿El fiscal Chacaltana?

Un hombre bajito y de lentes, mal afeitado y con el pelo grasiento, comía un chocolate a su lado. Su bata médica estaba manchada de mostaza, salsa criolla y una cosa marrón, pero mantenía los hombros limpios para disimular en su blancura la caspa que nevaba de su cabeza.

—Soy Faustino Posadas, médico legista.

Le extendió una mano manchada de chocolate, que el fiscal estrechó. Luego lo llevó por un pasadizo oscuro lleno de dolores. Algunas personas se le acercaban gimiendo, pidiendo ayuda, pero el médico las derivaba con un gesto a la primera sala, con la enfermera, por favor, yo solo veo muertos.

—No lo había visto antes —dijo el médico mientras entraban en un pabellón nuevo, con otra sala de espera—. ¿Usted es de Lima?

—Soy ayacuchano, pero viví en Lima desde que era guagüita. Me trasladaron hace un año.

El forense se rio.

—¿De Lima a Ayacucho? Debe haberse portado mal, señor Chacaltana... —Luego carraspeó—. Si... me permite que lo diga.

El fiscal distrital adjunto nunca se había portado mal. No había hecho nada malo, no había hecho nada bueno, nunca había hecho nada que no estuviese estipulado en los estatutos de su institución.

—Yo pedí mi traslado. Mi señora madre está aquí y yo no había venido en veinte años. Pero ahora que no hay terrorismo, todo está tranquilo, ¿no?

El forense se detuvo ante una puerta frente a una sala llena de parturientas en el ala de obstetricia. Cambió de mano su chocolate y sacó una llave del bolsillo.

—Tranquilo, claro.

Abrió la puerta y entraron. Posadas encendió las luces de neón blancas, que parpadearon un rato antes de terminar de encenderse. Uno de los focos siguió temblando intermitentemente. En la oficina había una mesa cubierta con una sábana. Y bajo la sábana un bulto. Chacaltana se sobresaltó. Rogó al cielo que fuese solo una mesa.

—Yo... solo vine a recepcionar el documento corresp...

—El acta, sí.

El doctor Posadas cerró la puerta y se acercó a un escritorio. Empezó a revolver entre los papeles.

—Pensé que estaría por acá... Un momento, por favor...

Siguió revolviendo. Chacaltana no podía quitar la mirada de la sábana. El médico lo notó. Preguntó:

—¿Lo ha visto?

—¡No! Yo... recogí la declaración de los agentes a cargo.

—¿Los policías? Ni lo vieron.

—¿Cómo?

—Le ordenaron al dueño del local que guardase el cuerpo en una bolsa antes de entrar. No sé qué puedan haber dicho.

—Ah.

Posadas dejó por un momento de revolver entre sus papeles. Se volvió hacia el fiscal.

—Debería verlo.

Chacaltana pensó que la diligencia se estaba prolongando demasiado.

—Yo solo necesito el inf...

Pero el médico se acercó a la mesa y quitó el velo. El cuerpo carbonizado los miró. Tenía, en efecto, los dientes apretados, pero en poco más de ese bulto negro se podía reconocer un origen humano. No olía a muerto. Olía como las lámparas de keroseno. La luz parpadeó.

—No nos han dejado gran cosa para trabajar. ¿Ah? —Sonrió Posadas.

Chacaltana volvió a acordarse de ir a ver a su madre. Trató de recuperar la concentración. Se secó el sudor. No era el mismo sudor de antes. Era frío.

—¿Por qué lo tienen en obstetricia?

—Falta de espacio. Además, da igual. La morgue ya no tiene congelador. Se fundió con los apagones.

—Los apagones acabaron hace años.

—No en nuestra morgue.

Posadas volvió a su escritorio con sus papeles. Chacaltana dio una vuelta alrededor de la mesa tratando de mirar hacia otra parte. La incineración era irregular. Aunque la cara mantenía ciertos rasgos de cara, las dos piernas se habían convertido en una única prolongación oscura. Del lado que quedaba hacia arriba emergían unas protuberancias retorcidas, como ramas de un arbusto fosilizado.

Chacaltana sintió una arcada pero trató de disimular un acto tan poco profesional. Posadas fijó en él dos ojitos achinados y desconfiados, como de rata.

—¿Usted va a llevar la investigación? ¿Y los cachacos?

—Los señores de las Fuerzas Armadas —corrigió el fiscal— no tienen por qué intervenir. Este caso no corresponde al fuero militar.

Posadas pareció sorprendido de oírlo. Dijo secamente:

—Todos los casos corresponden al fuero militar.

Había algo de desafío en el tono de Posadas. Chacaltana trató de hacer valer su autoridad.

—Falta efectuar las verificaciones del caso. Técnicamente, aún podría incluso tratarse de un accidente...

—¿Accidente?

Dejó escapar una carcajada seca que lo hizo toser y miró al cadáver, como para compartir la broma con él. Tiró al suelo el envoltorio del chocolate y sacó un paquete de cigarrillos. Le ofreció uno al fiscal, que lo rechazó con un gesto. El forense encendió uno, expulsó el humo con otra tos y dijo con tono serio:

—Varón entre cuarenta y cincuenta años, según parece. Blanco, por lo menos blanquiñoso. Hace dos días era más alto.

El fiscal distrital adjunto se sintió en la obligación de mostrar frialdad profesional. Sintió frío. Temblorosamente dijo:

—¿Alguna... pista sobre la identidad del occiso?

—No quedan ni marcas físicas ni efectos personales. Si llevaba el DNI, debe estar por ahí adentro.

Chacaltana observó el cuerpo, que parecía deshacerse al mirarlo. Una pasta negra se le impregnó en la memoria.

—¿Por qué descarta usted el accidente?

Posadas parecía esperar la pregunta con orgullo indulgente, como un profesor ante el niño tonto de la clase. Abandonó el escritorio, tomó posición a un lado de la mesa y comenzó a exponer mientras señalaba varias partes del cuerpo:

—Primero lo rociaron con keroseno y lo encendieron. Hay restos de combustible por todo el cuerpo...

—Podría haber perecido en un incendio. Alguien tuvo miedo de denunciarlo y escondió el cuerpo. Los campesinos suelen temer que la policía...

—Pero no les bastó con eso —continuó Posadas, al parecer sin oírlo—. Lo quemaron más.

Dejó que el silencio diese un efecto más dramático a sus palabras. Su mirada de rata esperaba la pregunta de Chacaltana:

—¿Cómo que más?

—Nadie queda así solo porque le hayan prendido fuego, señor fiscal. Los tejidos resisten. Mucha gente sobrevive incluso a quemaduras totales con combustible. Accidentes de carretera, incendios forestales... Pero esto...

Aspiró el humo y lo expulsó sobre la mesa, a la altura del rostro negro. Parecía fumar él, ahí echado. La luz parpadeó. El médico concluyó:

—Nunca había visto a nadie tan carbonizado. Nunca había visto nada tan carbonizado.

Volvió a sus papeles sin tapar al occiso. Bajo una lámpara estaba el informe que buscaba. Se lo pasó al fiscal. Tenía algunas manchas de chocolate en una esquina de la hoja. Chacaltana le dio un rápido vistazo y constató que faltaban tres copias, pero pensó que podría sacarlas él mismo, no sería una falta grave. Hizo un gesto de despedida. Quería salir rápido de ahí.

—Hay algo más —lo detuvo el forense—. ¿Ve esto? ¿Estas puntas como garras en el costado? Son los dedos. Se retuercen así por efecto del calor. Solo están de un lado. De hecho, si se fija usted bien, el cuerpo está como desequilibrado. Es difícil notarlo a primera vista en este estado, pero a este hombre le faltaba un brazo.

—Un manco.

Chacaltana guardó el papel en su portafolio y lo cerró.

—No. No era manco. Al menos no hasta el martes. Hay residuos de sangre alrededor del hombro.

—¿Se había herido, quizá?

—Señor fiscal, le quitaron el brazo derecho. Se lo arrancaron de cuajo o lo cortaron con un hacha, quizá lo serrucharon. Atravesaron el hueso y la carne de un lado a otro. Eso tampoco es fácil. Es como si lo hubiera atacado un dragón.

Era verdad. La parte que correspondía al hombro parecía hundida, como si ahí ya no hubiese una articulación, como si ya no hubiese nada que articular. Chacaltana se preguntó cómo lo habrían hecho. Luego prefirió no preguntárselo más. La luz parpadeó de nuevo. El fiscal rompió el silencio:

—Bueno, supongo que todo eso está registrado en el informe...

—Todo. Inclusive lo de la frente. ¿Ha visto su frente?

Chacaltana trató de preguntar algo para no ver la frente. Trató de pensar en algún tema. El médico no le quitaba los ojos de encima. Finalmente, mintió:

—Sí.

—Su cabeza parece haber estado más alejada de la fuente de calor, pero no por descuido. Después de quemarlo, el asesino le marcó una cruz en la frente con un cuchillo muy grande, quizá de carnicero.

—Muy interesante...

Chacaltana sintió un vahído. Pensó que era hora de irse. Quiso despedirse con un gesto profesional, decoroso:

—Una última pregunta, doctor Posadas. ¿Dónde se podría incinerar un cuerpo hasta tal grado? ¿En un horno de pan..., en una explosión de gas?

Posadas tiró al suelo el cigarrillo. Lo pisó y tapó el cuerpo. Luego sacó otro chocolate. Le dio un mordisco antes de responder:

—En el infierno, señor fiscal.

a veces ablo con ellos. siempre.

me recuerdan. y yo los recuerdo porque fui uno de hellos.

aun lo soy.

pero ahora ablan más. me buscan. me piden cosas. pasan su lengua caliente por mis orejas. quieren tocarme. me lastiman.

es una señal.

es el momento. sí. está llegando.

vamos a hincendiar el tiempo y el fuego creará un mundo nuevo.

un nuevo tiempo para ellos. para nosotros.

para todos.

El fiscal distrital adjunto Félix Chacaltana Saldívar abandonó el hospital sintiéndose descompuesto. Estaba pálido. Terroristas, pensó. Solo ellos eran capaces de algo así. Habían vuelto. No sabía cómo dar la alarma, ni si debía darla. Se secó el sudor con el pañuelo que le había dado su madre. El muerto. Su madre. No podía ir a verla así. Tenía que tranquilizarse.

Caminó a la deriva. Por reacción automática, volvió a la Plaza de Armas. La imagen del cuerpo carbonizado parpadeaba en su mente. Necesitaba sentarse y tomar algo. Sí. Eso sería lo mejor. Se acercó a su restaurante de siempre, El Huamanguino, para tomar un mate. Entró. En una esquina, un televisor transmitía una copia pirata en blanco y negro de *Titanic*. Tras el mostrador había una chica de unos veinte años. Ni siquiera la vio. Era bonita. Él se sentó.

—¿Qué se va servir? —dijo ella.

—¿Dónde está Luis?

Ella pareció ofendida por la pregunta.

—Luis ya no trabaja acá. Ahora estoy yo. Pero no soy tan terrible.

El fiscal comprendió que había metido la pata. Trató de disculparse, pero no salían muchas palabras de su boca en ese momento.

—Un matecito, por favor. —Fue todo lo que logró decir.

Ella se rio. Tenía una sonrisa blanca y menuda, tímida.

—Es hora del almuerzo —dijo—. Las mesas son para almorzar. Tiene que comer algo.

El fiscal miró las otras cuatro mesas. El local estaba vacío. Echó de menos a Luis.

—Entonces tráigame un... una...

—La trucha está muy buena.

—Una trucha. Y un matecito, por favor.

La chica entró en la cocina. No usaba prendas de índole llamativa. Parecía sencilla con su *jean* y sus zapatillas Lobo. Llevaba el pelo recogido en una trenza. El fiscal pensó que, quizá, después de todo, el occiso era un caso para el fuero militar. Él no quería interferir en la lucha antiterrorista. Los militares la habían organizado. La conocían mejor. Miró su reloj. No debía tardar mucho. Su madre lo esperaba. La chica se demoró quince minutos y salió con una trucha frita y dos medias papas en un plato. En la otra mano llevaba la taza de mate. Sirvió todo con amabilidad, casi con primor. El fiscal miró la trucha. Parecía observarlo desde el plato, toda chamuscada. La separó por la mitad. Uno de los lados le pareció un ala abriéndose, un brazo. La soltó. Trató de beber un poco de mate. Apartó las hojas de coca de la superficie con la cuchara y se llevó la taza humeante a los labios. Se quemó. Dejó la taza rápidamente sobre la mesa. De repente, tenía mucho calor. Detrás de él, sonó una risa dulce.

—Tiene que tener paciencia —le dijo la chica del mostrador.

Paciencia.

—Aquí todo es más lento, no es como Lima —continuó ella.

—No soy de Lima. Soy ayacuchano.

Ella bajó la mirada y volvió a sonreír.

—Si usted lo dice... —dijo.

—¿No me crees?

Por toda respuesta, ella contuvo una risita. No lo miró a los ojos. Él la vio por primera vez. Era delgada y muy señorita con su blusa de bobitos.

—¿Conoces Lima? —preguntó él.

Ella negó con la cabeza.

—Pero debe ser linda —añadió—. Grande.

El fiscal distrital adjunto pensó en la avenida Abancay, con sus buses vomitando humo y sus carteristas. Pensó en las casas sin agua de El Agustino, en el mar, en el Parque de las Leyendas con su elefante tísico, en los cerros pelados y grises, en un partido que había visto entre el Boys y la U. En una puerta cerrándose.

En una almohada vacía.

—Es grande —respondió.

—Me gustaría ir —dijo ella—. Quiero estudiar Enfermería.

—Serás una enfermera muy buena.

Ella se rio. Él también. Repentinamente, se sintió aliviado. Volvió a ver la trucha, que no dejaba de mirarlo.

—¿No le ha gustado? —preguntó ella.

—No es eso. Es que... me tengo que ir. ¿Cuánto es?

—No le puedo cobrar. No ha comido nada.

—Pero tú has trabajado.

—Venga cuando tenga hambre. La comida es agradable.

Se despidió de ella con una sonrisa también agradable. Notó que hacía mucho que no hablaba con un desconocido. En Ayacucho, los vecinos no se hablaban ni dejaban nada sin cobrar. No confiaban. Por contraste, la amabilidad de la chica le había hecho notar lo solo que se sentía en esa ciudad en la que no tenía amigos aun después de un año de haber vuelto. Las personas de su edad que recordaba de su infancia se habían ido o habían muerto durante los ochenta. En esos años tenían veintitantos, una buena edad para lo primero y quizá la peor para lo segundo. Subió la calle en dirección a su casa. Se dio cuenta de que casi estaba corriendo. Su casa era vieja pero bien conservada, era la misma en que había vivido cuando era niño, reconstruida después del siniestro. Entró y se precipitó a la habitación del fondo. Abrió la puerta.

—¿Mamacita?

Félix Chacaltana Saldívar se acercó a la cómoda donde su madre guardaba sus vestidos y sus joyas de fantasía. Sacó una pollera y una blusa y las dejó sobre la cama. Era una cama hermosa, pequeña, con un dosel de madera tallada.

—Debí venir en la mañana. Lo siento. Es que hubo un occiso, mamacita, tuve que irme corriendo a trabajar.

Trajo la escoba de la cocina y dio una rápida barrida por el cuarto. Luego se sentó en la cama, mirando hacia la puerta.

—¿Te acuerdas de la señora Eufrasia? ¿La que iba a tomar sus matecitos contigo? Se ha enfermado, mamacita. Yo le he enviado una Virgen para que se mejore. Rézale tú también. Yo rezo poquito nomás.

Se sintió acogido por un vaho cálido y antiguo. Acarició la tela de las sábanas.

—Reza también por el fallecido de hoy. Yo rezaré. Así se va el miedo... Creo que están volviendo los terrucos, mamacita. No es seguro, no quiero que te preocupes, pero esto es muy raro.

Se levantó y pasó la mano por la ropa que había dejado sobre las sábanas. La olió. Tenía el olor de su madre, un olor guardado por muchos años. Abrió la ventana para que la habitación respirase. El sol de la tarde daba justo sobre la cama de su madre.

—Tengo que irme ya. Solo... solo necesitaba venir aquí un rato. Espero que no te moleste... No te molesta, ¿verdad?

Se persignó y abrió la puerta para volver a la oficina. Echó un último vistazo al interior. Le dolió constatar una vez más, como todos los días desde hacía un año, que en esa habitación no había nadie.

Mientras volvía a la oficina se sintió más tranquilo, desahogado. La habitación de su madre lo relajaba. Pasaba horas encerrado en ella. De vez en cuando, a menudo de noche, recordaba algún nuevo detalle, una foto, un retablo, que había decorado durante su niñez el cuarto de su mamacita. Corría a buscarlo al mercado, lo encargaba si no había una copia exactamente igual a la de su memoria. Poco a poco, el cuarto se había vuelto un retrato en tres dimensiones de su nostalgia.

Al llegar a su escritorio, encontró un sobre con una invitación al desfile institucional del domingo. Anotó el compromiso en su agenda, escribió el parte de queja para la policía y sacó copias del informe forense para cada sobre. En las fotocopias, las marcas de chocolate se disimulaban bien. Parecían de tinta. Luego escribió una solicitud de información para el Ministerio de Energía y Minas preguntando qué fuente podía haber producido suficiente calor para quemar el cuerpo. Y otra a la localidad de Quinua pidiendo que le enviasen copias por cuadriplicado de las denuncias por desaparición que tuviesen fecha posterior al 1 de enero del año en curso.

Pasó el resto de la tarde ocupándose de otros casos pendientes, como la denuncia de un ciudadano contra su vecino, al que acusaba de maricón en su declaración. El fiscal redactó una respuesta a la consulta en el sentido de que la homosexualidad en ninguna de sus variantes constituye falta, infracción o delito de gravedad, por no encontrarse debidamente tipificada en el código penal. Sin embargo, añadió, si el sujeto contrayere relaciones con una persona humana o jurídica sin verificarse acto de voluntad concomitante de esta última, podría incurrir en delito contra el honor especificado bajo el tipo de violación.

Se preguntó cómo sancionar una violación de un hombre a otro. Tomó conciencia de que no podría casarlos por ausencia del respectivo trámite. Quizá la situación ameritaba otro escrito.

Domingo 12 de marzo / Martes 21 de marzo

El desfile institucional de Cuaresma había sido establecido el año 94 por decreto ley a pedido del Arzobispado. Comenzaba con las diversas fuerzas armadas pasando ante el estrado de la Plaza de Armas y saludando a las autoridades competentes del Estado, la Iglesia y el comando. Después de los húsares y los *rangers*, y siempre al son de la banda de la Policía Nacional, procedían a desfilar las diversas escuelas e institutos, mientras un funcionario las presentaba por los altavoces:

—Escuela María Parado de Bellido: instituida por resolución ministerial 000578904 y refrendada por disposición municipal 887654333, esta escuela lleva dos años formando a jóvenes costureras ayacuchanas y sirviendo a los intereses de la artesanía nacional. Instituto Daniel Alcides Carrión: creado por resolución ministerial...

Al fiscal distrital adjunto Félix Chacaltana Saldívar le gustaban los desfiles, el sonoro transcurrir de los símbolos patrios. Los uniformes lo hacían sentirse seguro y orgulloso, los jóvenes estudiantes le permitían confiar en el futuro, las sotanas garantizaban el respeto por las tradiciones. Disfrutaba oyendo el Himno Nacional y la Marcha de la Bandera bajo el brillo de las trompetas y los galones. Se sentaba con orgullo en el palco de funcionarios, vestido con su mejor traje negro, la corbata buena y el pañuelo en el bolsillo. El año anterior, tras su llegada, había participado recitando un poema de José Santos Chocano y la concurrencia lo había aplaudido mucho por la seriedad de su recitación y la solemnidad de su dicción.

No le gustaba tanto lo que venía después, cuando acababa el desfile y los funcionarios se reunían para un ágape de confraternidad en el salón municipal. El año anterior lo habían invitado al ágape por su poema. Este año, quizá por error. Aunque se sentía orgulloso de ser considerado entre los funcionarios de mayor rango, nunca sabía bien qué decir en esas ocasiones. Las autoridades competentes circulaban a su alrededor con vasos de vino rosé sin llegar nunca a detenerse a su lado. Muchos de los mandos medios y bajos le hablaban un rato, pero mirando hacia otro lado, buscando alguna persona más importante con quien departir. Con ellos era más fácil hablar por escrito.

Conforme el ágape transcurría y el alcohol circulaba, el tema iba limitándose a enumerar a las mujeres que cada uno deseaba y a los detalles de un hipotético encuentro sexual. Y el fiscal distrital adjunto Félix Chacaltana Saldívar, de momento, no deseaba desear a ninguna mujer. Solía asistir a las enumeraciones asintiendo y preguntándose en qué momento podría decir algo, una palabra al menos, tratando de recordar a alguna mujer que llamase su atención. Por eso, normalmente, prefería no asistir, quedarse en casa arreglando el cuarto de su madre o leyendo a solas sus poemas de José Santos Chocano. Le gustaban los sitios pequeños, donde nadie oía su voz. Pero ahora tenía una razón para ir. Debía hablar con el capitán Pacheco, que aún no había respondido a sus requerimientos. Un caso de esa importancia debía ser elevado a las más altas esferas a la brevedad posible.

A su llegada al salón, encontró al juez Briceño, un hombre bajito y nervioso con ojillos y dientes como de cuy. Se saludaron. El juez preguntó:

—¿Y cómo va la cosa en la fiscalía? ¿Se acostumbra a Huamanga?

—Bueno, casualmente en este momento llevo un caso de la máxima importancia...

—Yo me quiero comprar un carro, Chacaltana. Un Tico nomás, más que sea. Pero un juez tiene que tener un carro. ¿No cree? Si no, ¿cómo pues?

—Efectivamente. El caso que llevo es referente a un reciente fallecido que...

—¿Un Tico o un Datsun? Porque hay unos Datsun del noventa que han llegado con poco uso...

El juez disertó en torno al tema durante diez minutos, hasta que Chacaltana descubrió al capitán Pacheco, que departía con un funcionario de corbata celeste y un militar uniformado cerca del pabellón nacional del salón. El juez Briceño notó hacia dónde se dirigía su mirada.

—Ya veo que apunta usted alto —le dijo con complicidad.

—¿Perdone?

—El comandante Carrión —señaló el juez. El fiscal entendió que se refería al militar del grupo.

—Claro, le he enviado algunos informes —respondió.

—¿Ah, sí? ¿Por qué? ¿Está buscando un ascenso?

—¿Cómo? No, no. —Lo pensó mejor—. Bueno, uno siempre quiere servir con más eficiencia...

—Claro, eficiencia. Está bien. Aquí decide él.

El fiscal había escuchado varias veces repetir ese infundio, pero tenía la certeza de que el escalafón del Ministerio Público era independiente de cualquier presión o injerencia. Trató de responder eso, pero no sabía bien cómo formularlo con palabras.

—Claro —aceptó al final, involuntariamente.

El juez habló de otros dos modelos de auto hasta que descubrió a alguien más importante y dejó al fiscal solo. El fiscal se acercó entonces al grupo de Pacheco y saludó con cortesía marcial. Nadie lo presentó ni dejó de hablar. El fiscal subió un poco la voz para dirigirse al capitán Pacheco:

—Disculpe, capitán, buenos días... Pasé esta semana por su oficina referente al malogrado occiso que...

Pacheco estaba hablando de las ventajas de los fusiles FAL frente al armamento de corto impacto. Se detuvo. Pareció molesto por la interrupción.

—Sí, sí, no he podido responderle debido a mis múltiples ocupaciones. Ya le enviaré un informe, Chacaltana.

—Yo ya he confeccionado un informe, pero necesito el suyo para compulsar las formas.

El militar se rio. El funcionario pareció intranquilo. El policía no quiso abundar en el tema. Repitió:

—Lo lamento, de verdad. Le enviaré el informe a la brevedad posible...

—En cualquier caso, me interesa saber si se reportaron personas desaparecidas en los últimos meses en la localidad de Quinua.

Su pregunta resonó incómodamente entre sus interlocutores. El militar, que observaba al fiscal con una mirada irónica, decidió intervenir:

—Solo con el carnaval debe haber desaparecido el noventa por ciento de los esposos fieles.

Se rieron todos menos el fiscal distrital adjunto Félix Chacaltana Saldívar, que insistió:

—Necesito ese dato para cumplimentar mi informe. Si me lo pudiese proporcionar a la brevedad...

Notó que habían dejado de reírse. El militar miró al fiscal con extrañeza. El policía no tuvo más remedio que presentarlos. Presentó primero al civil, Carlos Martín Eléspuru, del Servicio de Inteligencia. Luego al comandante Alejandro Carrión Villanueva.

—Sí. Le he enviado varios informes. —Saludó el fiscal.

El fiscal no creía que un militar pudiese ocuparse de los ascensos, pero quizá sí podía agilizar los procedimientos. Su presencia podía servir para que el policía actuase con la eficiencia del caso. El capitán no se negaría a cumplir los requerimientos ante un militar. Pero el comandante miró al fiscal con seriedad.

—La información sobre desapariciones es clasificada —le dijo—. Si quiere ese dato, me lo tendrá que preguntar a mí. No se lo daré, pero envíe su solicitud.

—Es que, si hay un desaparecido, podría ser el fenecido que encontramos.

El comandante pareció molesto por la impertinencia de ese civil. Eléspuru guardaba silencio. El comandante tomó una copa más que un camarero traía en una bandeja. El líquido rosado resplandecía en su interior. Súbitamente, en su cara se hizo una sonrisa:

—¡Ah! ¡Usted es el que investiga lo del cornudo!

Nuevas carcajadas de todos menos de Félix Chacaltana Saldívar.

—¿El cornudo, señor?

El comandante dio un trago risueño.

—El hombre que quemaron en Quinua. El cornudo debe haber estado bien enojado, ¿no?

—Me temo que es pronto para saber qué ocurrió, señor.

—Por favor, Chacaltana. Tres días de carnaval y un hombre muere. Celos. Lío de faldas. Pasa todos los años.

—Ningún familiar ha reclamado el cadáver...

—Porque no hablan nunca. ¿O aún no lo ha notado? Los campesinos siempre evitan aparecer, se esconden.

—Por eso mismo no matarían así, comandante. No de un modo tan violento.

—¿Ah, no? Tendría usted que verme a mí después de tres días de borrachera.

El fiscal meditó la base legal de esa respuesta. Mientras pensaba, el comandante pareció olvidarlo. Se reunió con las risas de los otros dos y continuó hablando. Dijo algo sobre la mujer del alcalde. Rieron. Cuando Chacaltana parecía ya un adorno del pabellón nacional, decidió responderle al militar.

—Perdone, señor. Pero me temo que su razonamiento carece de sustento jurídico...

El comandante se interrumpió. El hombre de la corbata celeste pareció incómodo. El capitán Pacheco empezó a hablar de lo vistosas que estaban resultando las festividades de Cuaresma. Hablaba muy fuerte. El comandante no dejó de mirar al fiscal, que se sentía totalmente convencido de su argumento. Sí. Lo estaba haciendo bien. Quizá al constatar su celo profesional, el comandante lo consideraría para cualquier recomendación. El comandante dijo:

—¿Y qué sugiere usted?

El policía volvió a cerrar la boca. El fiscal vio su oportunidad de hacer notar la gravedad del caso y lucir sus cualidades deductivas:

—No me atrevería a descartar un ataque senderista.

Lo había dicho. El silencio que siguió a esa frase pareció alcanzar a todo el salón, a toda la ciudad. El fiscal imaginó que con esa información tomarían más en serio el caso. Era un asunto de máxima seguridad. El fuero civil y el Ministerio Público colaboraban así con la Justicia Militar en la meta común de un país con futuro. El comandante pareció reflexionar sobre su actitud. Después de un largo rato, interrumpió el silencio con una carcajada. Pacheco dudó un poco, pero luego empezó a reír también. Y luego el hombre de la corbata celeste, Eléspuru. Tras ellos, el resto del salón y del universo empezó a reírse poco a poco, luego muy fuerte, hasta atronar el aire.

—Está usted paranoico, señor fiscal. Aquí ya no hay Sendero Luminoso.

Y se dio la vuelta para abandonar la conversación. Con orgullo de archivo, el fiscal argumentó:

—Se cumplen veinte años del primer atentado...

El comandante hizo un gesto como si apartara con la mano las palabras del fiscal.

—¡Cojudeces! Acabamos con ellos.

—Ese primer atentado se realizó en unas elecciones...

El militar empezó a perder la paciencia:

—¿Me está discutiendo, Chacaltana? ¿Me está llamando mentiroso?

—No, pero...

—¿No será usted uno de esos fiscales politizados, no? ¿No será aprista o comunista, no? ¿Quiere usted sabotear las elecciones? ¿Eso quiere?

Ante el inesperado giro de la conversación, el fiscal abrió mucho los ojos y se apresuró a aclarar las cosas.

—De ninguna manera. Si hay un boicot contra las elecciones, tenga la seguridad de que aperturaré una investigación en cuanto recepcione formalmente la denuncia, comandante.

El comandante miró con incredulidad al fiscal. Le parecía un hombre imposible. Luego volvió a reírse. Esta vez se rio lenta, paternalmente:

—Es usted conmovedor, Chacaltita. Pero lo comprendo. Lleva poco tiempo acá, ¿verdad? No conoce a los cholos. ¿No los ha visto pegándose en la fiesta de la fertilidad? Violentos son.

El fiscal había estado varias veces en esa fiesta. Recordó los golpes. Hombres y mujeres, no importa. Todos partiéndose la cara, que es donde más sangra. Creían que su sangre irrigaría la tierra. Recordó las narices goteando y los ojos morados. El fiscal solía tipificar las fiestas como «violencia consentida con motivos de religiosidad». Se hacían muchas cosas raras con motivos de religiosidad.

—¿Y el Turupukllay? —continuó el comandante—. ¿Qué le parece eso? ¿Eso no es sangriento?

El fiscal pensó en la fiesta del Turupukllay. El cóndor inca atado por las garras a la espalda de un toro español. El toro agitándose violentamente mientras se desangra, sacudiendo al enorme buitre asustado que le picotea la cabeza y le desgarra el lomo. El cóndor trata de zafarse, el toro trata de golpearlo y tumbarlo. Suele ganar la lucha el cóndor, un vencedor despellejado y herido.

—Eso es una celebración folklórica —dijo tímidamente—. No es terror...

—¿Terror? Ajá, comprendo. ¿Y la matanza de Uchuraccay, recuerda?

Chacaltana recordaba. Tuvo la sensación de que era un recuerdo muy reciente. Pero tenía casi veinte años. Golpearon su memoria los cadáveres, los pedazos de sus cuerpos cubiertos de tierra, los interminables interrogatorios en quechua. Se sintió aliviado de que las cosas hubieran cambiado. No quiso decir nada. Le parecían palabras lejanas que era mejor dejar lejos.

—Yo le recordaré Uchuraccay —continuó el comandante—. Los campesinos no les preguntaron nada a esos periodistas. No podían, ni siquiera hablaban castellano. Ellos eran extraños, eran sospechosos. Directamente los lincharon, los arrastraron por todo el pueblo, los acuchillaron. Los dejaron tan maltrechos que luego ya no podían permitirles volver. Los asesinaron uno por uno y ocultaron sus cuerpos como mejor pudieron. Creyeron que nadie se daría cuenta. ¿Usted qué opina de los campesinos? ¿Que son buenos? ¿Inocentes? ¿Que se limitan a correr por los campos con una pluma en la cabeza? No sea ingenuo pues, Chacaltana. No vea caballos donde solo hay perros.

Chacaltana se había puesto pálido. Trató de articular una respuesta:

—Yo solo... pensé que era una posibilidad...

—Piensa usted demasiado, Chacaltana. Grábese en la cabeza una cosa: en este país no hay terrorismo, por orden superior. ¿Está claro?

—Sí, señor.

—No lo olvide.

—No, señor.

—Quiero ver su informe cuando acabe con este caso. Manténgame al tanto de lo que averigüe. Quizá aún no sea momento de ceder competencias al fuero civil.

El comandante le dio la espalda y se fue. Félix Chacaltana Saldívar, fiscal distrital adjunto, no pudo conseguir esa tarde el informe policial requerido.

El lunes 13, el fiscal Chacaltana se despertó de golpe a las 6:45 a. m. Sudaba. Había tenido una pesadilla. Había soñado con fuego. Un largo incendio que se propagaba por la ciudad y luego por los campos, hasta arrasarlo todo. En el sueño, él estaba en su cama y empezaba a sentir que llovía dentro de su dormitorio. Cuando se levantaba, descubría que llovía sangre, que cada milímetro de su habitación sudaba un líquido rojo y caliente. Trataba de huir, pero la casa estaba inundada, y entre la espesura líquida no podía avanzar.

Cuando empezaba a ahogarse y a sentir el gusto de la sangre en la boca y los pulmones, despertó. Se dirigió al baño. No había agua, pero el fiscal tenía un barril de reserva que le permitía en esos casos lavarse las partes pudendas y mojarse la cabeza. Lo abrió con un temblor en la mano. Constató con alivio que en el barril solo había agua. Se lavó y se peinó con el pelo hacia atrás, como su madre le había enseñado cuando era un niño, como se había peinado cada día de su vida. Acto seguido, se dirigió a la habitación de su madre y abrió la ventana. Dejó que entrase el aire y saludó. Luego tomó un retrato de la señora Saldívar de Chacaltana para desayunar con él. Escogió una foto en que aparecía él mismo a los cinco años abrazándola. Ella sonreía.

Mientras desayunaba pan con queso y mate, recitó ante el retrato sus planes del día y todos los documentos que esperaba dejar terminados. No olvidó que almorzaría en El Huamanguino para pagar su deuda con la joven del mostrador. Durante el resto de la mañana en la oficina, resonaron en su cabeza las palabras que el comandante le había dicho el día anterior. Lío de faldas. Si el comandante decía que era un lío de faldas, era un lío de faldas. Para eso había luchado tanto el comandante. Lo sabría bien. En opinión del fiscal, algo ahí no terminaba de encajar. Pero Chacaltana era un funcionario serio y honesto. No debía tener opinión. Además, el comandante le había pedido sus informes. Los leería personalmente. Era una gran oportunidad.

Pensó en su exesposa Cecilia. Quizá así le demostraría lo que valía. Ya no le importaba ella en realidad, era solo una cuestión de orgullo. Él podía ser alguien.

Cerca de la hora del almuerzo, y sin aviso previo, las palabras del comandante empezaron a mezclarse en su cabeza con las imágenes de la mesa del forense hasta el punto de no permitirle concentrarse en sus funciones. Como un flash mental, se le aparecía el rostro del muerto cubierto de humo, la hendidura a la altura del hombro, la piel negra. La violencia. Celos. La palabra *terrorista* volvió a cobrar forma en su mente. Lo remitió a las voladuras de torres eléctricas. A las sirenas de las ambulancias. Pensó en su madre de nuevo, para llenar su cabeza con una imagen diferente. Pero solo consiguió evocar la imagen del fuego.

Para distraerse un poco, decidió salir exactamente a la hora de almorzar y no, como era su costumbre, quince minutos después. Salió de la fiscalía y se dirigió al referido restaurante. La misma chica de la vez anterior atendía tras el mostrador, pero ahora llevaba un pantalón de tela negro y zapatos de taco bajo. La blusa era igual. Rosada. De bobitos. Llevaba el pelo recogido en un moño esta vez.

—Qué bueno que ha regresado. Su mesa está lista.

Ya tenía una mesa, como si fuera un cliente habitual. Era el único lugar del mundo fuera de su casa donde ya tenía una mesa. Era la misma de la vez anterior, al lado de la puerta. En efecto, sus cubiertos ya estaban puestos. El restaurante estaba vacío otra vez. Ella anunció:

—Hoy tenemos cuy chactado.

El fiscal aceptó con un movimiento de cabeza. Mientras ella iba a la cocina, miró el televisor de la pared. En la pantalla, una mujer golpeaba a un hombre en un set de televisión, rodeados de un público que festejaba sus tirones de pelo y sus mordidas. El fiscal llegó a entender que ella era la novia de él y que él la había engañado con su hermana, con su prima y con su tía abuela. No quiso ver más. Doce minutos después, la chica salió de la cocina. Le sirvió el cuy y una Inca. El fiscal distrital adjunto acercó los cubiertos al plato y vio la cara del roedor. Tenía la boca abierta y los dientes delanteros largos y agresivos. A Félix Chacaltana le pareció que era el cuy el que se lo quería comer a él. Soltó los cubiertos.

—No está tan caliente. —Se defendió la chica.

—Gracias. Es solo que... estaba pensando.

—Usted piensa mucho, ¿no?

Piensa usted demasiado, Chacaltana.

—No, es... solo trabajo.

—¿Y en qué estaba pensando? ¿Se puede saber?

Ella se rio como si hubiese hecho una pregunta muy pícara. El fiscal distrital adjunto Félix Chacaltana Saldívar trató de imaginar una mentira convincente.

—En un muerto —dijo.

Ya su madre le había dicho que no sabía mentir. La chica no pareció sorprendida. Empezó a lavar unos platos.

—Aquí hay muchos —dijo.

—Sí.

—Yo hablo con ellos.

—¿En serio?

—Con mi papá y mi mamá. Voy a verlos al cementerio y les hablo, les llevo flores.

—Claro. Yo también hago así. Con mi madre. Llevo su recuerdo muy presente.

De repente, se sintió cómodo en ese lugar. Como en casa. Ella se volvió. No dejó de lavar pero señaló al cuy con la nariz.

—¿No va a comer?

—Sí... Sí. Ya mismito.

Trató de coger con el tenedor un pedazo de cuy. Los huesos se confundían con la piel. Lo mejor era comerlo con la mano. Tocarlo. Y morderlo. En la pantalla, el mismo hombre seguía recibiendo golpes, ahora de dos mujeres al mismo tiempo.

—¿Qué le gustaría que hicieran con usted al morir? —preguntó la chica mientras secaba unos cubiertos.

—¿Cómo?

—A mí no me gustaría ir al cementerio. Es como... tener una casa en que uno no vive. Y mi familia tendría que ir hasta allá. Al final les daría flojera. Ya no irían más.

—Quizá puedan enterrarte en tu casa.

—No. Mi casa es chiquita. —Se secó las manos—. A usted no le gusta el cuy, ¿no?

—¡Sí! Está muy bien. Solo... solo me gustaría acompañarlo con un mate... por favor.

—Hoy solo tenemos café.

—Café estará bien.

—¿Café con cuy? Usted es raro, señor...

—Félix. Llámame Félix.

—Don Félix.

—Solo Félix. Por favor.

Ella sacó del fuego una jarra de agua hirviendo y sirvió una taza. Se la dejó en la mesa y le puso al lado la jarrita de café. El fiscal vertió la esencia en el agua caliente. El color café comenzó a difuminarse en el líquido, como sangre oscura. El fiscal odiaba el café ayacuchano. Aguado. Débil.

—Yo pediría que me cremen —dijo ella.

—¿Cómo?

—Que me cremen. Que me conviertan en cenizas. Así mi familia podrá tenerme en casa cuando quiera verme.

Un horno. Fuego. Un horno crematorio. Una caldera que se alimenta de personas. Era simple en realidad.

—¿Y dónde harías eso?

—En la iglesia del Corazón de Cristo. Ellos tienen un horno. Hasta me queda más cerca de la casa que el cementerio.

—¿Tienen eso? Las iglesias no tienen hornos.

El fiscal preguntaba como si fuese un turista. Ella volvió a reírse. En un rincón de la boca tenía un empaste de plata que brillaba con la luz.

—Esta sí tiene. ¿Y usted? Usted sí se haría enterrar, ¿verdad?

—Tengo que irme.

Se levantó con la sensación de que algo bullía en su cabeza. Quizá tenía tiempo de pasar por esa iglesia antes de que acabase la hora de almuerzo. Si no, de todos modos, podría argumentar diligencia de trabajo. No la había anotado por la mañana, pero quizá podría pasar un memorándum corrigiendo su declaración de ausencias justificadas. Quizá ahí estaría la prueba de que no eran terroristas. Celos. Tenían que ser celos. Había que demostrar que eran celos. Ella lo vio levantarse de la mesa. Parecía decepcionada.

—¡Podría probar al menos para decir que no le gusta!

—Oh, no... no entiendes. Es que estoy muy apurado. Te prometo que mañana... ¿Cómo te llamas?

—Edith.

—Edith, claro. Te prometo que mañana vengo y almuerzo de verdad. Sí, lo prometo.

—Claro, vaya nomás.

El fiscal trató de decir algo ingenioso. Solo podía pensar en celos. Salió de la tienda. Llegó a la esquina. Recordó que debía pagar la cuenta. No quería que ella pensase que se aprovechaba. Dio la vuelta y caminó hacia el restaurante. Luego pensó que, si pagaba, ella pensaría que no iba a volver al día siguiente. A la mitad de la calle, se preguntó qué hacer. Miró su reloj. Iría a la comisaría y a la iglesia. Sería mejor no distraerse del trabajo. Echó una última mirada hacia el restaurante. Edith limpiaba su mesa. Esperó que ella levantase la cabeza. Que le hiciese un gesto de despedida. Ella terminó de limpiar y luego barrió un poco. Miró hacia el cielo. El cielo estaba limpio. Luego volvió a desaparecer en el interior. El fiscal pensó en el horno. Edith había colaborado con la justicia sin saberlo. Volvió sobre sus pasos hasta el restaurante. Entró. Ella se sorprendió de verlo volver. Él dijo:

—Gracias. Muchas gracias.

—De nada.

Ella sonrió. Él se dio cuenta tarde de que estaba sonriendo también. Más tranquilo, Félix Chacaltana Saldívar siguió su camino.

Pasó por la comisaría, donde lo recibió el mismo sargento de la vez anterior:

—Buenos días, busco al capitán Pacheco.

—¿Al capitán Pacheco?

—Efectivamente, sí.

El sargento volvió a anotar los datos del fiscal en un papel y se internó en la oficina. Salió nueve minutos después:

—El capitán se encuentra en estos momentos prácticamente ocupado, pero solicita que le envíe usted un requerimiento escrito y él lo estudiará a conciencia.

—Es que... la investigación debe hacerla la policía. No puedo avanzar si no veo sus avances.

—Claro, si yo lo comprendo. Le haré presente al capitán.

La iglesia del Corazón de Cristo se elevaba más allá del arco, casi donde empezaba la cuesta. Su nave principal estaba totalmente enchapada en madera y pan de oro, y sus vitrales eran representaciones de las estaciones de Cristo. En una esquina, se elevaba un altar de la Virgen Dolorosa con sus siete puñales en el pecho. Del otro lado, cerca de la sacristía, una imagen de Cristo arrastrando la cruz hacia el Gólgota. Había velas rojas y cortas ante cada imagen santa. La imagen de Cristo crucificado vigilaba el altar mayor desde lo alto. Félix Chacaltana se fijó en su tétrica desnudez, en las gotas de sangre que corrían por su rostro, en las heridas de sus manos y sus pies atravesados por clavos, en el tajo que descendía por su costado.

Una mano le tocó el hombro.

El fiscal se sobresaltó. A su espalda había un sacerdote vestido aún con ropa de misa. Llevaba varios objetos de plata y vidrio. Tenía unos cincuenta años y poco pelo.

—¿Puedo ayudarlo? Soy el padre Quiroz, párroco del Corazón de Cristo.

El fiscal acompañó al sacerdote a guardar los instrumentos de la misa en la sacristía mientras le explicaba el caso. Sobre la pared colgaba una imagen de Cristo en claroscuro, elevando las manos hacia el Señor. Las manos perforadas. La corona de espinas ceñía su cabeza como una diadema roja y verde. Chacaltana quiso decir algo agradable:

—Qué bonita su iglesia. —Se le ocurrió.

—Ahora está bonita, sí —respondió el padre guardando las hostias en una caja de plástico—. La hemos restaurado en los últimos años con un fondo del Gobierno, a esta y a las demás. En esta ciudad hay treinta y tres iglesias, señor fiscal. Como la edad de Cristo. Ayacucho es una de las ciudades más devotas del país.

—La religión siempre es un consuelo. Sobre todo aquí... con tanto difunto.

El padre pulió la patena y el cáliz cuidadosamente.

—A veces no sé, señor fiscal. Los indios son tan impenetrables. ¿Ha visto alguna vez las iglesias de Juli, en Puno?

—No.

Quiroz se quitó la casulla verde y dorada y el cordón que ataba la estola a su cintura. Dobló las prendas de tela y las metió en un cajón con delicadeza para no arrugarlas. Cada uno de sus gestos parecía un ritual más de la misa, como si cada movimiento de sus manos tuviese un significado preciso. Dijo:

—Son iglesias al aire libre, como corrales. Los jesuitas las construyeron durante la Colonia para convertir a los indios, para que asistiesen a misa, porque solo adoraban al sol, al río, a las montañas. ¿Comprende? No entendían por qué el culto se realizaba en un lugar cerrado.

—¿Y sirvió?

El padre empezó a cerrar con llave cada cajón en el que había metido algo. Usaba como llavero una gran argolla.

—Oh, sí, para guardar las apariencias. Los indios asistieron a misa encantados y en masa... Rezaron y aprendieron cánticos, inclusive comulgaron. Pero nunca dejaron de adorar al sol, al río y a las montañas. Sus rezos latinos eran solo repeticiones de memoria. Por dentro seguían adorando a sus dioses, sus huacas. Los engañaron.

El padre Quiroz quedó de pie frente al fiscal. Era alto. Félix Chacaltana pensó que debía añadir algo a la conversación. Se preguntó qué diría el comandante Carrión. Preguntó:

—¿Qué habría sugerido usted?

—Al verdadero espíritu solo se llega por el dolor. El goce y la naturaleza son corporales, mundanos. El alma está llena de dolor. Cristo sufrió sangre y muerte para salvarnos. La penitencia es la única vía para llegar al corazón del hombre. ¿Quiere que bajemos ahora?

El fiscal asintió. No había entendido muy bien eso del dolor. No le gustaba el dolor, en general. Salieron de la iglesia y recorrieron un corto callejón que la comunicaba con la pequeña casa parroquial. En la sala de la casa se acumulaban varios muebles viejos, cajas de cartón y adornos de iglesia. Quiroz hizo un gesto avergonzado. Dijo:

—Perdone el desorden. Suelo recibir en la oficina parroquial. Aquí solo entro yo y es solo para dormir. El horno está abajo.

El fiscal comentó:

—Pensé que los católicos no tenían crematorios.

—No los tenemos. El cuerpo debe llegar al día del Juicio Final para resucitar con el alma. El sótano de la casa parroquial era un depósito. El crematorio recién se construyó en los ochenta a petición del comando militar.

—¿Del comando?

Se detuvieron ante una pesada puerta de madera. El padre sacó otra llave y abrió. Frente a ellos bajaban unas escaleras húmedas y sin luz. Agarrándose de las paredes, bajaron al sótano. Olía a incienso y a encierro.

—Demasiados muertos. La ciudad quedaba sitiada a menudo y los cementerios estaban llenos. Había que ocuparse de los cuerpos.

—¿Y por qué lo hicieron aquí?

—En tiempo de guerra, toda petición militar es una orden. El comando consideró que éramos nosotros los que nos ocupábamos de la gente después de muerta. Según ellos, lo lógico era que nos ocupásemos del horno.

Abajo había una ligera luminosidad proveniente de un ventanuco superior de vidrio opaco que daba al callejón. El sacerdote encendió la luz del techo. Era un foco de neón blanco, como el del forense, pero redondo. Cuando terminó de encenderse, aparecieron más cajas acumuladas en un rincón. Y al lado de ellas, en la pared de piedra, un agujero con puerta y revestimiento metálicos. De uno de sus lados emergía una chimenea que debía salir por el techo de la casa. Como si se tratase de un horno de panadería, el padre le mostró su funcionamiento. El cuerpo se introducía verticalmente en el horno, acostado sobre una rejilla. El fuego se alimentaba de gas y rodeaba el cuerpo con una distribución uniforme hasta pulverizarlo. Las cenizas se recogían en una bandeja metálica revestida para soportar el calor, desde la cual descendían hasta la urna o el frasco en que descansarían para siempre.

—Hace mucho que no lo usamos. La gente de aquí es muy apegada a la tierra. Y a mí tampoco me gusta eso de destruir el cuerpo. Solo Dios debe disponer de los cuerpos.

El fiscal metió la mano en el agujero. Tocó las paredes, la puerta. Estaba frío.

—¿Podría haber sido usado en los últimos días sin su consentimiento?

—Aquí nada se hace sin mi consentimiento.

El padre acomodó una cruz que estaba colgada en la pared. Era una cruz negra sin imagen de Cristo. Solo una cruz negra sobre una superficie gris. El fiscal no quiso pensar en la cruz calcinada de la frente del muerto.

—¿Y la noche de los hechos notó algo raro? ¿Algún ruido? ¿Algún imprevisto?

—No lo sé, señor fiscal. No sé cuál es la noche de los hechos.

—¿No se lo dije? Perdóneme. Fue el miércoles 8. Justo después del carnaval. Encontraron el cuerpo el mismo día de la muerte.

El padre hizo una mueca irónica.

—Qué apropiado.

—¿A qué se refiere?

—Miércoles de Ceniza. Es el momento de purificar los cuerpos después de la fiesta pagana y comenzar la Cuaresma, el sacrificio, la preparación de la Semana Santa.

—Miércoles de Ceniza. ¿Por qué de Ceniza?

El padre sonrió piadosamente.

—¡Ah, la educación pública laica! ¿Nadie le enseñó catecismo en su escuela de Lima, señor fiscal? En esa fecha se marca con ceniza una cruz sobre la frente de los católicos, como recordatorio de que polvo somos y en polvo nos convertiremos.

Alguna vez su madre lo había llevado a la iglesia y le habían puesto esa señal con una mano fría y negra. Se tocó la frente, como si quisiera borrar la marca.

—¿Para recordar que moriremos? —preguntó.

—Que moriremos y resucitaremos en una vida más pura. El fuego purifica.

Sin saber por qué, el fiscal se sintió como días antes en la oficina del doctor Posadas. Exánime. Quiso cancelar la visita. Ahí no había celos. Decidió preguntar algo que no tuviese respuesta, algo que dejase al crematorio como un callejón sin salida, para olvidarlo.

—¿Qué... otras personas tienen acceso a este lugar?

—Como le he dicho, este lugar casi no se utiliza. Yo tengo la única llave. ¿Me considera sospechoso?

—Oh, no, padre, por favor. Pero pienso que quizá alguien podría haber tratado de desaparecer el cuerpo en su horno. ¿Sabe de alguien que pudiese tener acceso a una copia de la llave?

El padre reflexionó unos segundos.

—No.

El fiscal distrital adjunto fue sintiendo un gran alivio con cada respuesta. No había nada más que hacer ahí. Para sentirse seguro de cumplir sus deberes laborales, insistió:

—¿Algún trabajador o algún civil que ofreciese servicios, por ejemplo?

El padre pareció recordar de repente:

—Bueno, hace algunas semanas tuve que despedir a un trabajador de limpieza. Había robado un cáliz. Un indio bastante corto de mente, en realidad. No lo considero capaz de planear nada. Pero de haber querido, podría haber tenido acceso a la llave, supongo.

El fiscal sacó su libreta de mala gana. Se arrepintió de haber repreguntado.

—Ajá. ¿Su nombre?

—¿Cree usted que trajo cargando a un muerto por la noche y luego se lo llevó por las calles sin terminar de quemarlo? No creo que esa pobre alma de Dios...

—Es solo rutina. Lo verificaré para mi informe.

—Si mal no recuerdo, se llamaba Justino. Justino Mayta Carazo.

—31.

—¿Cómo?

—Nada, olvídelo.

El fiscal distrital adjunto volvió a sentir el sudor en la frente. Quiso que la policía estuviese ahí. Volvió a mirar el horno. Quiso ser enterrado al morir.

en esta ciudad los muertos no están muertos. caminan por las calles y les venden caramelos a los niños. saludan a los mayores. rezan en las iglesias.

a veces son tantos que me pregunto si yo también estaré muerto. quizá esté desoyado y descuartizado, mis pedasos arrastrándose por el suelo de un estanque. todo lo que veo es solo lo que ven mis ojos que quizá ya no estén aquí.

quizá ya no me doy cuenta.

pero él sí está muerto. sí. sus cenizas no pueden vagar por ahí. su brazo ya no es un brazo. su piel ya no tiene nada que cubrir. por eso me habla así. por eso se queja. y yo le digo ya no puedes hacer nada, ijo del diablo. ja. ya no puedes hacer nada.

demasiados pecados. todos acumulados en el pecho como los gusanos que te comen. el fuego. pero tú ya no puedes hacer nada. estás limpio.

gracias a mí.

e venido desde el infierno a salvarte. e limpiado las cloacas de tu sangre y tu semen para que no haya más pecados como tú. bastardo. lo e hecho por ti. tu piel servirá para alimentar a los perros. tu saliva. tu saliva.

algún día, los hombres —los muertos— mirarán atrás y dirán que conmigo comenzó el siglo XXI.

pero tú ya no verás el siglo XXI.

tú estás limpio.

por mí.

El fiscal distrital adjunto Félix Chacaltana Saldívar pasó el resto de la semana tratando de localizar a Justino Mayta Carazo para el respectivo interrogatorio. Se había recuperado un poco de la tétrica impresión del crematorio. De hecho, estaba más tranquilo. Pensaba que el comandante tenía razón. Un lío de faldas evidente. Mayta Carazo había tratado de desaparecer la evidencia, pero un cuerpo demora un buen rato en convertirse en cenizas. Debía haber visto que sería descubierto y haber retirado el cadáver a tiempo. La cruz de la frente era para despistar a las autoridades. Al final había dicho que él mismo había descubierto el cuerpo para alejar las sospechas de la policía. Nada de terroristas, solo un crimen pasional. Había motivo y oportunidad. El comandante estaría contento con su investigación.

El fiscal envió al domicilio del sospechoso tres citaciones y dos órdenes de comparecencia en calidad de testigo, para no despertar sus temores. A la vez, envió al capitán Pacheco un relatorio de los hechos para que la policía localizase al sospechoso. Mediante escritos, preguntó por él en el municipio de Quinua y en la parroquia respectiva.

El viernes aún no había recibido respuesta. En la oficina de mensajería de la fiscalía le informaron de que no habían enviado ningún sobre en toda la semana porque el mensajero estaba enfermo. Quizá la próxima semana se sienta mejor. O quizá no. El fiscal pensó que si la cosa se retrasaba, el comandante olvidaría su caso. Él mismo quería olvidarlo cuanto antes, el caso parecía incendiarle los recuerdos. Esa noche discutió la situación con su madre:

—No sé pues, mamacita. Si no saco este caso, no me van a dar otro bueno. Y yo ya aprendí que hay que escalar posiciones, pues.

Recordó una voz que decía: Eres un incapaz sin futuro, Félix. Nunca serás nadie. No era la voz de su madre, pero la recordaba con total claridad. Recordó una almohada vacía, como la de su madre. Recordó el humo de Lima, en las ventanas del enorme edificio en que trabajaba, en la avenida Abancay. No quería volver ahí.

—Voy a buscar yo mismo a Mayta. Voy a demostrarle al comandante que soy un fiscal intachable. Aunque me joda, con perdón de la palabra, es que este caso me pone muy nervioso.

El sábado 18 se levantó a las siete y desayunó con una foto de su madre en Sacsayhuamán, en su Cuzco natal. Era una foto soleada y tranquila, como para empezar un buen día. Después de despedirse de ella, cerró las ventanas de su habitación porque estaría fuera hasta tarde. Se dirigió al paradero y tomó una camioneta de transporte público. Se sentó entre una mujer que llevaba una gallina y dos niños que parecían hermanos. Al salir de Ayacucho disfrutó el paisaje de las montañas secas, interminables, y el río allá abajo. El cielo estaba limpio. En el camino hacia Quinua, el panorama se iba haciendo más verde y florido en ciertas partes. Al final del recorrido, las puertas de las casas decoradas con pequeñas iglesias de cerámica le indicaron que estaba llegando a su destino.

El fiscal bajó de la camioneta al lado de una cancha de fútbol donde jugaban unos diez niños sin zapatos. Los dos que habían venido con él se reunieron corriendo con los demás. Se dio cuenta tarde de que le habían llenado el pantalón de mocos. Se limpió con el pañuelo, atravesó las tiendas para turistas y se internó en el pueblo. Le preguntó a una vendedora:

—Mamacita, estoy buscando a Justino Mayta Carazo. ¿Lo has visto?

La vendedora no quitó la vista de sus retablos y telares. Dijo:

—¿Quién será, pues?

—¿No conoces a Justino? ¿No vives en el pueblo, tú?

—¿Cómo será, pues?

—¿Sabes dónde está esta dirección?

—Aquicito nomás, por ahí.

Luego masculló varias frases en quechua. El fiscal entendió que «aquicito nomás» podía significar «a dos días de camino». Recordó lo difícil que resulta interrogar a un quechuahablante, sobre todo si, además, no le da la gana de hablar. Y nunca les da la gana. Siempre temen lo que pueda pasar. No confían. Buscó calle por calle la dirección que llevaba anotada en un papel. Llegó finalmente a una casa estrecha que parecía tener solo un cuarto abajo y otro arriba, con una ventana. Tocó la puerta. Le pareció que alguien lo observaba desde la ventana de arriba, pero al levantar la vista no vio nada. Tras una larga espera, una anciana le abrió una rendija de la puerta. En la penumbra solo asomó uno de sus ojos y parte de su larga trenza negra.

—¿Qué pasa, pues, señor?

—Buenos días, mamacita, busco a Justino Mayta Carazo. Soy del Ministerio Público.

Ella cerró la puerta y le pidió desde adentro que le mostrase su identificación. El fiscal la pasó por debajo de la puerta. Creyó escuchar murmullos en el interior. Esperó un rato más hasta que la mujer volvió a abrir la puerta y lo invitó a pasar. La casa estaba amoblada apenas con una mesa y dos sillas. No tenía luz ni baño. El único sofá tenía ladrillos en vez de patas y una frazada encima. Dos niños miraban curiosamente desde una escalera de mano que subía a un segundo ambiente de ladrillo pelado.

—No está el Justino —dijo la mujer—. Se fue ya.

—¿Dónde podría encontrarlo?

—¿Dónde estará, pues? Se fue ya.

—¿Cuándo se fue?

—Ya hace tiempos ya.

—¿Le molesta si echo una mirada por la casa? Es... una investigación oficial.

Ella miró hacia arriba. No dijo nada, pero tampoco le impidió el paso. El fiscal revisó el breve primer piso, pero no había nada de interés. Empezó a subir por la crujiente escalera de mano. Los niños lo miraban en silencio. Los saludó, pero ellos no respondieron. Solo lo miraron fijamente. Trepó con dificultad porque la escalera parecía caerse. Uno de los niños tosió. El fiscal se pinchó la mano con una astilla. Se lamió la herida. Entonces escuchó el golpe. Era como la caída de un gran saco de papas sobre la calle. Subió dos peldaños más y se asomó al segundo piso. La ventana de arriba estaba abierta. Se dio la vuelta para bajar, pero dio un paso en falso y rodó hasta el pie de las escaleras. Al levantarse, sintió un dolor en la pierna, pero avanzó hasta la puerta y sacó la cabeza. Llegó a ver un hombre doblando la esquina a toda velocidad. Se preguntó por un segundo si seguirlo era competencia de la Fiscalía Distrital Adjunta o si solo debía pasar parte. Luego recordó el fuego. Pensó que una persecución era competencia de la Policía Nacional. Y que al correr tras ese hombre, podía incurrir en usurpación de funciones. Miró a la mujer:

—¿Quién era ese?

—¿Quién?

—El que se fue.

—Nadies se ha ido, pues. Nadies nomás.

Supo que no tendría sentido acusar a esa mujer de obstrucción a la autoridad. Fue a la Municipalidad. Iba a deslizar sus oficios bajo la puerta pero recordó que nadie podría firmarle el cargo un sábado. Dio por terminadas las actividades oficiales del día.

Antes de volver a la ciudad, decidió visitar la pampa de Quinua. Avanzó por la carretera ascendente hasta llegar al terraplén coronado de silencio que se extendía ante sus ojos entre los cerros. Se había agitado mucho subiendo. Pero ya no cojeaba. Y ahí arriba reinaba la paz. Solo lo acompañaba el colosal monumento a los libertadores que había construido en mármol el Gobierno militar de Velasco. Se imaginó la heroica batalla que había dado al país la libertad. Pensó en el ruido de las armas desgarrando el eterno silencio de la pampa. Al fondo, más allá del fin de la llanura, se veían las copas de los árboles sacudiéndose al viento, un arroyo. Lo embargó un sentimiento de orgullo y libertad. Se sentó junto al monumento a contemplar el paisaje. Se secó con el pañuelo el sudor de la frente, buscando las partes de la tela que no habían quedado manchadas de moco. Reparó en que no se oía nada. Ningún sonido. Sintió en los oídos un pitido, la ilusión acústica que se produce cuando nada suena a nuestro alrededor. La pampa transmitía la música de la muerte.

Pasó varios minutos respirando el aire limpio de la sierra hasta que decidió volver. Al levantarse, sintió una respiración tras él. Apenas empezaba a volverse cuando sintió otro golpe, esta vez, un golpe de puño, directamente a su mandíbula, y luego otro golpe seco, como con el mango de una pala o algo así, que encajó en la nuca. Sintió que iba ennegreciéndose todo a su alrededor, llegó a ver un chullo rojo, un par de chanclas de llanta corriendo, alejándose de él, y un hombre que corría atravesando la llanura, mientras el silencio lo invadía todo.

Despertó cuando ya oscurecía, con un agudo dolor de cabeza. Sobre él, el cielo enrojecía en anuncio de la oscuridad, como si se desangrase sobre el sol poniente. Se tocó la nuca. La sintió líquida y caliente. Se levantó. Volvió a Quinua y tomó otra camioneta hasta Ayacucho. Al llegar a casa, corrió a lavarse las heridas. No sabía si debía sentar denuncia, no sabía por qué lo habían golpeado. Nunca en la vida había recibido un golpe. ¿O sí? No. Nunca los había recibido. Se dijo que ya pensaría con más calma al día siguiente. Este caso empezaba a ser un dolor de cabeza. Se acostó, no sin antes llevar a su cuarto una foto de su madre en la mecedora de la casa, sonriendo cálidamente. Se preguntó quién cuidaría de ella si a él le ocurriese algo. Tuvo miedo por ella, no quería dejarla sola, no otra vez.

Pensó que si el caso era de terrorismo, le correspondería al fuero militar. Y si no, la policía debía intervenir. Su labor había terminado honrosamente, con los mayores esfuerzos, inclusive con heridas en cumplimiento del deber.

Pero las dos noches siguientes, las pesadillas no lo dejaron en paz.

A sus sueños con el fuego se agregaron los golpes, golpes secos y gritos de mujer. El domingo tuvo que dormir en la cama de su madre para sentirse seguro. El lunes se levantó sacudido por un puñetazo surgido de sus sueños. Nada más abrir los ojos, tuvo la convicción de que la institución policial se haría cargo del caso ese mismo día.

Por la tarde, tras salir de la fiscalía, se acercó a la comisaría. Llevaba una gasa en la nuca cubriendo su herida:

—Buenos días, busco al capitán Pacheco.

El sargento de guardia era el mismo de las veces anteriores. Chacaltana se preguntó si vivía en ese escritorio.

—¿El capitán Pacheco?

—En efecto, sí.

El sargento se internó nerviosamente en la oficina lateral. Se quedó ahí seis minutos. Después salió.

—Lamentablemente, el capitán no se encuentra en estos momentos. Ha ido al cuartel referente a unos operativos.

—¿Sabe a qué hora volverá?

—Mayormente desconozco a ese respecto.

Era tarde. El fiscal pensó en el trabajo que se le acumulaba en la oficina para el día siguiente: excusarse de dos ágapes y preparar un ayuda-memoria para el fiscal provincial sobre los delitos sexuales en la región. El fiscal Chacaltana consideraba que la petición del fiscal provincial era una manera de reconocer al fin su trabajo de campo y su reflexión en torno a esa lacra social. Además, tenía que redactar un documento sobre transparencia electoral para los siguientes comicios. Le costó mucho tomar la decisión, pero no tenía tiempo que perder. Tampoco tenía nada mejor que hacer fuera de las horas de oficina. Tras pensarlo un momento y localizar un sillón de espera con pocos agujeros, dijo:

—Lo esperaré aquí.

Se sentó. El sargento no esperaba esa respuesta. Pareció nervioso. Miró hacia la oficina. Luego volvió a mirar al fiscal.

—No, es que... El capitán va a demorar horas. Quizá ya no vuelve ya. Pero yo le haré presente que usted...

—No tengo prisa. Solo urgencia.

—Dejó dicho que ya le mandaría un informe respectivo...

—Prefiero verlo, gracias.

La mirada del sargento se convirtió en una súplica. Se sentó y respiró hondo. El fiscal también. El sargento dejó pasar media hora antes de volver a hablarle con un bostezo.

—Yo creo que ya no regresa ya, el señor capitán.

—Si viene mañana por la mañana, aún estaré acá. O el jueves. O cuando haga falta.

Se sorprendió de su propia decisión, pero era verdad que el funcionamiento de los mecanismos de comunicación interinstitucional dejaba mucho que desear en Ayacucho. Pensó que quizá de ese modo conseguiría mejorarlos. Podía ser muy audaz si se lo proponía. Se acomodó en el asiento y dejó pasar el tiempo. A las ocho, dos gendarmes llegaron y el sargento los hizo pasar a la oficina. Se fueron a las nueve despidiéndose alegremente de alguien allá adentro. A las diez y media, el sargento repitió que le haría presente al capitán que el fiscal había estado ahí. A las diez y treinta y uno, el fiscal respondió que no sería necesario porque él estaría en la recepción cuando el capitán llegase. A las once y veintitrés, se quitó el saco y lo colocó sobre su cuerpo a modo de frazada. A las once y treinta y dos, comenzó a roncar con un silbido sordo. Finalmente, a las doce y ocho, el ruido de una puerta lo despertó. El capitán Pacheco salió de la oficina, dirigió una mirada de odio al fiscal y continuó su camino hasta el baño. Permaneció en el interior siete minutos más, después de los cuales salió secándose las manos acompañado por el sonido del *water*. El sargento se puso de pie para saludarlo:

—¡Buenas noches, capitán! No sabía que se encontraba presente. Aquí el señor fiscal se ha apersonado en la delegación p...

—Cállate, carajo. Pase, Chacaltana. ¿Quiere hablar? Vamos a hablar.

El fiscal distrital adjunto lo siguió hasta la oficina con la victoria brillándole en la sonrisa. El capitán Pacheco se sentó pesadamente tras su escritorio, al lado de la bandera nacional y debajo de la foto del presidente. En la pared colgaba el escudo de la policía con su lema: «El honor es su divisa».

—Antes de comenzar, permítame decirle que es usted realmente un dolor en los huevos —dijo a modo de saludo oficial—. ¿Qué le pasó en la cabeza?

El fiscal tuvo miedo de decir que lo habían golpeado. No lo respetarían si decía eso.

—Nada, me caí. Y lamento las recientes incidencias, capitán, pero es que he remitido a su autoridad un escrito d...

—Sí, sí, sí. Lo de Mayta Carazo. Lo he visto.

—Desafortunadamente, su respectiva respuesta parece haberse extraviado sin llegar a obrar en mi poder...

—No le envié una respuesta, Chacaltana. Y no se la voy a enviar. ¿Eso es lo que quería oír?

—No, capitán. Necesito su colaboración para coadyuvar a cerrar el caso de...

—Chacaltana, ¿usted es aprista o es imbécil?

—¿Perdone, capitán?

—¿No escuchó al comandante Carrión cuando le habló?

—Sí, capitán. Y justamente creo que he encontrado la confirmación de sus sospechas... Tengo indicios para suponer que el susodicho Justino...

—No quiero saber qué indicios tiene. No quiero saber nada que tenga que ver con este caso. Tenemos las elecciones a la vuelta de la esquina. Nadie quiere oír hablar de terroristas en Ayacucho.

—Permítame transmitirle mi sorpresa por sus palabras...

—Mire, Chacaltana, le voy a ser totalmente sincero y espero que sea la última vez que hablemos de este tema. La policía se dirige desde el Ministerio del Interior y el ministro del Interior es un militar. ¿No le dice algo eso?

—Eso no constituye irregularidad. Los miembros de las Fuerzas Armadas están facultados para...

—Trataré de decirlo de modo que hasta usted lo entienda: aquí las decisiones las toman ellos. Si ellos no quieren investigación, no se hace investigación.

—Pero es nuestro deber...

—¡Nuestro deber es callarnos y acatar! ¿Es tan difícil que se le meta eso en la cabeza? Escuche, no tengo ningún interés en ayudarlo porque no me da la gana. Pero si quisiera ayudarlo, tampoco podría. Así que no me meta en este asunto porque me va a joder el ascenso. ¡Se lo pido por favor! ¡Tengo una familia! ¡Quiero volver a Lima! No puedo estar molestando al comandante Carrión.

En el engranaje jerárquico que era la mente del fiscal distrital adjunto Félix Chacaltana Saldívar, no cabía la posibilidad de perder un ascenso por seguir los procedimientos. Todo lo contrario. Trató de explicar ese punto, pero el capitán lo interrumpió:

—¿Por qué no hace un informe y cierra el caso de una vez? Atribúyalo a un incendio o a un accidente automovilístico... Y todos tranquilos.

Chacaltana abrió los ojos con genuina sorpresa.

—Pero yo... no puedo hacer eso... Hacerlo sin el informe policial es ilegal, capitán.

El capitán hundió la cabeza entre sus manos. Cerró los ojos. Movía los labios ligeramente, como si contase hasta cien en silencio. Más tranquilo, habló:

—Chacaltana, esto es zona de emergencia. Gran parte del departamento aún está bajo la clasificación de zona roja. Las leyes están legalmente suspendidas.

—Además, los deudos del fenecido podrían exigir...

—¡No tiene deudos! ¡Nadie sabe quién es! ¡El caso no se ha filtrado a la prensa! Nadie lo reclama, los indios nunca reclaman. No les importa. Y a mí tampoco.

El retrato del presidente pareció temblar a sus espaldas cuando dijo eso. Luego, la oficina se sumió en el silencio. El capitán tenía sobre el escritorio fotos carné de su familia, dos niños y una mujer. A Chacaltana le gustaban las familias. Pero en ese momento, con genuina indignación, se puso de pie.

—Yo también quiero cerrar este caso cuanto antes, capitán, pero su informe debe llegarme porque lo exigen los procedimientos. No puedo cerrar el acta sin un informe. Dejo constancia del cumplimiento de la diligencia.

Chacaltana se puso de pie dignamente y se acercó a la salida. El capitán se recostó en su sillón. Justo antes de que Chacaltana abriese la puerta dijo:

—¿Eso es todo?

Chacaltana se detuvo. No volteó. Supo que había vencido.

—Es por lo que he venido.

Chacaltana dijo eso con un tono de voz firme, rígido al lado de la puerta. El capitán exigió una confirmación:

—Si le doy un informe redactado por mis peritos y firmado por mí, ¿no habrá más problemas?

—El único problema que tenemos es la irregularidad administrativa que no nos permite cerrar el caso.

El capitán esbozó una sonrisa. Luego la detuvo. Frunció el ceño. Chacaltana mantenía el rostro impertérrito del fiscal profesional. El capitán rio con claridad.

—Está bien, Chacaltana, entiendo. Hablaré con mi gente y reuniré a mis hombres. Tendrá su informe mañana a primera hora en su despacho. Gracias por su visita.

En realidad, eso era lo único que el fiscal distrital adjunto esperaba escuchar.

Salió de la comisaría con la sensación de haber librado una gran batalla y haberla ganado. Sin embargo, comprendía el recelo policial. No debía olvidar que vivían en zona roja, y eso siempre hace a la gente más desconfiada.

A esas horas ya estaba todo cerrado en la ciudad. Nadie recorría las calles aparte de alguna patrulla ocasional, rezago de los toques de queda. Avanzó en la noche silenciosa y azul hacia su casa, respirando el aire limpio de la provincia. Al llegar a casa fue a la habitación de su madre. Estaba fría por haberse quedado con la ventana abierta todo el día. Se disculpó mientras la cerraba.

—Lo siento, mamacita. Te he dejado sola todo el día. Es que este caso es muy difícil, mamacita. Muy triste. El fenecido no tiene deudos. ¿Te imaginas? Qué triste.

Sin dejar de hablar, sacó de un cajón el pijama de lana más abrigador y lo extendió sobre las sábanas.

—Una persona que se muere sin nadie que la recuerde es como si se muriera el doble. ¿Dónde estará la familia de ese señor? ¿Quién podrá acordarse de algo bonito de él, quién le hará la cama por las noches o le dará su pijama? Nadie pues, mamacita. Nadie para mirar su foto ni para decir su nombre por las noches. ¿Ves cómo es? Cuando alguien así deja de existir, es como si nunca hubiera existido, como si hubiese sido un rayo de sol que no deja rastros después, cuando cae la noche.

Acarició el pijama y la sábana. Luego cogió una foto de la cómoda, aquella en que aparecía su madre sola, con su mirada dulce y joven. Se la llevó a su cuarto y la dejó en la mesita al lado de la cama, para sentirse menos solo después de cerrar los ojos.

A la mañana siguiente, en efecto, el informe policial descansaba sobre su escritorio. El fiscal lo abrió y lo revisó. Estaba muy mal escrito, lleno de pleonasmos y faltas ortográficas, pero el contenido era sencillo y legalmente válido. La versión policial difería de su hipótesis pero aportaba pruebas definitivas surgidas de su experiencia en la investigación de siniestros y homicidios. A lo largo del día verificó algunos datos. Eran correctos. Llamó a la comisaría, donde le contestó personalmente el capitán Pacheco, quien certificó sus actuaciones y ofreció toda la colaboración que estuviese en sus manos.

El fiscal no tenía ninguna ambición de protagonismo. No quería polemizar ni dudar de la buena fe de las instituciones. Si las autoridades competentes ofrecían una versión más sólida que la suya, la aceptaba. Su labor era facilitar la actuación de las fuerzas del orden, no obstaculizarla. Eso sí, se sintió orgulloso por el cambio de actitud que había promovido en el capitán Pacheco, quien había superado su resistencia y colaborado, finalmente, con la mayor eficiencia. A la larga, el capitán se daría cuenta de las ventajas de la cooperación entre las instituciones en tiempos de paz. Y se lo agradecería.

Dio por válido el informe policial y decidió cerrar el caso con la información disponible.

Escribió un informe que no lo satisfizo por su desmesurada extensión. Lo tiró a la basura. Redactó otra hoja, pero la encontró llena de simplificaciones y omisiones. Volvió a tirarla y redactó una tercera, cuidando especialmente la sintaxis y la puntuación, sencilla, sin excesos, sobria. Mientras corregía las comas y las tildes, se sintió aliviado. Las imágenes del hombre quemado no volverían a molestarlo. Y sobre todo, los canales de comunicación interinstitucional se revelaban eficaces. Una señal más de progreso.

Con fecha martes 7 de marzo de 2000, en circunstancias en que se desarrollaban las festividades del carnaval, una tormenta eléctrica prácticamente se verificó en las alturas de Huancavelica produciendo daños materiales y personales de gran cuantía en las zonas despobladas.

Posteriormente, el respectivo fenómeno climático se movilizó en dirección a la provincia de Huamanga, en donde su verificación ha sido debidamente no corroborada a consecuencia del estado etílico que practicaron los pobladores de la citada provincia durante la referida celebración.

El actual occiso, un hombre manco cuya identidad no ha podido ser establecida demostrando que se trata de un viajero y/o forastero turístico, debido a las citadas condiciones climáticas, se apersonó a pernoctar en el domicilio de Nemesio Limanta Huamán (41) que negó el permiso al susodicho, aunque debido a la confraternización de las fechas citadas, carece de recordación al respecto.

A pesar de la negatividad de Nemesio Limanta Huamán (41), el actual occiso hizo uso de su prerrogativa de pernoctación, incurriendo así en delito de allanamiento de morada y uso indebido de espacios privados, llegando al pajar en circunstancias en que el inmueble servía también a efectos de depósito de keroseno y otros líquidos combustibles utilizados en el proceso agropecuario artesanal.

El actual occiso permaneció en las inmediaciones del pajar durante un lapso de dos días donde, a efectos de escamotear su delito, se ocultó entre la paja evitando ser visto por los pobladores de Quinua, razón que coadyuva a explicar el olvido general que pesa sobre su presencia en la localidad.

Con fecha miércoles 8 de marzo de 2000, aproximadamente en horas de la madrugada, una descarga eléctrica producida por las desfavorables condiciones climáticas produjo en forma de relámpago un siniestro en el domicilio de Nemesio Limanta Huamán, precisamente en la localización del pajar donde pernoctaba el susodicho actual occiso. Alcanzado por el fenómeno climático en el hombro, donde su herida se aperturó, y encendido en llamas, el actual occiso demostró su ignorancia de los usos rurales al pretender apaciguar el fuego con determinados combustibles, los cuales, sumados a la acción de la descarga eléctrica, intensificaron el proceso de combustión degenerando en un incendio de considerables proporciones que, a pesar de ello, y debido a la humedad del elemento pajar, no se extendió a otras instalaciones del referido inmueble.

Finalmente, en la correspondiente caída al suelo del occiso, su rostró impactó contra los rastrillos de la paja, produciéndose una herida punzocortante cruciforme en el sector frontal craneal.

Y para que así conste en acta lo firma, a viernes 17 de marzo...

Ahora estaba perfecto, con la conjugación apropiada y las pausas correctas. Al alivio de ver el informe cerrado se sumó el de saber que no había un asesino suelto en la provincia. Nada de terroristas. La guerra había terminado. Ni siquiera un criminal pasional. Seguramente, Justino Mayta Carazo había huido del fiscal preocupado por las consecuencias de su descubrimiento. No creyó necesario denunciarlo por eso. Su miedo también era normal.

El fiscal hizo las copias correspondientes y las metió en los respectivos sobres. Los envió con la satisfacción de la labor bien cumplida. Pensó en su madre. Estaría orgullosa de él. Pensó en Edith. Con la conmoción del caso, había olvidado buscarla durante la última semana. Debía pasar por el restaurante. Sintió de repente que recuperaba el apetito.

**Jueves 6 de abril /
Domingo 9 de abril**

—Ante todo, quiero que sepa que estamos muy orgullosos de usted, fiscal Chacaltana. Y que las Fuerzas Armadas de este país cuentan con su infatigable esfuerzo en pro de la ley y el orden.

Al fiscal Chacaltana le pareció que todas esas palabras eran dichas con mayúsculas, como los diplomas que cubrían las paredes de la oficina del comandante Carrión, entre medallas y banderas, alrededor del inmenso sillón del escritorio. Mientras un teniente servía dos tazas de mate, el fiscal reparó en que el comandante parecía más alto desde la pequeña butaca en que lo habían sentado a él.

—Gracias, señor.

—Debo confesar que teníamos dudas de que la justicia común pudiese lidiar con un caso de este tipo. Si me permite que lo diga, no todos los funcionarios están preparados para entender lo que ocurre aquí. Los de Lima, menos aún.

—Yo soy de Ayacucho, señor.

—Lo sé. Y eso también nos llena de orgullo.

El fiscal Chacaltana se preguntó qué había que hacer para ser de un lugar. Qué lo hacía más ayacuchanoquedeLima,dondehabíavividosiempre.Pensó que su lugar era donde estuviesen sus raíces y sus cariños. Y Ayacucho estaba bien. Cada vez mejor.

Las semanas siguientes a la presentación de su informe habían sido inesperadamente agradables. Repentinamente, el fiscal distrital adjunto Félix Chacaltana Saldívar parecía haber ascendido. Dejaron de llegarle encargos de subordinado e incluso el juez Briceño le transmitió por escrito sus felicitaciones por la rapidez y eficacia con que había resuelto el tema de Quinua sin necesidad de alarmar a la opinión pública. Al día siguiente de cerrar el caso, le había llegado su nueva máquina de escribir y suficiente papel carbón para hacer copias de todos los casos que necesitase. Hasta sus sueños se habían pacificado, corriendo un velo de paz sobre sus pesadillas sobre el fuego. Y al final de la semana, el comandante lo había mandado llamar. Era raro que el comandante se entrevistase con los funcionarios, más raro aún que los invitase a su oficina. El fiscal se sentía contento, pero no quería aprovecharse de su posición:

—Creo que a quien hay que agradecerle verdaderamente su investigación es a la Benemérita Policía Nacional, que dio en todo momento muestras de eficiencia y compromiso...

—Es usted un ejemplo de humildad, señor fiscal. Ya el capitán Pacheco me ha informado de que este caso no habría avanzado de no ser por su decisión y coraje.

—Gracias, señor.

El comandante se echó para atrás en el asiento y bebió un poco de mate. Parecía relajado. No se veía tan amenazador como la primera vez. El fiscal lo atribuyó a que iban entrando en confianza. El comandante continuó:

—La mayoría de estos casos quedan siempre sin resolver. Muchas veces ni se abren actas porque nadie lo reclama. Pero lo mejor es siempre tener todo archivado y organizado legalmente. Nuestra mejor arma es hacer las cosas bien, ¿verdad?

—Claro, señor.

Sintiéndose autorizado, el fiscal también bebió un trago de su mate. Recordó a Edith. No había querido ir a su restaurante con la gasa en la nuca, no quería que ella viese su herida. Había pasado por ahí una mañana a saludar. Ella lo había recibido con su sonrisa brillante. Él había prometido volver y se había retirado caminando de espaldas, para no delatar su lesión. Pero esa mañana se había quitado la venda. Y la cicatriz ya no se veía mal. Quizá debía pasar por ahí saliendo de la oficina del comandante, para que ella no pensase que era un aprovechado. Y para celebrar.

—Justamente por eso lo he mandado llamar —continuaba el comandante—. Ahora ha llegado el momento de concentrarnos en las elecciones. Necesitamos gente de confianza que crea en la legalidad, en el Perú, para afrontar el gran reto que el siglo XXI pone ante nosotros.

—Estaré encantado de hacer lo que esté en mis manos, comandante.

—Y yo de que colabore con nosotros. Pero antes me gustaría hacerle algunas preguntas.

El comandante tomó un expediente de su escritorio. Era un archivo gordo lleno de papeles con algunas fotografías. El fiscal reconoció los documentos. Era su expediente laboral, aunque parecía bastante más gordo que un expediente laboral normal. El comandante se puso los lentes y pasó varias páginas. Se detuvo en una de ellas:

—Dice aquí que usted pidió personalmente su traslado a Ayacucho.

—Así es, señor. Tenía ganas de volver a mi tierra.

—Salió de aquí tras la muerte de su padre, ¿verdad?

—Sí, en efecto. Fui con mi madre a vivir a Lima.

—¿Cómo murió su padre? ¿Fue... una víctima del terrorismo?

—No, señor. Murió... años antes del comienzo de todo eso...

Una pasta oscura le aturdió la memoria. Trató de continuar sin temblar:

—Murió en un incendio. Yo tenía nueve años.

Por primera vez, el comandante dio señales de tener algún tipo de sentimiento.

—Lo siento —dijo.

—No importa, señor. Los muertos viven en la memoria de sus hijos.

—¿Y su madre?

—Ella murió mucho después.

Había una foto en sus recuerdos. Su madre sonriendo con un hombre. Parecía blanco, quizá limeño. Estaba en el cuarto de su madre, sobre la cómoda. No. Ya no estaba. Nunca había estado.

—Dice también que es usted casado.

—Sí, señor.

—No hemos visto por aquí a la señora de Chacaltana, me parece.

Félix Chacaltana Saldívar se sintió incómodo. Recordó una taza sin café, un vacío en la cama, la ausencia de una voz en la puerta del baño, por las mañanas.

—Ya no hay una señora Chacaltana, señor.

—¿Falleció también?

—¡No, no! Simplemente se fue. Hace poco más de un año. Dijo que yo... no tenía ambiciones. Entonces pedí mi traslado.

Se preguntó por qué le había dicho eso al comandante Carrión. No le había pedido tantos detalles.

—No tener ambiciones es bueno —respondió el militar—. Aquí las ambiciones sobran. ¿Hijos?

Con los lentes inclinados hacia el expediente, el comandante paseaba la vista alternadamente de sus papeles al fiscal, que cada vez parecía más pequeño en su sillón.

—Ninguno. Creo que también por eso se fue.

—No consta un trámite de divorcio.

—No lo hice. Pensé que... no sería necesario. No quería volver a casarme. Nunca. Perdone, señor. ¿Estoy autorizado a preguntar por qué...?

No quiso decir más. El comandante se quitó los lentes y le dedicó una sonrisa de padre. La que debía ser la sonrisa de un padre, por lo menos.

—Lamento hacerle estas preguntas personales. Créame que son necesarias. Pero no necesito saber más. Creo que es usted perfecto para el trabajo que necesitamos. No tiene familia, así que puede viajar. Además, es un hombre que ama su tierra y respeta la familia, un hombre decente.

El tipo de hombre que muere sin deudos, pensó Chacaltana. Se preguntó quién acariciaría sus sábanas tras su muerte.

—¿Habrá que viajar, señor?

—Verá usted, Chacaltana. El domingo son las elecciones y necesitamos personal cualificado y comprometido en la defensa de la democracia. ¿Comprende?

No comprendía nada.

—Sí, señor.

—En los pueblos que van a recibir periodistas necesitaremos fiscales electorales de confianza.

Chacaltana revisó mentalmente los estatutos electorales y del Ministerio Público. Encontró una contradicción.

—Comandante, los fiscales electorales no pertenecen al Ministerio Público. Son funcionarios del Jurado Nacional de Elecciones o de la Oficina Nacional de Procesos Electorales...

—Sí, claro. Pero nosotros no queremos enredarnos en los títulos y las palabras. Eso es de políticos. Un fiscal es un fiscal pues, Chacaltana, para lo que su país le requiera. Y usted está perfectamente cualificado.

—Es un gran honor... No sé si tenga tiempo de hacer el cursillo correspondiente o de prepararme... Además, tengo que hablar con mis superiores...

—Confiamos en su capacidad, Chacaltana, nada de cursillos. Yo me ocuparé de todos los detalles: dé por descontada una licencia con goce de haber y no se preocupe por los inconvenientes burocráticos. El comando de las Fuerzas Armadas se ocupará de todo el papeleo.

El comandante sacó otro archivo. Dentro había una acreditación firmada como fiscal electoral con la foto de Chacaltana, algo de dinero para viáticos, pasajes en autobús, una cartilla sobre legislación electoral y otros papeles. Chacaltana se sintió un privilegiado.

—Es un honor que hayan pensado en mí para...

—Lo merece usted plenamente, fiscal Chacaltana.

—¿Cuándo y adónde me destinarán?

—A Yawarmayo. Su autobús sale en dos horas.

—¿Tan pronto?

—El país no tiene tiempo que perder, señor fiscal. Y las elecciones son ya el domingo. ¿Alguna pregunta?

—No, señor.

—Puede retirarse. Espero que esto sea el inicio de una prometedora carrera, Chacaltana.

—Gracias, señor.

Salió a la calle con un temblor de emoción en la mandíbula. Por primera vez en muchos años sentía euforia. Se secó el sudor de la frente con su pañuelo. Al fin, su trabajo iba recibiendo reconocimiento. Sintió que debía compartir su éxito con alguien antes de tomar el autobús. Casi inconscientemente, desembocó en El Huamanguino. Saludó a la camarera con una gran sonrisa.

—Compré mate para usted. Y hoy hay puca picante —lo saludó ella.

—No he venido a almorzar. Yo...

—Las mesas son para almorzar. Si no almuerza, no se puede sentar.

—Tráeme una entonces.

Esperó el tiempo reglamentario ansioso por hablar. En la televisión ponían una telenovela y una mujer lloraba a mares por su hombre. Esta vez, en el plato que Edith le sirvió había chicharrón, pata de chancho y papas calientes.

—Me van a mandar de viaje —dijo con orgullo Chacaltana.

—¿De verdad?

—Sí, sí. He hecho un buen trabajo. Y me han nombrado para supervisar las elecciones.

—¡Felicitaciones! Se merece un vasito de chicha.

—No, gracias. No bebo.

De todos modos, ella le sirvió un vaso de líquido dulzón y marrón.

—No tiene ningún vicio, ¿no? Su esposa debe estar contenta...

—Tampoco tengo esposa.

—Ah. ¿Va a probar la puca?

—Es que... es que no tengo tiempo... pero escuche... Cuando regrese... en unos días... creo que me van a invitar a varios ágapes. Cosas del alto mando. Compromisos.

—¿Y ya no va a venir?

Ella pareció triste al decir eso. El fiscal se animó al verla así.

—Al contrario. Vendré. Pero también me gustaría... pues...

—¿Sí?

—Las autoridades asisten a los eventos con sus esposas, con sus señoras.

—Claro.

—Me gustaría llevarla a usted, Edith. Si no le molesta.

Se dio cuenta de que ahora él también la estaba tratando de usted. Ella se rio.

—¿A mí? ¿Y por qué a mí?

—Porque... porque no conozco a nadie más en la ciudad...

Ahora ella frunció el ceño. Él trató de reparar su error. Había perdido la costumbre de decir ciertas cosas, quizá no las había dicho nunca.

—... A nadie que sea tan bonita como usted.

—¡Ya está diciendo tonterías!

—No es ninguna tontería.

—¿Va a comer o no?

—No va a ser posible. Me voy ya. Tengo que salir corriendo a hacer la maleta. ¿Vendrá cuando vuelva? ¿Sí?

Ella se puso roja como un rocoto. Se rio. Parecía reírse de todo. Y cuando se reía, parecía brillar. En la televisión, la villana de una telenovela amenazaba a su rival porque le quería quitar a su hombre.

—Sí —dijo Edith.

El fiscal sintió que su día estaba completo. Que su año en Ayacucho estaba completo. Se levantó feliz. Disimuladamente, dejó el dinero del almuerzo en la mesa, para que ella no lo rechazase. Se acercó para despedirse. Ella tenía un trapo en las manos. Él abrió los brazos. Luego los bajó. No quería propasarse. Extendió la mano. Ella se la estrechó. Él dijo:

—Gracias. Nos veremos pronto.

Ella asintió con la cabeza. Parecía avergonzada. El fiscal corrió a su casa.

—Mamacita, no tengo tiempo de explicarte todo, pero estoy contento. —Cogió la ropa interior que encontró y la metió en un viejo maletín de deportes—. Vas a ver lo bien que sale todo, mamacita. Seguro que después de esto me pagarán más y podré comprarte un pijama nuevo, ya verás. —Guardó las corbatas y camisas y descolgó un gancho con dos sacos y un pantalón—. Y luego Edith. Vas a conocer a Edith. Te va a gustar. Adiós, mamacita.

Cerró las puertas y las ventanas y corrió hacia el terminal. A medio camino, se detuvo y regresó. Buscó las llaves de su casa en el maletín y entró. Corrió al cuarto del fondo, tomó una foto en que su madre aparecía cuando era chiquita, posando para la cámara con un vestido de bobitos. Se fijó bien que no hubiera ninguna foto de ella sonriendo con un señor que parecía de Lima. Lo confirmó. Besó la foto, la metió en el maletín y volvió a salir.

En el terminal reinaba una gran confusión. El autobús de las cuatro iba lleno y su nombre no figuraba en la lista de reservas. Una señora con cuatro hijos le gritó por tratar de robarle el sitio. El chofer lo mandó salir para que no estorbase. Finalmente, después de quince minutos de discusión, un arisco empleado de la línea le pidió que tomase el bus nocturno. El fiscal Chacaltana pensó que tendría más tiempo para comer con Edith y despedirse de su madre y aceptó. Luego se le ocurrió que si los militares lo veían fuera de la estación pensarían que estaba abandonando su posición, así que se sentó a esperar la salida del siguiente bus durante siete horas y media después de asegurarse de que, esta vez sí, figuraba entre las reservas. Aprovechó el tiempo para revisar la ley electoral y el reglamento de los observadores.

Por la noche, su autobús salió con solo quince minutos de retraso. Una señal más de que Ayacucho avanzaba con paso firme hacia el futuro. Yawarmayo estaba a siete horas al noreste, en dirección a la Ceja de Selva. Aunque la oscuridad no permitía ver nada por la ventana, el fiscal hizo el viaje adivinando las carreteras sin asfaltar por donde el autobús traqueteaba, los cerros romos que rodeaban a la ciudad y, después, el progresivo cambio del paisaje desde la sierra seca hasta el verde selvático de las montañas. Por momentos se dormía y era despertado por el rebote del autobús contra algún bache. Llegó un momento en que ya no sabía si estaba dormido o despierto, si su felicidad era real o soñada.

Hasta que abrió los ojos.

El autobús estaba detenido. Se fijó en la hora: cuatro de la mañana. Vio los cristales empañados del interior. Pulió el suyo para mirar hacia fuera. La lluvia caía horizontalmente azotada por el viento. Granizaba. Reparó en que su compañero de asiento había desaparecido, junto con muchas otras personas. Las luces estaban encendidas y el autobús estaba semivacío, ocupado solo por mujeres con ojos legañosos. Desde la puerta, alguien, quizá el chofer, gritaba:

—¡Han dicho que bajen todos los hombres! ¡Solo los hombres!

El fiscal no entendió qué ocurría. Trató de atisbar algo entre la oscuridad del exterior. Las luces interiores del autobús solo permitían distinguir algunos perfiles encapuchados y la extensión de las bayonetas que llevaban colgadas de los hombros.

Tuvo un rápido recuerdo de la última vez que había visitado Ayacucho para ver a su madre antes de volver a vivir ahí. Había sido a principios de los ochenta, recién nombrado en el Ministerio. Antes de llegar a la ciudad, su autobús había sido detenido por un grupo terrorista que les pidió su identificación a todos los pasajeros. Los militares que iban de civil se comieron sus papeles. El fiscal también se tragó su carné del Ministerio Público. Los terroristas habían recogido todas las libretas electorales del bus y luego las habían roto enfrente de sus dueños:

—¡Ustedes ya no tienen documentos —habían gritado—, no pueden votar, no son ciudadanos! ¡Viva la Guerra Popular! ¡Viva el Partido Comunista del Perú! ¡Viva el Presidente Gonzalo!

Les hicieron repetir sus consignas y se fueron, robando lo poco que pudieron sacarle a los pasajeros. Llevaban pasamontañas y armas de fuego. Como los que ahora habían detenido al autobús.

En la puerta, el chofer volvió a llamar a los varones. Dos más que se habían quedado dormidos se acercaron a la puerta restregándose los ojos. El fiscal se preguntó si debía tragarse su carné de fiscal electoral. Pero el documento venía plastificado. Era imposible masticarlo. Lo ocultó bajo el asiento y se levantó. Se acercó a la puerta. Al bajar le recibió a empujones un hombre con pasamontañas negro, que lo arrastró hacia la cola que formaban los demás. La lluvia le caía como un latigazo contra la cara. Constató con alivio que el que lo empujaba llevaba el uniforme verde del Ejército. Trató de identificarse:

—¡Soy el fiscal distrital adjunto Félix...!

El otro apenas le respondió con un empellón. Cuando llegó su turno, lo enfrentó un sargento igualmente oculto tras el pasamontañas. Entre su máscara, la lluvia, el miedo y su pésimo español, apenas se le oía gritar:

—¡mnnññmmnssmaaaaar!

Acostumbrado a las redadas, el fiscal sacó su DNI. El otro lo miró con atención y miró al funcionario a la cara. Era difícil leer la expresión de sus ojos. Le devolvió el documento y volvió a gritar:

—¡nnññsnsmsnaaaaaar!

El fiscal le mostró su libreta militar. El otro asintió con la cabeza y se la devolvió. El primero lo empujó de vuelta al autobús. El fiscal subió de nuevo, más tranquilo, pensando que su seguridad estaba garantizada día y noche por las Fuerzas Armadas.

El autobús retomó la marcha y Félix Chacaltana Saldívar recuperó su carné y su sueño. Despertó con la luz del amanecer y con la imagen de un río que corría en las faldas del cerro por el que el vehículo descendía. Conforme las nubes de lluvia se iban despejando, el cielo recuperaba su reconfortante claridad.

El autobús se detuvo a las siete de la mañana. El fiscal bajó del vehículo y recogió su maletín entre los costales de papas y las jaulas con animales. No había un terminal. El bus se había detenido solo para dejarlo a él. Faltaban dos horas hasta el pueblo. Faltaba lo mismo para que abriesen las dependencias públicas. El fiscal debía presentarse a la Oficina Nacional de Procesos Electorales y a la Policía Nacional. Pensó que llegaría con tiempo de desayunar algo. Avanzó por un camino polvoriento con su equipaje a cuestas. Atravesó el río y dos cerros que resultaron más altos de lo que parecían a primera vista. Cada cierto tiempo, se detenía a revisar que su terno no se estuviese arrugando ni llenando de polvo.

Finalmente llegó a un valle. A lo lejos se veía Yawarmayo. Mientras se acercaba, le pareció ver a alguien en la entrada del pueblo. Pensó que las autoridades pertinentes lo estarían esperando. Saludó con la mano. La persona no lo saludó de vuelta. Cuando llegó al límite del pueblo, ya no había nadie. Ningún comercio abierto. Ninguna seguridad de que hubiese un restaurante o una persona. Ni siquiera un pedazo de asfalto. Excepto los faroles al fondo, aún encendidos a pesar de la luz del día.

Los faroles parecían estar decorados con guirnaldas o algún tipo de adorno colorido. Pensó que sería un resto del carnaval o un ornamento de Semana Santa. Se limpió el polvo del pantalón y acomodó de nuevo el gancho con su terno, el expediente y su maletín de deportes. Siguió caminando.

Solo cuando llegó al pie de los faroles pudo ver de cerca lo que colgaba de ellos. Eran perros. Algunos ahorcados, otros degollados, algunos abiertos en canal, de modo que sus órganos internos goteaban desde sus panzas. Soltó el maletín. Un escalofrío recorrió su espalda. Los perros llevaban carteles que decían: «Así mueren los traidores» o «Muerte a los vendepatrias».

El fiscal sintió un vahído. Tuvo que apoyarse en una pared. Se sintió solo en medio de esa avenida por la que, se fijó de nuevo, nadie más caminaba esa mañana.

Aún estaba ahí media hora después. Había buscado una puerta abierta sin éxito. No sabía qué hacer. Adónde ir. Hasta que las primeras sombras aparecieron en la calle. Eran policías y caminaban pesadamente llevando escaleras para descolgar a los perros. Apoyaron sus escaleras contra los faroles y retiraron a los animales siguiendo un orden establecido, con más hastío que asco, como acostumbrados a una rutina de cadáveres caninos. Félix Chacaltana pensó en las palabras del comandante. No vea caballos donde solo hay perros.

El destacamento, por lo que Chacaltana pudo observar, contaba con cinco efectivos delgados de ojos hinchados. Ninguno pasaría de los diecinueve años. Ninguno lo miró. Se acercó a uno de ellos, que sostenía una escalera:

—Buenos días. Busco al teniente Aramayo.

El policía le devolvió una mirada suspicaz. El fiscal le mostró su carné. Un perro cayó al suelo, casi sobre su cabeza. Una nube de moscas lo siguió. A sus espaldas, el fiscal oyó una voz de mando:

—¡Carajo, Yupanqui! No tire los perros que se salpican. Puta madre...

El fiscal dedujo que era la voz que buscaba. Se volvió para encontrar a un oficial de unos cincuenta años cuya barriga desbordaba la camisa caqui del uniforme.

—¿Teniente Aramayo?

—¿Qué pasa?

—Soy el fiscal elect...

—¡Mierda, Gonza! ¡Con las manos! ¡Como hombre!

Dos postes más allá, un efectivo trataba de empujar al perro con un alambre, para ver si caía sin necesidad de tocarlo. Con cara de resignación, soltó el alambre y siguió desanudando al animal con las dos manos. El fiscal trató de hacerse oír:

—He venido para la respectiva observación electoral.

El teniente pareció reparar recién en el visitante. Lo estudió de arriba abajo con una mueca de desconfianza.

—¿Para qué?

—Para la observ...

—Papeles. Quiero ver sus papeles.

Le mostró el carné. El teniente lo estudió por los dos lados. Preguntó:

—¿Quién lo manda?

—La Oficina Nacional de Proc...

—¿Quién lo manda, Chacaltana?

—El comandante Carrión, señor.

La mirada del policía perdió desprecio.

—Acompáñeme a desayunar. ¡Y tú, Yupanqui! Quiero ver esto bien limpio en una hora.

La delegación policial solo tenía un piso dividido en dos ambientes. En uno de ellos, sobre un escritorio, los esperaban dos tamales, un poco de queso, pan y café con leche. Aún estaban en el suelo los colchones en que los policías habían pasado la noche. El teniente dividió todo en dos e invitó a sentarse al fiscal. Una vez más, Chacaltana no tenía hambre. Pero el teniente comía como un caballo.

—Esto... ¿Es normal? —preguntó el fiscal.

—¿Qué cosa? ¿Los tamales?

—Los perros.

—Depende, pues, señor fiscal. ¿Qué es normal para usted? —preguntó tragando un pedazo de pan que había mojado en la leche.

—No sabía que... Sendero seguía operando en la zona.

La risa del teniente se le atragantó con un trago de la taza.

—¿Operando? Ja, ja. Un poco, sí. Jodiendo más bien.

—Yo he venido a ver el tema electoral. Usted sabe que van a venir observadores y...

—Estaría bien, carajo, que alguien observase algo por aquí.

Volvió a reírse dejando ver un pedazo de tamal a medio masticar. El fiscal se interrumpió. Últimamente solía ocurrirle que no sabía bien de qué se trataban las conversaciones, solía perder el tema. Trató de recapitular:

—¿Y desde cuándo se verifica este rebrote?

—¿Cuál rebrote? Esto no es un rebrote, Chacaltana. Esto está igual desde hace veinte años.

—Ah.

—A mí me ofrecieron un traslado a Lima y el grado de capitán si aceptaba chuparle la pinga a algún comandante de la capital. Pero no quise. Así que me enviaron aquí a que me jodiera. Aquí donde me ve, señor fiscal, lo más honesto de esta mierda de pueblo soy yo. ¿Se va a comer eso?

—No, siga nomás.

El teniente acabó con el segundo tamal casi de un solo bocado. El fiscal siguió informándose:

—¿Y no han pedido refuerzos?

—¿Refuerzos? Claro. También pedimos una piscina y un par de putas. Y aquí estamos.

El teniente encendió un cigarro y eructó. El fiscal pensó que con eso había dado la conversación por terminada en torno al tema de Sendero.

—Bien. Respecto al programa electoral, he estado revisando la ley. Me pregunto si ha acondicionado las mesas para que voten los presos y los...

—¿Los presos? ¿Quiere que saque a los presos? Olvídese de ellos. No votan.

—Pero la ley electoral especifica que...

—Ja, ja. Cuéntele al comandante Carrión que quiere sacar a los terrucos de las celdas. Va a ver por dónde le mete su ley electoral.

—Permítame leerle lo que dice al respecto en esta cartilla, de la que cuento con una copia para usted...

El teniente ni siquiera miró la cartilla. Miró al visitante a los ojos fijamente y adoptó una actitud seria y resuelta.

—No, permítame decirle a usted lo que usted va a hacer. En primer lugar, no quiero que vaya por ahí llamando la atención. Nada de vehículos oficiales ni distintivos visibles: chalecos, uniformes e insignias, fuera. Se va a convertir en un blanco y me van a echar la culpa a mí. El último fiscal que pasó por aquí se creía muy machito. Llegó con mucha bulla. Salió a dar una vuelta en un auto de lunas polarizadas con dos escoltas. Los terrucos vieron lunas polarizadas y dijeron: «El que esté dentro de eso es importante de todos modos». Setenta agujeros de FAL en la carrocería. Y granadas de mano. Los escoltas, muertos. El fiscal, herido de gravedad, creo que perdió un ojo. No volvió nunca por aquí, ese cojudo.

A Félix Chacaltana Saldívar no se le ocurrió qué responder. Miró los restos de tamal, un pellejo de pollo colgaba de uno de ellos. Se quedó viendo cómo el teniente terminaba de fumar. El teniente tampoco dijo nada más. De todos modos, el fiscal le dejó la cartilla en la mesa antes de levantarse.

—Bien —dijo Chacaltana—, hecha la pertinente presentación, es hora de buscar un alojamiento.

—Busque a Yupanqui, el que está con los perros. Es un cojudo, pero lo ayudará.

El fiscal cargó nuevamente con su maletín y el gancho con su terno. Cuando estaba a punto de llegar a la puerta volvió a oír la voz del policía:

—Oiga, Chacaltana, ¿usted sabe... quiero decir, es consciente de adónde lo han enviado?

—Este es el pueblo de Yawarmayo, ¿verdad?

El teniente echó la última bocanada con una sonrisa.

—No, Chacaltana. Esto es el infierno. En nombre de la Benemérita Policía Nacional, le doy la bienvenida.

Encontró a Yupanqui a pocas calles de ahí. Acababa de terminar de meter a todos los perros en grandes bolsas negras para humanos que los demás arrastraban para incinerar en las afueras del pueblo. Yupanqui le explicó al fiscal que en el pueblo no había hoteles, pero que se podía alojar en alguna casa particular, donde siempre aceptarían con alegría al visitante. Lo llevó a lo largo del pueblo hasta una casa un poco más grande que las demás. Al llegar a la entrada gritó:

—¡Teodorooo!

Y golpeó la puerta fuertemente mientras seguía gritando. A veces, volteaba hacia el fiscal con una sonrisa de disculpa. Cuando Chacaltana estaba a punto de sugerir que quizá en esa casa no había nadie, se abrió la puerta dejando ver a un hombre con su mujer y tres niños. Estaban todos como petrificados, observando al visitante. El policía les dijo algo en quechua. El hombre respondió. El policía levantó la voz. El hombre negó con vehemencia. La familia entera respondió entonces a gritos, todos al mismo tiempo, pero el policía les devolvió los gritos y sacó su garrote. El fiscal pensó que iba a golpearlos, pero se limitaba a mover el arma en el aire, amenazante. En medio de la discusión, se volvió hacia Chacaltana y le dijo en español:

—¿Tiene plata?

—¿Cómo?

—Que si tiene plata. Lo que sea nomás.

El fiscal sacó de su bolsillo dos monedas de un sol. Al verlas, los de la familia se quedaron en silencio de repente. El policía les dio las monedas y le hizo un gesto a Chacaltana para que dejase sus cosas en el piso. Luego se fue. El alojamiento estaba arreglado.

Chacaltana se quedó de pie frente a sus anfitriones. No había dónde sentarse. Solo una olla sobre un montón de madera quemada y algunos tejidos tirados por el suelo.

—Buenos días —dijo—, espero no ocasionar ningún inconveniente.

Los demás lo miraron sin decir nada.

—¿Puedo dejar mis cosas por aquí? ¿No les molesta?... ¿No sabrán por casualidad dónde está la Oficina Nacional de Procesos Electorales? ¿No?

Trató de pensar dónde podría colgar el gancho con su terno. Del único clavo de la casa colgaba una cruz, que no quiso retirar por respeto a la familia. Dobló el traje lo mejor que pudo y lo dejó en un rincón, encima del maletín. Luego se despidió respetuosamente y salió a proseguir con sus labores. Nadie se despidió de él.

La Oficina Nacional de Procesos Electorales, según le informaron en la delegación, se había instalado en la casa de Johnatan Cahuide Alosilla, que poseía algunos campos de cultivo en los alrededores y dirigiría los comicios y el recuento de votos. Nada más entrar, el fiscal distrital adjunto se topó con un póster del presidente, como el del capitán Pacheco, pero más grande. Se presentó. Johnatan Cahuide, el jefe y único funcionario de esa oficina, lo saludó con amabilidad. Le aseguró que todo estaba listo para las elecciones. El fiscal comentó:

—Disculpe usted, Johnatan, pero tendremos que retirar esa foto del presidente. La ley estipula que la publicidad electoral queda prohibida dos días antes del 9 de abril.

—¿Eso? Eso no es publicidad electoral. Esta es una oficina del Estado. Es una foto del jefe.

—Pero es que el jefe es candidato.

—Sí, pero ahí no figura como candidato sino como presidente.

El fiscal distrital adjunto —ahora fiscal electoral temporal— se prometió a sí mismo revisar el inciso correspondiente de la ley.

—¿Cuánta gente va a votar aquí?

—Tres mil. Las mesas se colocarán en la escuela pública Alberto Fujimori Fujimori.

—¿La escuela se llama así?

—Así mismo. La fundó el presidente casi en persona.

—¿Y no cree usted que podríamos tapar ese nombre? Es que la ley estipula que la publicid...

—Eso no es publicidad electoral. Eso es el nombre de la escuela.

—Claro. ¿Se han realizado ya los cursillos para los miembros de mesa?

—Sí. —Johnatan Cahuide le mostró las hojas de registro—. La asistencia ascendió a dos personas.

—¿Dos?

—Así es pues, señor Chacaltana. La mayoría de los miembros de mesa tiene que venir a lomo de mula durante dos días trayendo a su familia porque no tienen con quién dejarla. No vienen, pues. Con suerte vendrán el domingo a votar.

—Pero ¿están informados de quiénes son los candidatos... de sus derechos?

—Los cachacos...

—El personal de las Fuerzas Armadas —corrigió el fiscal.

—Esos. Van por ahí y les dicen a los campesinos que ellos tienen tecnología para saber por quién han votado. O sea que votarán todos por el presidente, pues.

—Pero eso... es falso e ilegal.

—Sí, pues. Son unos pendejos, los cachacos —respondió Cahuide con una sonrisa pícara.

El fiscal se preguntó si el funcionario había seguido sus correspondientes cursillos de formación.

Después de almorzar con él, el fiscal fue solo a ver la escuela donde se instalarían las mesas de votación. La escuela Alberto Fujimori Fujimori era un pequeño local de dos aulas con un patio al centro. En cada una de las aulas habría dos mesas. Hizo algunas anotaciones, pero en general le pareció que el lugar era adecuado. Volvió a la calle. Desde que los perros habían sido retirados, el pueblo había ido ganando vida. Los campesinos circulaban con sus herramientas y las mujeres salían al río con la ropa para lavar. Por momentos, el fiscal lograba olvidar el episodio de la mañana.

Al doblar una esquina, se agachó a anudarse un zapato. Por el rabillo del ojo le pareció ver a la misma figura que había distinguido a lo lejos cuando llegaba al pueblo. Un campesino, ahora más cerca. Volteó a buscarlo, pero no había nadie en ese lugar. Pensó que quizá solo lo había imaginado. Se acercó a la esquina. Por los caminos de tierra del pueblo, solo circulaban las señoras.

Por la noche, volvió a su alojamiento. Cuando entró, toda la familia estaba amontonada en la habitación del fondo, sin hablar. Las cosas del fiscal estaban donde las había dejado, intactas, al lado de una manta de lana.

—Buenas noches —dijo.

Nadie le respondió. No supo si desnudarse enfrente de todos ellos. Le daba pudor. Se quitó el saco, la corbata y los zapatos y se acostó en su sitio. No tardó en dormirse. Estaba muy cansado. En su sueño, su madre avanzaba por los montes bajo la fría noche serrana, entre enormes fogatas que iluminaban el campo. Caminaba con una mirada dulce y una sonrisa llena de paz. Parecía acercarse a su hijo, que la esperaba con los brazos abiertos. Pero cuando ya estaba muy cerca, se desvió. Empezó a caminar hacia una de las fogatas. Félix Chacaltana corrió hacia ella para detenerla, pero era como si corriese sobre el mismo sitio, sin avanzar, mientras ella se acercaba sin perder la sonrisa hacia el fuego. Le gritó, pero ella no volteó. Sintió las lágrimas bajando por su rostro a medida que ella se acercaba a la fogata. Le pareció que sus lágrimas estaban hechas de sangre, como las lágrimas de las Vírgenes. Cuando ella puso el primer pie sobre el fuego, oyó la explosión.

Se levantó sudando, con el corazón acelerado. Supuso que la explosión había sido parte de su sueño. Se volvió hacia la familia de Teodoro, que no se había movido de su rincón. Cuando sus ojos se acostumbraron a la oscuridad, los vio mirándolo, agazapados en su rincón como gatos asustados. No estaban dormidos. Quizá no lo habían estado en toda la noche. Se preguntó si habría gritado durante su pesadilla.

Volteó hacia la pared y trató de volver a dormir, pero escuchó rumores, ecos, gritos lejanos.

El sonido parecía venir de todas partes pero mantenerse lejos. Trató de entender lo que decían. Le sonó familiar su tono, su timbre. Entonces escuchó la segunda explosión.

La familia no se había movido de su sitio.

El fiscal se levantó:

—¿Qué está pasando?

Nadie en la familia le respondió. Todos juntos, apretados, le dieron esta vez la impresión de un nido de serpientes. El fiscal empezó a perder la paciencia.

—¿Qué está pasando? —gritó levantando a Teodoro por la camisa. Sintió su aliento a alcohol en la cara. Teodoro empezó a hablar en quechua. Su voz sonaba como un lamento, como si se estuviera disculpando por algo.

—¡Háblame en español, carajo! ¿Qué está pasando?

El sordo lamento continuó. Su mujer empezó a llorar. Los niños también. Félix Chacaltana soltó a Teodoro y se acercó a la ventana. Había fuego en las montañas. Luces. La imagen de su madre se detuvo un instante en su cabeza. Abrió la puerta y salió a la calle. Ahora escuchaba los gritos con mayor claridad. Eran los mismos gritos que había escuchado muchos años antes, en el bus que lo llevaba a Ayacucho. Las consignas. Enormes fogatas coronaban las montañas en cada uno de los puntos cardinales. Arriba, exactamente detrás de él, la figura de la hoz y el martillo dibujada con fuego se cernía en la noche sobre el pueblo.

El fiscal corrió hacia la delegación policial. Nadie se cruzó con él por las calles. Ni siquiera en las ventanas había gente asomada. Las casas parecían sepulcros colectivos, ciegas, sordas y mudas a lo que ocurría en los cerros. Llegó a la delegación y aporreó la puerta:

—¡Aramayooooo! ¡Aramayooo! ¡Ábrame!

Ninguna respuesta llegó del interior. Solo los aullidos desde los cerros. Los vivas. El Partido Comunista del Perú. El Presidente Gonzalo. Parecían sonar cada vez más fuerte y rodearlo, asfixiarlo. Se preguntó si los terroristas bajarían y dónde se ocultaría en ese caso. Volvió a golpear la puerta. Finalmente, le abrieron. Los cinco policías y el teniente estaban adentro. El teniente tenía la camisa abierta y una botella de pisco en la mano. El fiscal entró gritando:

—¡Es un ataque, Aramayo! ¡Están por todos lados!

—Ya lo vimos, señor fiscal —respondió el policía con tranquilidad.

Su pasividad hirió a Chacaltana más que los gritos de las montañas. Lo cogió de las solapas de la camisa abierta, como había cogido a Teodoro antes.

—¡Y qué va a hacer! ¡Responda! ¡Qué va a hacer!

El teniente no perdió la calma:

—Chacaltana, suélteme o le rompo la cara a culatazos.

Chacaltana tomó conciencia de su histeria. Soltó al policía, que le ofreció un trago de pisco.

Los demás policías estaban en el suelo, petrificados, con las armas en la mano. Eran tan jóvenes. Afuera, los gritos continuaban. La hoz y el martillo se reflejaban en la ventana de la comisaría. Chacaltana bebió, devolvió la botella y se desplomó en una silla. Pidió perdón. Aramayo se acercó a la ventana lenta y pausadamente.

—El show está acabando —dijo—. Van a empezar a callarse.

Chacaltana hundió la cara entre las manos.

—¿Siempre es así?

El teniente sorbió otro trago de la botella.

—No. Hoy están tranquilos.

Uno de los policías se hundió bajo sus sábanas. Aramayo dijo:

—No creo que haya perros hoy. A lo mucho alguna pinta. Mañana tendremos que salir a borrarlas temprano. Su amiguito Carrión va a venir a visitarnos.

Chacaltana sintió un ramalazo de alivio. Dijo:

—Excelente. El comando debería saber lo que ocurre...

Aramayo lo interrumpió con una carcajada. A Chacaltana le pareció que su risa era morbosa. El teniente dijo, aún de espaldas al fiscal:

—El comando no nos ve, señor Chacaltana. Somos invisibles. Además, el comando no comanda. Aquí manda Lima. Y los de Lima no se van a enterar de que hay una guerra hasta que les metan una bala por el culo.

Pesadamente, se acercó a su colchón. Dejó la botella a un lado y se recostó.

—Pero no se preocupe, señor Chacaltana. —Bostezó—. Tarde o temprano se darán cuenta. Y vendrán, claro que vendrán. Enviarán comisiones, congresistas, periodistas, militares, levantarán un monumento a la paz... El único problema es que, para que eso pase, nosotros tendremos que estar muertos.

Nadie más habló esa noche. El fiscal se acurrucó junto a la puerta. No tenía fuerzas para moverse. Sintió descender el volumen y la frecuencia de los gritos, poco a poco. Horas después, cuando lo venció el sueño, la hoz y el martillo seguían ardiendo en el monte.

Abrió los ojos. La comisaría estaba vacía y el sol se filtraba por una ventana sobre su cabeza. Le dolía el cuerpo y necesitaba una ducha. Se restregó la cara para quitarse las legañas y se desperezó. Cuando trataba de peinarse en el reflejo de la ventana, entró Aramayo:

—Buenos días, señor fiscal, ¿durmió bien?

—No tiene ninguna gracia, Aramayo.

Aramayo se rio luciendo su ausencia de caninos.

—Carrión está en el pueblo. El pobre Yupanqui ha tenido que subir al cerro a borrar los restos de las fogatas. Los demás se han pasado la mañana pintando las paredes. Va a ver usted qué bonito se ve este pueblo. Parece Miami.

Le acercó un barreño con agua helada para que se lavase la cara. El fiscal echó de menos su cepillo de dientes. Dijo:

—Tengo que hablar con el comandante.

—Las elecciones son ya mañana, así que no tendrá que pasar muchas malas noches más. Podrá volver con los transportes militares de las ánforas, por la noche.

El fiscal se secó la cara con las mangas de su camisa y respondió:

—No se trata de mí. Alguien tiene que decirle al comandante lo que ha pasado. Antes de que los maten a todos.

Volvió a mirarse en el vidrio de la ventana. Ya se veía un poco más presentable. Se dirigió hacia la puerta. Antes de poner un pie afuera, el teniente le bloqueó el paso con un brazo.

—No les diga nada, señor fiscal.

—¿Cómo? Usted necesita refuerzos. Hay que pedir inmediatamente la...

—No hay nada que pedir.

—Déjeme intentarlo. El comandante comprenderá.

—La seguridad de este pueblo es mi responsabilidad. Si transmite usted quejas al comando me va a meter en un problema.

—Usted ya tiene un problema, teniente. ¿No lo notó anoche?

Tuvo que empujar el brazo del teniente para pasar. El teniente hizo ademán de retomar la palabra, pero la mirada del fiscal lo disuadió. Mientras salía, Chacaltana oyó la voz del policía a sus espaldas.

—Usted no sabe lo que es un problema de verdad, Chacaltana.

No quiso oírlo. Al salir, reconoció el olor de la pintura nueva en algunas fachadas. Bajo sus colores amarillos, verdes, blancos, aún se adivinaban las pintas con pintura roja. Buscó a Carrión. Su presencia se sentía por la cantidad de soldados armados que circulaban por las calles y hacían guardia en las esquinas. En la plaza estaban el jeep y el camión que los habían llevado hasta ahí. Donde hubiese la mayor densidad de soldados, estaría Carrión. Y la mayor densidad de soldados estaba en la ONPE, donde el comandante hablaba con Johnatan Cahuide. El fiscal no tuvo que identificarse para llegar hasta ellos, que lo recibieron con los restos de un desayuno y sendas sonrisas. Carrión dijo de buen humor:

—¡Chacaltita, mi hombre de confianza! Sírvase café.

—Comandante, tenemos que hablar, señor.

—Claro. Johnatan Cahuide me ha estado comentando su eficiencia y meticulosidad en el trabajo...

—También de eso tenemos que hablar. Tengo razones para pensar que algunos militares destacados en esta zona preparan un fraude a sus espaldas.

A Carrión se le congeló la sonrisa de repente. Cahuide tragó seco. El comandante dejó su taza en la mesa y se acomodó en el asiento.

—¿Cómo dice?

—Así es. Quizá sea necesario un cursillo de formación en valores democráticos para los miembros de las Fuerzas Armadas que...

—Y dale con los cursillos, Chacaltana, qué ladilla es usted.

—Es que hay indicios de que...

—Chacaltana...

—Los soldados están haciendo campaña a favor del Gobierno...

—Chacaltana...

—Inclusive coaccionando el voto de los campesinos...

—¡Chacaltana, carajo!

Se quedaron en silencio. Carrión se levantó de su asiento. Johnatan Cahuide miraba al fiscal, aterrorizado. Carrión mandó salir a gritos a los dos soldados que se habían quedado en la puerta y la cerró. Luego se sentó. Dejó pasar unos segundos, mientras se tranquilizaba.

—¿Qué está haciendo, Chacaltana?

—Entregando un informe oral, señor... —respondió el fiscal sorprendido por la pregunta.

En ese momento, se abrió la puerta y entró el funcionario de corbata celeste que Chacaltana había visto junto a Carrión el día del desfile. Llevaba la misma corbata y un terno mal planchado. El militar lo presentó como el doctor Carlos Martín Eléspuru. El hombre saludó sobriamente, casi sin voz, y se sentó en otra silla. Se sirvió café. El fiscal aún estaba de pie. Carrión recuperó la calma y puso al corriente al recién llegado.

—El fiscal Chacaltana se ha... sobresaltado por la supuesta actuación de algunos soldados en las elecciones. ¿De dónde sacó esa información, señor fiscal?

Chacaltana miró a Cahuide, que le dirigió una mirada de súplica.

—Declaraciones de los vecinos, señor —respondió.

Carrión volvió a poner esa sonrisa paternal.

—Los vecinos, querido Chacaltana, ni siquiera saben hablar español, por favor. No sé qué han tratado de decirle, pero no se preocupe por eso.

—Perdone, señor, pero en las elecciones...

Carrión lo interrumpió:

—A la gente de acá le importan una mierda las elecciones, ¿no se da cuenta?

—Pero es que según la ley...

—¿Qué ley? Aquí no hay ninguna ley. ¿Usted cree que está en Lima? Hágame el favor...

Carrión se sentó. El de corbata celeste le pasó un papel, que el comandante leyó con calma. Empezaron a hablar en voz baja. Parecían haberse olvidado del fiscal. Chacaltana carraspeó. Siguieron sin mirarlo. Chacaltana tuvo la impresión de que no querían mirar nada más tampoco, nada que fuese real, nada que estuviese de pie a su lado carraspeando. Se decidió y habló:

—Permítame decirle que, en ese caso, no comprendo cuál es mi función aquí.

Eléspuru y el comandante dejaron de revisar sus papeles. Carrión pareció tratar de armarse de paciencia para responder:

—Para putear a las Fuerzas Armadas van a venir los periodistas. Usted ha venido a defendernos. Puede retirarse.

Eléspuru, que estaba como pensando en otra cosa, se sirvió otro café. Miró al fiscal. Chacaltana decidió decirlo todo de una vez, quemar sus últimos cartuchos, como los héroes:

—Hay otra cosa, señor. Anoche... se verificó un rebrote terrorista en la zona.

Eléspuru pareció prestar atención por primera vez. Ahora miró al comandante, que sonreía con seguridad.

—Un rebrote. No exagere, señor fiscal. Sabemos que por aquí hay algunos payasos que revientan fuegos artificiales, pero son inofensivos.

—Pero es que...

—¿Mataron a alguien?

—No, señor.

—¿Hirieron a alguien? ¿Ocuparon alguna casa?

—No, señor.

—¿Amenazas? ¿Desapariciones? ¿Daños a la propiedad privada?

—¡No, señor!

—¿Tuvo miedo usted?

No esperaba esa pregunta. En su mente, no había querido formular esa palabra. Odiaba esa palabra. Se vio obligado a reconocer mentalmente que la noche anterior no había ocurrido nada grave.

—Un poco, señor.

El comandante se rio más fuerte. Eléspuru sonrió también.

—Quédese tranquilo, señor fiscal. Dejaremos una patrulla aquí para cualquier eventualidad. No se deje intimidar. Lo hemos mandado porque es usted un valiente. Puede quedar por ahí algún subversivo, pero en lo esencial, hemos acabado con ellos.

Eléspuru miró su reloj y le hizo una seña al comandante, que se puso de pie.

—Es hora de dar por terminada esta reunión. Ya nos veremos en Ayacucho.

El fiscal estrechó la mano que le ofrecía el comandante. Era una mano dura, que apretaba la suya como si fuera a quebrarla. Mirándolo a los ojos, el comandante dijo:

—Mañana es un día muy importante, Chacaltana. No defraude nuestra confianza. No le conviene.

—Sí, señor. Lo siento, señor.

Eléspuru se despidió con un gesto, sin darle la mano ni dejar oír su voz. Cuando salieron, Johnatan Cahuide dijo:

—Ahora sí que estás jodido, hermano.

Pasaron el resto de la mañana ultimando los preparativos para las elecciones del día siguiente y disponiendo el material en la escuela. Al mediodía, salieron a almorzar en casa de Cahuide. Mientras comían una patasca, el fiscal preguntó:

—¿Cómo te nombraron para el puesto en la ONPE?

—Fui jefe de campaña del presidente en la región. Luego me llamaron para esto.

Jefe de campaña. Cahuide, sin embargo, era tan sincero que el fiscal ni siquiera tenía ganas de recordarle sus deberes con el reglamento en la mano.

—Cahuide, ¿te das cuenta de que eres una gran irregularidad electoral que camina? Tendrías que estar vetado.

—¿Me vas a vetar tú?

No. Él no iba a vetarlo. En las últimas veinticuatro horas, se le iba haciendo borroso qué era lo que había que vetar.

—No te haré nada, Cahuide. Tampoco podría. No estoy aquí para evitar un fraude, ¿no?

—Yo no voy a hacer ningún fraude. Y yo sé que estas cosas se ven raras pues, Chacaltana. Pero nadie ha organizado nada. No es necesario.

—¿No es necesario?

Johnatan Cahuide le ofreció un poco más de sopa. Se sirvió él también.

—Félix, hace ocho años, yo salía a la calle y me mataban. Y ya no. Los terrucos mataron a mi madre, mataron a mi hermano y se llevaron a mi hermana para que luego la matasen los cachacos. Desde que ha llegado el presidente, no me han matado ni a mí ni a nadie más de mi familia. ¿Tú quieres que vote por otra persona? No entiendo. ¿Por qué?

¿Por qué? Chacaltana pensó que esa pregunta no venía en los manuales, las cartillas ni los reglamentos. Él mismo nunca la había formulado. Pensó que uno debe creer para construir un país mejor. El que pregunta no cree, duda. No se llega muy lejos con dudas. Dudar es fácil. Como matar.

Los dos se quedaron en silencio, pensando, hasta que oyeron el ruido de motores y gritos en las calles. Eran sonidos mucho más cercanos que los de la noche anterior. Cahuide cerró la ventana. Chacaltana trató de asomarse.

—¿Ahora qué pasa?

—No te metas, Félix, ya no jodas más.

—Tengo que saber qué pasa.

—Félix. ¡Félix!

El fiscal salió de la casa, seguido por Cahuide. En las calles, varios jóvenes corrían perseguidos por los militares a garrotazos. El jeep y el camión habían cerrado las dos salidas principales del pueblo. Patrullas de soldados con fusiles se habían apostado en el perímetro. A veces disparaban al aire. Los perseguidores no llevaban armas de fuego pero sí garrotes, con los que sacudían a los fugitivos que caían al suelo. Más allá, dos soldados rompieron la puerta de una casa. Del interior salían lamentos de mujer. Salieron a los pocos minutos llevándose a dos chicos de unos quince años. Les habían doblado los brazos contra la espalda y los hacían avanzar a patadas.

—¿Qué es esto?

Cahuide trató de hacer entrar a Chacaltana en su casa.

—Déjalos, olvídate.

—¿Cómo me voy a olvidar? ¿Qué están haciendo?

—No te hagas el huevón, Félix. Esto es una leva.

—Las levas son ilegales...

—¡Félix, deja de pensar como un manual de derecho! ¿Querías medidas de seguridad? Ahí tienes medidas de seguridad.

—¿Adónde los llevan?

—Harán el servicio militar obligatorio. Y ya está. Tendrán trabajo. No tienen nada que hacer aquí. ¿Qué quieres? ¿Que estudien ingeniería? Es mejor para ellos. Félix. ¡Félix!

Chacaltana había empezado a correr hacia la delegación. Pensó que la ley electoral prohibía realizar detenciones veinticuatro horas antes de los comicios. Sabía que haría el ridículo, pero no se le ocurría nada mejor que hacer.

Cerca de la delegación había otro camión militar, al que llevaban a empujones a los jóvenes que iban cazando. A los que se negaban a subir los obligaban con garrotazos en la cara, en el estómago y en las piernas, hasta que quedaban tan estropeados que no podían negarse más. A tres metros de la puerta de la delegación policial, dos soldados detuvieron al fiscal. Trató de forcejear, mostró su identificación, pero le cerraron el paso. Uno de ellos se llevó la mano al revólver. El fiscal se calmó. Dijo que esperaría. Más allá, entre la polvareda levantada por la refriega, pudo ver al comandante con el funcionario de corbata celeste y el teniente Aramayo. Eléspuru parecía tranquilo, miraba hacia otro lado, mientras el militar le gritaba algo al teniente. El policía miraba al suelo y asentía, parecía arrepentido mientras el comandante lo criticaba con furia, como a un niño pequeño que admite sus errores. Después de varios gritos entre la confusión de la leva, el militar se alejó. Hizo un gesto a algún oficial y su jeep se acercó. Subieron él y Eléspuru. Solo entonces, el fiscal logró romper el cerco y acercarse un poco al vehículo.

—¡Comandante! ¡Comandante!

Carrión suspiró. La presencia del fiscal lo agotaba. Apenas lo miró mientras se acercaba sudando, lleno de polvo a pesar de su pañuelo y del traje limpio y planchado que había llevado para la ocasión. Chacaltana le habló jadeando:

—Comandante, hay que detener este operativo... Esto es... es...

—Tranquilo, Chacaltita. Estamos levantando indocumentados y requisitoriados. Para que no te asusten, pues.

El comandante se rio, pero no como un padre. El jeep partió y, tras él, los dos camiones militares llenos de pobladores y soldados. En cinco minutos, hasta el polvo del pueblo quedó quieto, como muerto. El teniente seguía de pie unos metros más allá, rumiando su rabia. El fiscal trató de hablarle, quería ofrecerle su colaboración para buscar refuerzos al más alto nivel. Pero cuando llegó a su lado, el teniente le escupió en la cara:

—¡Chacaltana, conchasumadre! ¡Le dije que se quedase callado! Es muy valiente. ¿Ah? ¿Quiere ser un héroe? Muy bien, pues. A ver quién lo ayuda cuando venga llorando por la noche. Su puta madre lo va a defender. Aquí ser un héroe es facilísimo.

—Pero ¡teniente! Es que lo correcto era...

No pudo seguir. La continuación de esa frase era oscura, quizá imposible. El teniente le dio la espalda y se encerró en la comisaría. Chacaltana buscó alguna mirada de apoyo en los demás policías, que le respondieron dispersándose uno a uno.

El fiscal volvió a casa de Cahuide. Tocó la puerta varias veces, pero nadie le abrió. Se acercó a la ventana. Cahuide estaba ahí. Desde adentro, le devolvió una mirada en que se mezclaban la lástima y el miedo. El fiscal no insistió más. Atravesó la aldea semivacía sintiendo las miradas de desconfianza atravesarlo desde las ventanas. Tampoco le abrieron la puerta en la casa en que se alojaba. Esta vez, ni siquiera se acercó a la ventana. Siguió de largo hasta salir al campo.

Mientras paseaba haciendo nada, pensó en Edith. Sintió nostalgia de ella, de su diente de plata, de sus cubiertos en la mesa de un restaurante en el que nunca había comido. Pensó que, de momento, Edith era la única persona que lo esperaba. No sabía si contárselo a su mamacita. Detuvo su paseo junto a un riachuelo para hacer rebotar las piedras como su madre le había enseñado de pequeño. Se puso triste. Como iban las cosas, Edith no tendría ninguna buena razón para respetarlo. No conseguiría un ascenso. Quizá mejor. Si Yawarmayo era un ascenso, prefería quedarse donde estaba.

Respiró hondo. Disfrutó por unos segundos de la paz luminosa y aireada del campo. Olvidó dónde estaba.

Conforme las ondas desaparecían de la superficie del agua, las imágenes iban recomponiéndose en reflejos geométricos: una rama, un saliente de la piedra, un tronco. Las imágenes del campo le parecían pequeñas, livianas, tan distintas a las visiones abigarradas y malolientes de la capital. Entre la descomposición de las figuras vio el rostro de su exesposa, quizá ella tenía razón, quizá Chacaltana nunca había tenido ninguna ambición y lo mejor para él era encerrarse en una oficina de Ayacucho a escribir informes y preparar recitaciones de Chocano. Ayacucho era una ciudad que se podía pasear entera a pie, eso le gustaba. Y era un lugar seguro, al abrigo de las levas y las bombas nocturnas. El rostro de su exesposa se fue convirtiendo en el de su madre. Al fiscal le habría gustado hacer algo para que ella estuviese orgullosa de él.

Decidió emprender el camino de vuelta. Echó una última mirada al riachuelo. Las figuras seguían jugueteando en el agua. Una de ellas se fue fijando en la superficie a medida que se calmaba. Al principio parecía un pájaro extraño, pero luego el fiscal se fijó mejor. Eso no era un pájaro. Era la sombra de un hombre. No levantó la mirada. Quiso que fuese solo una ilusión óptica. Ya había visto suficientes cosas en los últimos dos días. Sus ojos no estaban acostumbrados a ver tanto. Lentamente, se desplazó hacia un punto en que el arroyo se estrechaba. Saltó al otro lado para alejarse. La sombra no se movió. Dio algunos pasos más. A unos doscientos metros, dos campesinos caminaban cada uno con un machete. Se acercaban. Quiso llamarlos, pero tuvo miedo de provocar a la sombra. Pensó acercarse él. Unos pasos más adelante, no pudo contenerse más. Gritó:

—¡Disculpen! ¡Señores!

Los campesinos voltearon hacia él. Hicieron gesto de aproximarse, pero luego parecieron pensarlo mejor. Se detuvieron. El fiscal los saludó desde lejos. Ellos lo miraron con curiosidad. Comentaron algo entre ellos. Él les sonrió. Ellos volvieron a su camino y siguieron de largo apretando el paso. El fiscal quiso seguirlos o llamarlos. Se le ocurrió identificarse como fiscal electoral. Comprendió que lo mejor sería dejarlos ir. Escuchó el rumor de las ramas al agitarse. Trató de acelerar él también para llegar al pueblo. En ese momento, recibió encima la caída de un cuerpo, justo sobre su cuello.

El golpe lo hizo resbalar. Casi cayó al agua, pero se sostuvo de las ramas del arbusto y logró arrastrarse fuera de la presión del hombre, que rodó unos metros y se incorporó para arrojarse sobre el fiscal. Félix Chacaltana reconoció la silueta enana que había vislumbrado a la entrada del pueblo el día anterior. Mientras trataba de levantarse, alcanzó a ver las chanclas de llanta y, sobre todo, el mismo chullo rojo que había perseguido días antes, en Quinua. Justino Mayta Carazo no le dio tiempo de más antes de saltar a su garganta.

El fiscal logró golpearle la cara con una rama y correr hacia los peñascos. Se encontró con una pared de piedra. Justino venía tras él dando saltos. Empezó a trepar. Sintió que cada piedra le pinchaba las manos, que sus pies resbalaban entre las piedras que caían. No quiso mirar abajo. Se limitó a recibir en la cara algunas de las piedras que se desprendían de la pared conforme avanzaba. Los peñascos terminaban en un terraplén. El fiscal tardó varios segundos en alcanzar la cima, sintiendo que en cualquier momento podía resbalar hasta el suelo. Pero ya arriba, se extendía ante él una larga llanura ascendente bordeada por un nuevo muro de piedra. Corrió. Justino había trepado a gran velocidad, pero parecía cojear ligeramente por el golpe al caer del árbol. El fiscal sintió que estaba ganándole terreno, pero los lados del cerro eran demasiado escarpados para bajar por cualquiera de ellos. Se desvió hacia la derecha tratando de llegar a la siguiente pared para subir. Trató de alcanzarla sin éxito, sintió que la altura y el cansancio lo vencían. El corazón le saltaba en el pecho, le faltaba el aire. Llegó a la pendiente y se aferró a sus rocas con las manos. Empezó a trepar apoyándose en las breves salientes. Se colgó de una cornisa y se impulsó. La superficie vertical parecía imposible de vencer. Echó su último aire en el esfuerzo y logró apoyarse en una piedra para alejarse un metro del suelo. Cuando quiso dar el segundo paso, pisó una falsa saliente. Su pie resbaló. La roca de la que estaba colgado cedió, y todo su cuerpo se precipitó hacia el suelo entre un pequeño alud de rocas y tierra. Cayó de espaldas.

El campesino lo levantó del suelo y lo empotró contra la pared. Chacaltana tuvo tiempo de pensar en algo que decir:

—Señor Justino Mayta Carazo, está incurriendo usted en desacato y falta de respeto a la autoridad.

El otro gritó algo en quechua. Su voz traducía más miedo que valor.

—Le aseguro que levantaré denuncia por atentar contra mi integridad física...

Profiriendo espumarajos quechuas, Justino empezó a apretarle el cuello. Por un instante, el fiscal tuvo la sensación de que el aire escapaba de sus pulmones, de su garganta, de su boca que trataba de articular que él era solo un funcionario electoral. El campesino no lo soltaba, al contrario, la presión se hacía cada vez más fuerte. Con la mano derecha, el fiscal tanteó los alrededores hasta alcanzar una piedra, la levantó, y con las fuerzas que le quedaban, la golpeó contra la cara de Mayta. El campesino rodó por el suelo. El fiscal necesitaba recuperar el aire antes de levantarse. Tragó todo el que pudo. Sintió que su pecho iba a explotar. A un lado, Justino se llevó la mano a la cara. El fiscal temió que volviese a atacarlo.

Pero el campesino del chullo rojo, suavemente, comenzó a sollozar.

—¡Yo no he hecho nada, taita! ¡Mi hermano es que hace todo! ¡Todo hace!

—Honestamente, no le entiendo nada —logró decir el fiscal.

—¡Mi hermano, mi hermano es, taita! ¡Yo nada he hecho!

Chacaltana entendió que no sabía decir mucho más en español. Entendió a qué se referían Pacheco y Carrión cuando decían que esta gente no habla, que no sabe comunicarse, que está como muerta. El campesino se arrastró por el suelo. Tenía el cuerpo cuadrado y sólido de trabajar la tierra, pero no parecía amenazarlo ahora, más bien estaba suplicando. Había pasado de agresor a víctima de un hombre inmóvil. El fiscal pensó que ahora se dejaría llevar pacíficamente, que había comprendido el principio de autoridad que lo subordinaba al Ministerio Público. Quiso llevar al campesino donde algún traductor. Tenía que ser algo importante. Pensó llamar a Ayacucho. Pero no encontraría ningún teléfono a su disposición. Progresivamente, el campesino fue viniéndose abajo, hasta terminar gimiendo y arrastrarse a sus pies. El fiscal decidió que obligaría a la policía a recibirlo para que prestase testimonio. No podrían negarse. El campesino seguía hablando de su hermano entre gemidos y lloriqueos. El fiscal se preguntó a qué jurisdicción correspondería Yawarmayo, a qué juez habría que llevarlo. De repente, se le ocurrió una nueva posibilidad que no había considerado. Más bien, asimiló lo obvio. Volvió a mirar al guiñapo que se retorcía en el suelo. Le preguntó:

—Ibas... ibas a matarme, ¿no?

Nunca se le había ocurrido que alguien podría desear matarlo. Quizá Justino tenía pensado quemarlo y desaparecer su cuerpo. Sintió el impulso de golpearlo, de patearlo hasta hacerlo sangrar. Se dio cuenta de que no podía. El patetismo de Justino lo había desarmado. El asesino se había agotado en su propio ataque. De repente, el guiñapo que se lamentaba por el suelo le dio miedo y lástima, igual que las montañas, el riachuelo, el aire limpio y seco.

Cogió a Justino por el cuello, desde atrás, y lo levantó.

—Te voy a llevar a la comisaría. El teniente tendrá que escucharme ahora.

Pero Justino tenía otros planes. En cuanto se vio de pie, soltó un sorpresivo codazo contra el estómago del fiscal. Chacaltana perdió el aire, no pudo contestar. Justino le dio un puñetazo en la cara y luego lo tumbó de una patada. Se encaramó en la pared de piedra de un salto y comenzó a trepar de nuevo. Desde el suelo, el fiscal distrital adjunto Félix Chacaltana Saldívar no tuvo más remedio que verlo desaparecer en la montaña mientras trataba de advertirle que ahora incurría en delito de agresión y fuga.

En cuanto recobró las fuerzas, volvió al pueblo pensando que los policías estarían a tiempo de perseguir a Justino. En la comisaría encontró a Yupanqui y Gonza, que jugaban a las cartas. Entró con la respiración entrecortada, jadeando. Tenía un moretón en la cara.

—He encontrado a un terrorista. Tengo su nombre y descripción. Sé adónde ha ido. Aún podemos alcanzarlo.

Yupanqui tiró una carta a la mesa. Ni siquiera volteó a mirarlo.

—Váyase, señor fiscal.

—¡Escúchenme! Es un asesino. Puedo probarlo.

Yupanqui había ganado la mano. Sonrió y recogió las cartas de la mesa, junto con tres monedas de un sol. Gonza hizo un gesto de fastidio. Yupanqui dijo:

—Si no se va, tendremos que sacarlo.

—Quiero hablar con el teniente Aramayo. —Yupanqui barajó y empezó a repartir de nuevo. Chacaltana insistió—: ¡Quiero hablar con el...!

—No levante la voz, señor fiscal. El teniente no está. Para usted, ya no va a estar más.

El fiscal abandonó la comisaría. Se dirigió a la casa de Teodoro mirando hacia los cerros, como si desde ahí pudiese descubrir el escondite de Justino. Entendió que el enemigo era como los cerros: mudo, inmóvil, mimético, parte del paisaje.

Tuvo que golpear un buen rato la puerta de Teodoro para que lo dejasen entrar. Sus cosas seguían ahí pero abiertas y revueltas. Su terno estaba arrugado y abandonado bajo el maletín. Se sorprendió de notar que no le importaba. Teodoro le dijo algo en quechua. No sonaba como un lamento. Sonaba como un reproche. El fiscal sacó de su bolsillo un par de monedas y las dejó en el suelo, frente al dueño de la casa, que no le dijo nada más. Chacaltana apreció el progreso de su habilidad comunicativa. Se acostó directamente, con ropa y con zapatos. Aunque apenas empezaba a oscurecer, se sentía agotado.

Por la noche, volvió a sentir el sonido de las bombas y la luz de fuego que llegaba desde los cerros. No volteó a ver a la familia de Teodoro, ni trató de salir de la casa. Las primeras consignas le parecieron ecos de una vieja película. Luego, todo le pareció la música de fondo de una pesadilla.

Pensó en su madre.

Esa noche, no soñó.

A la mañana siguiente, se levantó temprano para ir a hacer su trabajo. A las siete, los policías ya estaban en pie pintando las fachadas de las casas. Esa noche tampoco habían colgado perros.

La votación empezó a las ocho con la ausencia de seis miembros de mesa y la total ignorancia de los procedimientos electorales de los otros seis. Reclutaron para las mesas a algunos de los votantes, que trataron de zafar el encargo hasta que dos soldados se lo pidieron enérgicamente. Ningún personero ni representante de ningún partido político se acreditó. La delegación policial en pleno garantizó la seguridad en las inmediaciones de la escuela Alberto Fujimori Fujimori.

Sobre el mediodía, un helicóptero del servicio civil apareció en el cielo y aterrizó a un lado del pueblo, agitando las plantas con el viento de sus hélices. Los pobladores lo miraron descender divertidos. Los niños se acercaron a jugar con él. Los periodistas civiles bajaron del aparato con cámaras y grabadoras. Todos eran blancos, limeños o gringos. Parecían muy serios. Saludaron a los policías y a Johnatan Cahuide y entraron en la escuela para constatar el normal desarrollo de los comicios. Hablaron con los dos miembros de mesa que sabían español. Los miembros de mesa les preguntaron si en su helicóptero venía el presidente.

Mientras los periodistas tomaban las fotos de rigor, un redactor salió a la plaza y encendió un cigarrillo. Uno de los pobladores se acercó a pedirle uno. Y luego otro de los pobladores. Y otro. En cinco minutos, el periodista estaba rodeado de pobladores que querían fumar. El fiscal Chacaltana consideró apropiado alejarlos. Se acercó y les pidió que dejasen al periodista realizar sus labores en paz. Cuando se quedaron solos, el periodista dijo:

—Parece que todo está tranquilo, ¿no?

—Parece, sí.

—¿No ha habido problemas en los últimos días? ¿Esta zona está pacificada del todo?

El fiscal Chacaltana pensó que quizá era su última oportunidad de contar lo que sabía. El periodista podría publicarlo y hacerlo saber en Lima, donde seguramente se indignarían y enviarían una comisión o exigirían una investigación. El comandante quizá simplemente no estaba al corriente de lo que ocurría, pero si la orden venía de Lima, haría nuevas averiguaciones. Quiso hablar de Justino Mayta Carazo y sus misteriosas apariciones y desapariciones, de las hoces y martillos ardiendo en la noche de Yawarmayo, de los gritos de los cerros y los gritos de los jóvenes del poblado al ser encerrados en los camiones militares. Abrió la boca y empezó:

—Bueno, a veces...

—A veces uno piensa que aquí nunca hubo una guerra.

La voz que lo había interrumpido era la del teniente Aramayo, que había llegado a donde estaban ellos con una sonrisa plácida y satisfecha.

—Ya ve usted —continuó el policía—: Buen clima, la tranquilidad del campo, la gente ejerciendo libremente su derecho al voto... ¿Qué más se puede pedir?

—Tiene razón —dijo el periodista—. Yo debería mudarme aquí. Lima puede ser una ciudad insoportable.

—Me lo imagino perfectamente —respondió Aramayo con complicidad—. ¿Le puedo robar un cigarrito?

El fiscal Chacaltana no dijo nada durante los siguientes veinte minutos. Después, los periodistas volvieron a su helicóptero y partieron. Los vientos no permitían entrar por aire a Ayacucho después de las dos de la tarde. Se les agotaba el tiempo. Desde el suelo, el fiscal llegó a ver a las cámaras haciendo las últimas tomas desde las ventanillas de la aeronave.

A las cuatro de la tarde, hora de cierre de las mesas de votación, las encuestas daban ganador al candidato opositor. Algunas de ellas le concedían más de la mitad de los votos. En la ONPE y entre los militares se extendió una extraña inquietud. Hasta las cinco de la tarde, Cahuide no dejó de recibir llamadas por teléfono y preparar los paquetes que se llevaría el camión militar. Los oficiales corrían de un lado a otro indiferentes al fiscal, que se había convertido en uno más de los objetos que había que cargar, uno que no hacía ruido.

Cuatro horas más tarde, el camión se acercaba a Ayacucho con la radio encendida. Entre la música de salsa y el vallenato que los soldados habían sintonizado para el viaje, se filtró el anuncio de los primeros resultados oficiales. Todas las encuestas se habían equivocado. El verdadero ganador era el presidente. Estaba por decidirse si habría una segunda vuelta. Los soldados que conducían el camión sintonizaron música. Les aburría la política.

Por la noche, cuando aún faltaban dos horas para llegar, Chacaltana recordó las palabras de Aramayo cuando decía que los de Lima no querían ver lo que ocurría en su pueblo. Pero también se preguntó por qué (últimamente se preguntaba muchos porqués) el teniente se había negado a informar a los periodistas y al comando. Pensó que quizá le daba vergüenza. No es fácil admitir que uno está muerto.

**Lunes 10 de abril /
Viernes 14 de abril**

Con fecha 8 de marzo de 1990, en circunstancias en que un atentado senderista había explosionado las instalaciones eléctricas de la región, un destacamento de las Fuerzas Armadas se apersonó en el domicilio de la familia Mayta Carazo, situado en la calle Sucre 14 de la localidad de Quinua, para efectuar las correspondientes averiguaciones referentes al sospechoso de terrorismo Edwin Mayta Carazo, en circunstancias en que este contaba con 23 años.

Por razones de seguridad, el destacamento dirigido por el teniente EP Alfredo Cáceres Salazar irrumpió en la citada vivienda sin aviso previo y haciendo uso de su prerrogativa, encapuchados y armados con sendos fusiles H&K de combate contrasubversivo, encontrando en su interior a la familia compuesta por el susodicho sospechoso, su hermano Justino y la madre de ambos, señora Nélida Carazo viuda de Mayta, que pernoctaban en el lugar.

Tras su ingreso al lugar, los dos varones Mayta, que no presentaron resistencia, fueron reducidos con las culatas de las armas para mayor seguridad mientras Nélida Carazo viuda de Mayta era retirada de la zona de operaciones por dos efectivos que, según su manifestación, procedieron a su encañonamiento contra una pared exterior del inmueble bajo la consigna de que no gritase ni llamase la atención de los vecinos. La solicitud de los efectivos parece haber sido atendida, ya que ninguno de los vecinos de la calle Sucre ha ratificado la versión de la familia, manifestando la mayoría de ellos que se encontraban ausentes del lugar habiendo salido por diversas razones de trabajo desde la medianoche hasta las tres de la madrugada, horas en que se registraron los hechos.

Por orden del teniente Cáceres Salazar, los efectivos procedieron a registrar el domicilio en busca de explosivos o propaganda senderista. Tras revisar el interior del mobiliario y retirar los respectivos muebles sin éxito, interrogaron a ambos sospechosos, que negaron tener conocimiento de cualquier actividad terrorista. El teniente Cáceres sostuvo, sin embargo, que los terroristas que no parecen terroristas son los que revisten mayor peligrosidad para la seguridad nacional, procediendo en consecuencia a incautar los bienes de la familia y detener al sospechoso Edwin Mayta Carazo, dejando a su hermano libre en atención a que durante el interrogatorio se le había quebrado el fémur de la pierna izquierda.

Simultáneamente, la madre de ambos, Nélida Carazo viuda de Mayta, hizo acto de intentar entrar en la casa con sus vástagos, ante lo cual los efectivos del Ejército del Perú se vieron obligados a retenerla para no entorpecer la labor de las autoridades. Subsecuentemente, como demuestra el correspondiente certificado médico, Nélida Carazo sufrió rotura de mandíbula con complicaciones en la estructura ósea parietal.

Terminado el operativo, el sospechoso Edwin Mayta Carazo fue conducido en vehículo militar a la base militar de Vischongo, distante varias horas del emplazamiento de su domicilio, donde le fue practicado el interrogatorio de rigor.

El detenido negó repetidamente la existencia de cualquier vínculo con Sendero Luminoso, lo cual convenció más aún al teniente Cáceres Salazar de su implicación en los respectivos atentados, según ha manifestado, porque los terroristas se caracterizan por negar siempre su participación en los hechos. En consecuencia, y para incrementar la colaboración del detenido, se le practicó una técnica de investigación consistente en atar sus manos a la espalda y dejarlo colgar suspendido del techo por las muñecas, hasta que el dolor le permita proceder a confesar sus actos delictivos.

Posteriormente, y como el detenido insistiere en negar su culpa, los efectivos militares pasaron a emprender otra técnica de averiguación denominada con el nombre de «submarino», que prácticamente sumerge la cabeza del sospechoso en una batea de agua varias veces hasta aproximarlo a la asfixia, de modo que su receptividad a las preguntas de las autoridades aumenta significativamente. Según la manifestación de las autoridades, el detenido continuó negando formar parte de Sendero Luminoso. A pesar de los esfuerzos de las autoridades, no se encontró colaboración de parte del susodicho sospechoso.

Finalmente, ante la repetida negatividad de Edwin Mayta Carazo, el teniente Cáceres Salazar decidió dejarlo en libertad, procediendo a su excarcelación al día siguiente como consta en las actas del día de la base militar de Vischongo.

Edwin Mayta Carazo se encuentra desde ese día en paradero desconocido. Su familia niega haberlo visto de nuevo, del mismo modo que sus amigos y conocidos, todo lo cual refuerza la tesis de que ha pasado a la clandestinidad como miembro de algún grupo terrorista, probablemente Sendero Luminoso, aun después del fin del terrorismo, hasta la fecha actual de abril del 2000.

En declaración oral a este funcionario, su hermano Justino admitió que Edwin realizaba actos de índole peligrosa que no llegó a especificar. En consecuencia, esta fiscalía recomienda la presentación de cuerpo presente de Edwin Mayta Carazo, Justino Mayta Carazo y el teniente EP Alfredo Cáceres Salazar para prestar declaración al término de la distancia.

El fiscal distrital adjunto Félix Chacaltana Saldívar leyó el informe por décima vez. Esta vez no lo tiró a la basura. Pero sí vaciló. Estaba preocupado. La sintaxis no estaba mal, aunque quizá era demasiado directa y respetaba poco las formas tradicionales. Faltaba, por ejemplo, la edad de los implicados, que no había podido constatar en todos los casos. Pero al fiscal le preocupaba sobre todo que reabrir el caso sería improcedente y, como le había dicho el capitán Pacheco, la policía no sería competente ante un problema de terrorismo.

Volvió a pensar en las palabras de Justino: Mi hermano es. Mi hermano es que hace todo. Quizá el fiscal debía haber dejado correr esas palabras sin dar más vueltas al asunto, quizá debía cerrar los ojos, olvidar. Olvidar es siempre bueno. Pero todo el tema de Yawarmayo era un zumbido que le vibraba en los oídos, en la nuca y en el estómago.

Además, no hacía nada en todo el día. Desde su regreso de Yawarmayo, se había convertido en un fantasma del Ministerio Público. Nadie le había encargado un trabajo, ni una denuncia, ni siquiera un memorándum. Sus encargos pendientes habían sido transferidos a otras dependencias durante su viaje. El fiscal provincial no le dio ninguna explicación al respecto. Sus colegas afirmaron no saber nada. Por su parte, el juez Briceño lo llamó aparte para felicitarlo con complicidad por ser el nuevo protegido del comandante Carrión. Le dijo que ese era el mejor modo de comprarse un Datsun. El fiscal agradeció la felicitación sin terminar de entenderla y, horas después, en el baño, oyó al mismo juez en los urinarios diciéndole a alguien que Carrión había mandado aislar al fiscal porque ya no confiaba en él. «Ese cojudo ya se jodió», completó el juez. Más que las habituales intrigas del Poder Judicial, lo que fastidiaba al fiscal Chacaltana era la sensación de vacío. Llevaba veinte años despachando cada mañana y ahora, de repente, se sentía inútil, como si su oficina fuese una burbuja de hielo que lo apartase del mundo. Se aburría.

El resto del lunes lo pasó jugando a encestar una pelotita de papel en un tacho de basura. De vez en cuando, como un relámpago, se le aparecían los recuerdos de Yawarmayo y de Justino. Mi hermano es. Todo hace. ¿Qué hermano? ¿Qué hace?

No quiso almorzar con Edith, al menos mientras no tuviese una señal de apoyo o de ascenso de sus superiores. Se había despedido de ella diciéndole que la invitaría a los ágapes de los jefes. No volvería ahora diciendo que solo podía invitarla a una oficina vacía. Sintió que la defraudaría, que ella se sentiría decepcionada de él. Almorzó en su oficina un arroz con pollo que había llevado hecho desde su casa en un termo y pasó el resto de la tarde dedicado a su pelotita de papel. Por la noche durmió mal.

El martes se desarrolló exactamente igual. A sus pesadillas se sumaron sudores y náuseas.

El miércoles 12 a las 9:35, acicateado por la necesidad de hacer algo, tomó la decisión de buscar el apellido de Justino entre los archivos de la fiscalía. Quizá encontraría algo útil, o por lo menos daría la impresión de hacer algo útil. Había aprendido que no era tan importante trabajar realmente como hacer notar que se trabaja. En Lima, donde la competencia era mayor, el fiscal Chacaltana permanecía en su oficina hasta las diez de la noche aunque no tuviese nada que hacer, para no dar la impresión de irse demasiado temprano a su casa. En Ayacucho, los funcionarios salían antes, pero las malas lenguas corren con mayor velocidad en las ciudades pequeñas.

El archivo estaba en una enorme sala sin ventanas llena de papeles y cajones, donde el fiscal pasó toda la mañana rebuscando las memorias de los años ochenta entre documentos empolvados y viejos en busca del apellido Mayta Carazo. No figuraba en los archivos clasificados según nombre. Tampoco estaba entre los detenidos o requisitoriados por terrorismo, ni por delitos comunes. Cuando estaba a punto de abandonar, el fiscal decidió buscar entre los casos sobreseídos o descontinuados. Encontró la denuncia puesta por la madre de Edwin después de su desaparición. Debía tratarse de la misma mujer que le había abierto la puerta en Quinua el día en que recibió el golpe. Los cargos habían sido retirados al día siguiente de la denuncia sin la firma de la denunciante.

Con la información de la denuncia, pudo buscar los antecedentes de Edwin Mayta Carazo, que estaban en el apartado de «denuncias desestimadas». Finalmente, encontró una pista: el hermano de Justino había sido señalado una vez como miembro de una célula que operaba cerca de Huanta, pero nunca le habían podido probar nada. Tras la voladura de unas torres eléctricas, algún vecino denunció a otros dos miembros de esa misma célula. Entonces, el Ejército decidió buscar a Edwin para hacer las averiguaciones pertinentes.

Junto a la información sobre Edwin estaban los nombres de los demás integrantes de la célula. Dos de ellos, un hombre y una mujer, figuraban como «en paradero desconocido». El tercero, Hernán Durango González, alias Camarada Alonso, purgaba condena a cadena perpetua en el penal de máxima seguridad de Huamanga.

El fiscal tomó conciencia de que nunca en su vida había hablado con un terrorista. Se preguntó si sería válido para la investigación, si podría consignar como prueba las declaraciones de un reo por traición a la patria. Luego comprendió que daba igual. No había pruebas porque no habría proceso ni juicio. El tema del cadáver de Quinua era un caso cerrado.

Esa tarde, después de almorzar en un puesto de la calle, se dirigió hacia la prisión. Pensaba que, si al menos cerraba el caso para sí mismo, sus pesadillas nocturnas terminarían.

El penal de máxima seguridad de Huamanga, con capacidad para trescientos ocupantes, albergaba a 974 reos, 252 de ellos acusados de terrorismo o traición a la patria. Mientras se acercaba a pie, el fiscal pasó revista a los muros de diez metros de altura y a las torres de vigilancia en sus esquinas. No había nada ni nadie en un radio de tres kilómetros, de modo que cualquier movimiento en los alrededores podía ser detectado antes de acercarse demasiado al precinto. Para entrar era necesario mostrar el DNI en la puerta y ser anotado en el cuaderno de visitas. Tras el primer control comenzaba un largo pasillo que desembocaba en otra cabina de guardia.

—Hoy no es día de visitas —dijo el segundo vigilante secamente.

El fiscal mostró su identificación. El guardia ni la miró.

—Hoy no es día de visitas —repitió.

El fiscal quiso evitar polémicas innecesarias. Agradeció la atención prestada, recogió su documento y procedió a volver sobre sus pasos. Ya estaba fuera del lugar cuando recordó que no tenía nada que hacer en su oficina. Pensó en su pelotita de papel. Y en sus pesadillas. Se dio la vuelta y sacó su identificación ante el primer guardia, que volvió a anotar el nombre en el cuaderno de visitas sin decir nada. Se internó de nuevo en el pasillo, hasta llegar a donde estaba el segundo control.

—Llame al funcionario del Instituto Nacional Penitenciario. Vengo en misión oficial —dijo con aplomo.

El guardia dejó escapar un gruñido, como si le molestase que una persona turbase la paz de sus miércoles. Luego articuló:

—No hay ningún funcionario.

—Perdóneme, pero esto es una penitenciaría. Tiene que haber un funcionario del...

—Aquí manda el coronel Olazábal. Si quiere hablar con él, tiene que enviar un fax a la Administración General de la Policía solicitando una entrevista.

Un policía. Chacaltana sabía que en muchas cárceles había policías en lugar de funcionarios, porque el Instituto no se daba abasto para controlarlas todas ni tenía mando de tropa. Se sintió frustrado mientras volvía a salir, pensando que quizá podría enviar también un oficio de requerimiento al Instituto Nacional Penitenciario para pedir ser presentado oficialmente. Luego volvió a recapacitar: su caso estaba cerrado y el sistema de mensajería interinstitucional no se había revelado muy eficiente. A pesar de su confianza en las instituciones, entendió que nadie le daría esa cita. Pero también entendió de repente que él mismo era también una autoridad institucional. Ya había dejado atrás el penal cuando, resuelto y seguro, dio la vuelta, mostró una vez más su DNI ante el silencioso guardia de la entrada y volvió a presentarse ante el segundo guardia, que parecía somnoliento mientras refunfuñaba algo, quizá su sorpresa de ver a un ser humano tantas veces en un solo día desde su puesto de trabajo.

—Llame al coronel Olazábal —exigió el fiscal—. Hablaré con él.

—Está ocupado. Ya le dije que tiene que mandar un fax a...

—Entonces deme su nombre y número de placa, porque lo mencionaré a usted en el fax.

Repentinamente, el policía pareció recuperar la conciencia. Ya no se veía dormido.

—¿Perdone? —preguntó sagazmente.

—Deme sus datos. Los voy a anotar aquí y le transmitiré al coronel Olazábal su negligencia para apoyar investigaciones ordenadas por la superioridad.

El guardia ahora no refunfuñaba. Más bien, iba palideciendo e inclinándose hacia un lado para ocultar su placa:

—No pues, jefe —dijo, el fiscal notó que lo había llamado «jefe» y que su voz era ahora más suave—, así no es pues, yo tengo mis órdenes y las cumplo. No es mi intención negligir...

—No me interesan sus historias, cabo. Le he dicho que me dé sus datos o me comunique con el coronel Olazábal. Usted escogerá.

El fiscal se preguntó si lo podrían acusar de falta de respeto a la autoridad, insubordinación y traición a la patria. Se respondió que sí. Pero repentinamente, sentía que estaba haciendo algo distinto, quizá algo importante, al menos para sí mismo, para sus sueños. El guardia lo miró con odio, se levantó y salió de su cabina. Volvió quince minutos después. Con un gesto, le ordenó al fiscal que lo siguiese.

Entre el edificio de entrada y los pabellones se levantaba un segundo muro de diez metros de altura, rematado por alambre de púas y separado del muro exterior por la Tierra de Nadie, una zona gris y árida de ocho metros de ancho donde todo lo que se moviese tenía orden de recibir bala.

Al fiscal distrital adjunto Félix Chacaltana Saldívar, la Tierra de Nadie le pareció un primer aviso del infierno. Los presos prendidos de las rejas de los pabellones, sus miradas vacías que no habían visto más que esos muros durante diez años. Los policías que jugaban a las cartas y se secaban el sudor del cuello con sus galones sabían que ese no era buen lugar para un ascenso y eventualmente descargaban su frustración a escupitajos contra los barrotes. Para dieciséis presos del pabellón E, condenados a cadena perpetua, ese canchón desértico no era más que la última franja de terreno relativamente libre que verían, solo para nunca olvidar que no volverían a pisarla.

Subieron al segundo piso del edificio de entrada. Al final de las escaleras, de pie, los esperaba un oficial alto, blanco y casi sin pelo pero joven aún. Llevaba camisa de manga corta y no tenía el kepí. El guardia de la entrada lo saludó marcialmente. Lo llamó coronel Olazábal. El otro le pidió que los dejasen solos.

—No se nos ha informado de ninguna inspección —dijo con mal humor.

El fiscal trató de justificarse:

—No vengo por ninguna inspección formal. Es solo una entrevista personal.

—Solo responderé ante mi comando.

—No es con usted. Es con el recluso Hernán Durango González.

—No puedo permitir entrevistas irregulares sin una orden.

El fiscal sintió que estaba ante el último muro antes de ver a su sospechoso. Observó la pistola en el cinturón del policía. Pensó que él mismo también tenía un arma. Una de doble filo. Dijo:

—Llame al comandante Carrión, por favor. Él le dirá lo que quiera saber. Pero no le gustará que discutan su autoridad.

Entonces, fue como si el coronel perdiese el paso. Sus ojos se abrieron, su cuerpo se puso rígi-

172

do, todo menos la cara, que trató de distenderse en una sonrisa. El fiscal continuó:

—Estoy trabajando en una investigación de Estado Mayor sobre...

—No necesita decírmelo —lo interrumpió el coronel—. Nuestras puertas siempre están abiertas para el comandante.

Súbitamente, todo se volvió más rápido. El policía le dejó a cargo de un cabo que lo llevaría a buscar a su reo. Con esa escolta, el fiscal Chacaltana atravesó la Tierra de Nadie y entró en los pabellones. Voltearon a la derecha. En el largo pasillo del pabellón E se cruzaron con rostros de curiosidad pétrea y silenciosa. Llegaron a un patio central. Entre las ventanas con barrotes, se elevaban mesas de talleres de artesanía y manualidades. Algunos de los reos armaban cañas de pescar o hacían pesas.

—¿Ha venido a revisar nuestras sentencias? —preguntó uno de los reos.

—Silencio, carajo —dijo el cabo. Y luego gritó al aire—: ¡Hernán Durango González!

El fiscal percibió las miradas de los reos, todas concentradas en él, en ese hombre de terno y corbata que podía ser cualquier persona, quizá un abogado. El fiscal se hizo cargo de su situación. Se compadeció. Le dijo al reo:

—Trataré de que se revise su caso, señor. Anóteme sus datos y yo...

El policía se rio. Le dijo al fiscal:

—¿A este conchasumadre le van a revisar el caso? Ya se lo revisaron. Este ha matado a veintiséis personas, entre ellas seis niños. Todos a sangre fría. Revíselo de nuevo si quiere.

El reo no contestó. Pareció molesto. Del otro lado, se les acercó otro reo, delgado, moreno y con la mirada de hielo. Se presentó como Hernán Durango González. Prefería que lo llamasen camarada Alonso. El cabo esposó las manos del terrorista y los llevó a una oficina en la torre de la entrada, donde podrían entrevistarse a solas. Mientras el fiscal pensaba qué decir, el reo se le adelantó:

—Si va a pedirme información a cambio de beneficios, olvídelo. No traicionaré a mis compañeros.

El fiscal esperaba ese reto directo, el primer intento de intimidación. Lo había leído en innumerables manuales de guerra contrasubversiva. También había leído la respuesta. El desprecio:

—¿Tus compañeros? Ya no existen tus compañeros. Están todos presos. La guerra se acabó. ¿No ves la tele tú?

Hernán Durango González clavó sus ojos en los del fiscal. Pareció entablar un pulso de miradas, hasta que el fiscal bajó la suya. La del terrorista era difícil de sostener. No. No podía bajar la mirada. Trató de disimular el escalofrío que recorrió su espalda. Le habían dicho ya que los terroristas confesos tratan de imponerse en los interrogatorios, que se necesita mucha personalidad o un par de culatazos para amansarlos. Trató de levantar la vista, de no desviarse del tema:

—Vengo a preguntarte sobre una persona que conociste: Edwin Mayta Carazo.

El terrorista pareció sorprendido.

—¿Edwin?

—¿Lo recuerdas bien?

Durango pareció recuperarse y tratar de ganar terreno.

—No hablaré.

—Fue detenido hace diez años. Luego de su liberación, pasó a la clandestinidad.

—¿Liberación? —A pesar de la sonrisa que se formó en su boca, el terrorista mantenía una mirada de acero, como una bala—. A ese lo detuvo el Perro Cáceres. Cáceres no liberaba sospechosos. Se deshacía de ellos.

El fiscal recordó que no debía discutir, no debía pisar el palito de comenzar a argumentar. Ya le habían dicho que los terroristas solo discutían para confundir, que mentían para distraer, que se escudaban en las peores falsedades. El fiscal respiró hondo:

—Es lo que consta en nuestros archivos.

—¿Y los asesinatos de Cáceres constan en sus archivos? ¿Y cuando decía que más valen cien cholos muertos que un terrorista vivo?

—No he venido a hablar de...

—¿Sabe cómo entrenaba el teniente Cáceres a su gente? Los hacía matar perros y comerse sus intestinos. El soldado que no aceptase sería tratado como perro. Por eso le decían así a Cáceres. ¿Dónde está eso en sus archivos?

El fiscal recordó los perros de Yawarmayo. Trató de apartar ese recuerdo de su cabeza, como quien espanta a un mosquito.

—Señor Durango, yo haré las preguntas por ahora.

—Ah, verdad. Se me había olvidado para quién trabaja usted.

El fiscal deseó un vaso de agua. Se dio cuenta de que en la oficina en que estaba no había nada, ni agua, ni baño, ni adornos, solo dos sillas y un escritorio vacío excepto por una banderita del Perú. Decidió continuar:

—Según la información de que dispongo, no es claro si Edwin formaba parte efectiva de Sendero Luminoso o era inocente...

—¿Y usted? ¿Usted es inocente? ¿Y sus superiores? ¿Son inocentes?

—Me refiero a si cometió actos de terrorismo...

—Claro. Si uno mata con bombas caseras se llama terrorismo y si mata con ametralladoras y hambre se llama defensa. Es un juego de palabras, ¿no? ¿Sabe cuál es la diferencia? Que a nosotros no nos importa. En cambio los suyos, sin una metralleta en la mano, se orinan de miedo.

Casi veinte años antes, en su última vista a Ayacucho, el fiscal había sobrevolado los alrededores de Huanta en un helicóptero militar a invitación de un capitán amigo. A la mitad del viaje entre los montes, un hombre salió de los matorrales llevando una bandera roja. Estaba solo. Y corría delante del helicóptero mostrando la bandera. El soldado de a bordo tenía una metralleta Star. Disparó. El conductor modificó la ruta para seguir al estandarte. El de abajo corría tan rápido como podía, seguido por las ráfagas de la metralleta, que trataba de alcanzarlo antes de que volviese a la maleza. Pero cuando el de la bandera llegó al pie de unos arbustos que habrían podido ocultarlo, siguió de largo, continuó corriendo por los claros con su bandera como un escupitajo rojo en la cara de los militares. No se ocultó, y siguió aún centenas de metros despreciando los escondites naturales que se ponían a su paso, seguido por el polvo que levantaban las balas cada vez más pegadas a sus talones. Tras cinco minutos de persecución, las balas lo alcanzaron, primero en las piernas y luego, ya caído, en la espalda y el pecho, mientras dedicaba sus últimos movimientos a mantener la bandera flameando en alto. El tirador se felicitó como si hubiera cazado un pájaro y siguió disparándole mientras le gritaba insultos que el de abajo ya nunca escucharía.

—¿Por qué ha hecho eso? —preguntó el fiscal esa vez—. ¿Por qué se ha dejado matar de ese modo?

—Para mostrar que no le importa morir —respondió el conductor.

Luego, el helicóptero dio marcha atrás, hacia el lugar del que había salido la bandera, y acribilló los matorrales, los árboles, los recodos del río, las plantas. El fiscal volvió a preguntar:

—¿Y por qué ahora disparan hacia el vacío?

—Para ver si le damos a alguno de los chicos que lo vieron. Eso formó parte de uno de sus adiestramientos. Sendero está lleno de niños de trece años que se excitan cuando ven estas cosas. Cada muerto con una bandera como el que hemos visto produce de diez a doce sicarios dispuestos a lo mismo.

Recordó ese episodio en un segundo, antes de volver en sí para responderle a Hernán Durango González:

—No le permito que compare a los efectivos de las Fuerzas Armadas con...

—No tienen comparación. Esos son perros guardianes de sus dueños.

—Ustedes están derrotados. Ustedes ya no existen.

—¿Suele hablar usted con gente que no existe?

El fiscal pensó en su madre. Titubeó.

—E... Están derrotados. Usted está preso, se lo recuerdo.

—Estamos ahí, señor fiscal. Estamos agazapados. Esta pradera se encenderá, como ha hecho durante siglos, en cuanto salte una chispa.

Se encenderá. Al fiscal Chacaltana lo ponía nervioso ese verbo. Volvió a repetirse que no debía entrar en discusiones ni justificarse. Respondió:

—He venido a preguntarle simplemente por Edwin Mayta Carazo. No a escuchar sus discursos.

El terrorista pareció relajar su mirada un momento. Miró por la ventana. Las ventanas de las oficinas tenían menos barrotes que las de las celdas. Habló:

—Debería usted pasar de vez en cuando por los penales de máxima seguridad, señor fiscal. ¿Es la primera vez que viene a uno?

—Bueno... sí. Antes no llevaba casos de este...

—Debería usted pasearse un poco entre las celdas. Vería cosas interesantes. Quizá se le quitaría esa manía de distinguir entre terroristas e inocentes, como si esto fuera cara o sello.

El fiscal no quiso decir lo que iba a decir. Pero no pudo evitarlo.

—Me temo que no comprendo.

—Hay un reo por repartir propaganda senderista, pero es analfabeto. ¿Inocente o culpable?

El fiscal buceó mentalmente en el ordenamiento jurídico en busca de una respuesta mientras tartamudeaba:

—Bueno, en un sentido técnico, quizá...

—Otro está preso por arrojar una bomba a un colegio. Pero es retrasado mental. ¿Inocente o culpable? ¿Y los que mataron bajo amenaza de muerte? Según la ley son inocentes. Pero entonces, señor fiscal, todos los somos. Aquí todos matamos bajo amenaza de muerte. De eso se trata la guerra popular.

Eran demasiadas preguntas juntas. La capacidad de rastreo entre los reglamentos del fiscal se colapsó.

—Yo me he limitado a preguntarle qué sabe de un sospechoso.

—Y yo me he limitado a decírselo, señor fiscal.

Entre ambos cayó un silencio como una lápida. Al fiscal no se le ocurrió nada más que preguntar. Estaba confundido. Quizá no debía haber ido al penal. No estaba sacando ninguna información útil. Ya le habían advertido que para interrogar a un senderista hay que tener maña, huevos y un garrote. El fiscal tenía mucha sed. Cuando iba a dar la entrevista por terminada, el terrorista preguntó:

—Ahora dígame usted. ¿Cómo está su mamacita?

Félix Chacaltana sintió que cada músculo del cuerpo se le contraía en una náusea pesada y gris. Durango tenía los ojos sin expresión, esos ojos de desprecio que el fiscal había visto en cada terruco arrestado.

—¿Cómo?

—Sé que usted guarda muy presente su recuerdo. Ella murió, ¿verdad? —continuó Durango.

—¿Cómo sabe usted eso? —preguntó el fiscal, quizá solo para invertir los papeles del encuentro. De repente, le había parecido que el interrogado era él.

—El partido tiene mil ojos y mil oídos —dijo Durango sonriendo con una mirada inexpresiva fija en los ojos del fiscal—. Son los ojos y los oídos del pueblo. Es imposible encerrar y matar a todo el pueblo, él siempre está ahí. Como Dios. Recuérdelo.

El fiscal distrital adjunto Félix Chacaltana Saldívar abandonó la oficina mareado y con un nudo en la garganta. De repente había sentido como nunca que el caso del muerto de Quinua tenía algo que ver con él de un modo más concreto del que imaginaba. Entró a un baño del edificio de guardia y se lavó la cara. Como no había papel higiénico, se secó con su pañuelo mientras corregía los pelos rebeldes de su peinado pegado hacia atrás. Respiró. Trató de distenderse un poco. Abrió la puerta y se encontró cara a cara con el coronel Olazábal. Se asustó. Olazábal, sin embargo, se mostró atento.

—¿Cómo le fue? ¿Consiguió la información que buscaba?

—Sí, más o menos...

—Puede volver cuando quiera.

—No... no creo que sea necesario.

Esperaba que no fuese necesario.

—¿Le puedo ofrecer un traguito? ¿Un café? ¿Mate?

—No, gracias. Creo que debo irme ahora.

—Espero que le haga llegar mis saludos al comandante Carrión.

—Sí, claro.

El fiscal empezó a bajar hacia la salida. El policía lo seguía de cerca.

—Y que le transmita mi voluntad de apoyar todas sus iniciativas.

—Eso haré, sí.

—Señor fiscal...

—¿Qué?

El fiscal distrital adjunto Félix Chacaltana Saldívar sintió que debía detenerse y encararlo. Le costó hacerlo. Quería irse. Se arrepentía un poco de haber insistido en investigar. Hay cosas que es mejor dejar pasar, olvidar. Hay cosas que se conjuran al mencionarlas, palabras que no se deben decir. Ni pensar.

—¿Usted cree... señor fiscal... que pueda hablarle al comandante Carrión sobre una cosa?

—Dígamela. Yo se la haré saber.

—Ya tengo diez años en el penal de máxima seguridad. Por cadena de mando, yo debería tener un puesto mejor en la región policial. Me gustaría al menos cambiar de destino. ¿Podría usted conseguir que el comandante aprobase mi traslado?

Ahora, el fiscal sintió que la mirada que venía del rostro del coronel llegaba desde algún lugar a miles de años luz de sus problemas. Prometió que haría lo que pudiese y abandonó el edificio caminando tan rápido como podía, casi corriendo, aunque manteniendo la dignidad que correspondía a un funcionario de su rango. Mientras recorría la pampa que separaba la prisión de la ciudad, se sintió observado. Se dio la vuelta. No había nadie en tres kilómetros a la redonda.

De regreso a la fiscalía escribió el informe.

Ahora, mientras caía el sol, seguía revisando escrupulosamente su escrito, preguntándose si valía la pena dar la alarma o si no había alarma que dar o si hablar de ella le costaría el rango y el puesto. Comprendía las razones del teniente EP Alfredo Cáceres Salazar y su metodología de investigación, pero no tenía claro que Edwin Mayta fuese terrorista. Quizá solo estaba pensando demasiado en todo ese caso. Quizá simplemente Justino se había vuelto loco desde el arresto de su hermano y había pensado que el fiscal tenía algo que ver con ello. De todos modos, recapituló el fiscal, todo el problema se limita a un cadáver y ya está resuelto, cadáveres en Ayacucho sobran y mejor no meter la nariz en ninguno en particular, porque de todos salta la pus. No había amenaza terrorista. El terrorismo se acabó. Lo demás eran disparates que los mismos terroristas decían para confundir. Guardó el informe en un cajón, bajo los lápices y los formularios para pedir materiales. Luego miró su reloj. Era hora de salida. Tomó sus cosas y salió puntualmente. Se sentía extrañamente nervioso. En la calle, los turistas que llegaban para la Semana Santa empezaban a dar una imagen más viva de la ciudad. La mayoría venían de Lima, pero ya había inclusive algunos gringos, españoles, quizá algún francés de los que recorren los Andes con mochilas. El fiscal Chacaltana decidió pasar por donde Edith para relajarse un poco. Quizá también era hora de disculparse por sus ausencias. Había empezado muy fogoso con ella y luego había desaparecido. Eso no era de caballeros.

En el restaurante, para variar, estaba ella sola. El fiscal se sentó donde siempre, pero Edith no parecía de muy buen ánimo.

—¿Dónde estará almorzando usted? —dijo ella—. Ya por aquí ni viene.

—Es que tengo mucho trabajo. Pero ganas no me faltan.

—Claro, ahora parece que es muy importante para venir aquí. Tenemos mondongo. ¿Quiere? —dijo ella con desgano, como a un cliente más de un lugar lleno. Él pensó que lo mejor sería aceptar, para mejorar el humor de su anfitriona. Ella le dejó el plato en la mesa quince minutos después y se fue a lavar vasos a un costado, de espaldas. En la televisión ponían una comedia americana. Dos chicas rubias peleaban disparatadamente por un chico alto y guapo que no sabía a cuál escoger.

—Hasta me había comprado un vestido para las fiestas que me invitó —dijo Edith.

Señaló con un gesto una de las sillas, de la que colgaba un vestido rosado de bobitos lleno de arabescos e hinchazones bordadas. Lo había tenido allí durante días para mostrárselo al fiscal cuando apareciese. Ya hasta olía a cocina. Al fiscal le pareció bonito. Y se sintió culpable por haberle hecho gastar su dinero. No tenía hambre. Alternaba la mirada entre el plato y la joven, sin saber dónde fijarla. Quiso decir que tenía mucho trabajo, que no le era posible asistir a almorzar siempre entre tantas reuniones, cenas, viajes de trabajo. Finalmente dijo:

—No soy importante.

—¿Cómo dice? —Ella se detuvo y volteó. Su pelo suelto y liso caía sobre sus hombros, su cuello, su frente.

—No soy... nada importante, Edith. No tengo un carro. Ni lo tendré. No me invitarán a las fiestas de las altas autoridades. En realidad, creo que yo no sirvo para esas fiestas. Cuando trato de hablar nadie me escucha. Quizá es que nunca entiendo qué está pasando en las fiestas... Creo que no entiendo ni siquiera qué está pasando en esta ciudad ni en este país. Últimamente creo que no entiendo nada de nada. Y no entender me da miedo.

Le daba vergüenza decirle a una mujer que tenía miedo. Pero las palabras habían salido de su boca automáticamente, como una ráfaga de Star desde un helicóptero en vuelo. No había podido controlarlas. Eso, quizá, era lo que más miedo le daba. Saber que había algo que no podía controlar, algo dentro de sí mismo, lo aterrorizaba más que lo que no podía controlar afuera, lo que dependía de los cuchicheos en los baños, en los ágapes, en las oficinas embanderadas y los desfiles. Había bajado la mirada hacia su plato intacto, así que solo el olor del champú barato de Edith le hizo notar que ella se había acercado a él, casi hasta rozarlo.

—Aquí nadie entiende nada —dijo ella—. Pero nadie lo admite tampoco. Hay que tener valor para decir eso.

—Yo soy un cobarde, Edith. Siempre lo he sido.

De repente, el fiscal sintió un calor en la mano, una sensación agradable y protectora que no sentía desde hacía mucho. Le tomó unos segundos apartar la vista del mondongo y descubrir que era la mano de Edith, que le había entrelazado sus dedos. Se quedaron en silencio varios minutos mientras los turistas hacían cada vez más ruido en su búsqueda de bares para pasar la noche. Dos limeños entraron al restaurante.

—¿Vendes cerveza?

—Estamos cerrando —respondió ella.

El fiscal quiso decirle que no dejase de trabajar por él. El negocio del turismo le vendría muy bien al restaurante y, de todos modos, lo suyo no era tan grave. En realidad, ni siquiera sabía bien qué era «lo suyo», no valía la pena que ella se preocupase tanto. Pero la presión de esos dedos delgados sobre los suyos y el olor a mondongo de esa mujer pequeña parecían haberle sellado los labios. Cuando los turistas se fueron, Edith cerró la puerta, guardó el plato del fiscal en la refrigeradora y los dos salieron juntos a la calle. Caminaron en silencio hacia la casa del fiscal. Chacaltana recordó lo que era caminar por la calle con una mujer al lado, la sensación de que cuatro piernas caminan al compás, pero no como una escolta en marcha sino con un paso libre, tranquilo, lento. De vez en cuando sonreían sin razón.

—En Semana Santa trabajaré en el restaurante también por las mañanas —decía ella—. Habrá mucho turista. Puede venir a desayunar si quiere. Porque de mañanita sí come usted, ¿no?

—Llámame Félix.

—Tengo una chacra con mis primos en Huanta. Ahora trabajo aquí porque ha terminado la cosecha. El próximo año volveré.

—Todos los años.

—Todos los años. Aquí el tiempo es así. Todo se repite una y otra vez. La siembra, la cosecha...

—Quizá la vida puede cambiar. Cuando alguien desaparece, ya nada es lo mismo. Cuando alguien se enamora, tampoco. Hay cosas que son para siempre.

—Ojalá.

Ya en su casa, el fiscal le ofreció un mate. Se sentaron en la sala a conversar. El fiscal se preguntó si su pronta visita a la casa era una señal para acabar en su cama. Luego se dio cuenta de que él mismo no quería acostarse con Edith, al menos no esa noche. Esa noche tenía ganas de hablar con ella, de dejarse arrullar por su voz y su paciencia, quizá de abrazarla. Nada más. Al menos eso creía.

—¿Cómo fue que tus padres fallecieron?

—Por los terrucos —respondió ella.

—Fue una época horrible, ¿no?

—No quiero hablar de eso.

Nadie quería hablar de eso. Ni los militares, ni los policías, ni los civiles. Habían sepultado el recuerdo de la guerra junto con sus caídos. El fiscal pensó que la memoria de los años ochenta era como la tierra silenciosa de los cementerios. Lo único que todos comparten, lo único de lo que nadie habla.

—¿Vas a ver a tus padres con frecuencia?

—Voy siempre. Me siento sola sin ellos. Siempre me he sentido sola.

—Yo aún veo a mi madre.

Ella sonrió sin entender. Él decidió mostrarle lo que nunca antes le había mostrado a nadie. Quizá ella comprendería. La tomó de la mano y la llevó hacia la habitación del fondo. Cuando abrió la puerta, a ella se le iluminaron los ojos. El interior parecía un cuarto de hacía veinte años, el cuarto de una señora, con su espejo, sus muebles de madera antigua y hasta las viejas cremas y colonias de las abuelas. Ella paseó por el cuarto tocándolo todo suavemente, como si fuera reconociendo la presencia de la madre por el tacto.

—¿Este era su cuarto?

—Mi casa se quemó cuando era niño. Cuando regresé, reconstruí su habitación en este cuarto tal y como la recordaba. Era bonita, ¿no?

Ella no respondió. Él se preguntó si comprendería. Nunca le había mostrado la habitación a nadie. Quizá era un error dejarla ver. Era como desnudarse en público.

—Ella... es mi recuerdo más fuerte de Ayacucho —dijo él.

—Es como si estuviera viva.

—Lo está... en cierto modo.

Edith miró las fotos.

—¿Y tu padre?

El fiscal Chacaltana negó con la cabeza. Sonrió mientras ella admiraba la tela de las sábanas y el olor a madera húmeda.

—Es importante recordar —dijo ella—. Ellos nos recuerdan a nosotros.

Del interior del dormitorio emanó un aliento cálido. El fiscal supo que a su madre le gustaba esa chica, y que la recibía en su regazo, como a una nueva hija. Se acercó a la cama y la besó. Fue un beso suave, apenas un roce en los labios. Ella no se resistió. Él repitió el gesto lentamente, tratando de acostumbrarse de nuevo al tacto de una piel ajena. La tomó de la mano y la llevó a la sala. Le parecía irrespetuoso besarla ahí. Se acostaron en el sofá de la sala y siguieron besándose con suavidad, explorándose mutuamente. Tras unos minutos, deslizó su mano bajo la blusa de Edith. Ella lo dejó hacer abrazándolo. Levantó la blusa y bajó la cabeza. Le besó el ombligo, la barriga, y fue subiendo hasta lamer sus pechos. Eran unos pechos pequeñitos como ella misma, apenas un relieve sobre su cuerpo recostado. Sintió una calidez remota que casi había desterrado de su memoria. Siguió subiendo hasta el cuello. Ahora ella se dejaba hacer sin responder. El fiscal reparó en que tenía una erección. Trató de meter la mano más allá de su cintura. Ella lo detuvo con firmeza. Él buscó sus ojos con la mirada. Edith tenía los párpados semicerrados pero atentos. Gotas de sudor perlaban el espacio entre su labio superior y su nariz, como un bigote líquido. Temblaba.

—Lo siento. —Se retiró el fiscal.

—No quiero que luego pienses mal de mí —dijo ella.

Él se incorporó. Tomó conciencia de que debía respetarla y no supo qué hacer. La soledad es peligrosa. Se acumula hasta volverse incontrolable y revienta. Pensó que acababa de arruinarlo todo. Quiso ofrecerle un mate. Quizá sería mejor una bebida con alcohol, pero no tenía ninguna. Pasó varios minutos tratando de decir algo antes de que pasase demasiado tiempo. Logró articular:

—Es solo que contigo me siento menos absurdo. Tú eres una de las cosas que no entiendo, pero la única que me gusta no entender.

Ella sonrió y lo besó. Él aceptó el beso y devolvió muchos más, pero evitó tocarla demasiado.

A la mañana siguiente, el fiscal se sentía revitalizado, alegre: por primera vez en mucho tiempo, no había tenido pesadillas. Mientras atravesaba el desfile de cofradías que se dirigían a la iglesia de la Magdalena a preparar los vestidos de las imágenes santas del viernes, sintió que la ciudad recobraba la vida a su paso. Llegó a trabajar más temprano que de costumbre con un retrato de su madre y una foto carné de Edith que ella le había dado la noche anterior, al final, mientras él la acompañaba a su casa. Colocó ambas imágenes en un portarretratos del escritorio y abrió las ventanas para que la oficina se orease un poco. Saludó alegremente a la amargada secretaria del fiscal provincial y se sentó a despachar.

No tenía nada que despachar.

Resuelto a no perder el tiempo, desenterró el informe sobre Edwin Mayta Carazo que tenía guardado en el cajón y volvió a echarle una mirada. A fin de cuentas, no decía nada tan terrible. Un destacamento había realizado sus labores normales y rutinarias diez años antes y había liberado al sospechoso. Y eso era todo. Quizá en cualquier caso podría servir en investigaciones posteriores: todo indicaba que ese Edwin formaba parte del grupo que hostigaba al puesto policial de Yawarmayo. Le pareció correcto haberlo escrito aunque no hubiese caso abierto. Su efecto había sido positivo.

Había aliviado sus sueños como esperaba. Pensó en su exesposa. Se dio cuenta de que su recuerdo empezaba a desvanecerse, a apagarse en el olvido. Uno necesita un presente para no tener que pensar en el pasado. El fiscal lo tenía. Ese día, le parecía que Ayacucho lo tenía, que la ciudad necesitaba solo un poco más de aire, un poco más de luz.

Mientras tarareaba un viejo huayno que recordaba haberle oído cantar a su madre, guardó de nuevo el informe en su cajón. Le dio dos vueltas a la llave. El resto del jueves lo pasó jugando con la pelotita de papel, con la sensación de haberse quitado un enorme peso de encima. Cuando salió de la oficina, las bandas de músicos empezaban a tocar. En las iglesias se quemaba retama mientras los varones paseaban por las calles toros que lanzaban fuegos artificiales. Toros de fuego. Chacaltana sonrió. Por primera vez en días, el fuego le parecía un augurio de fiesta y alegría.

El viernes 14, a las 5:30 a. m., el fiscal distrital adjunto abrió los ojos al oír golpes desmesuradamente fuertes en la puerta. Reconocía la diferencia entre los golpes de puño y los golpes de culata. Estos eran de los segundos. Sin abrir, anunció que se cambiaría de ropa y saldría, pero los soldados insistieron en entrar. Sin nada que temer, el fiscal distrital adjunto les abrió la puerta. Eran tres. Dos estaban armados con fusiles FAL. El tercero, un teniente del Ejército, llevaba una pistola en el cinto. No le apuntaron, pero señalaron que tenían prisa. Órdenes del comandante Carrión.

El fiscal apenas tuvo tiempo de lavarse un poco y acompañarlos. Lo subieron en un jeep flanqueado por los dos soldados. Percibió que sus fusiles no llevaban el seguro puesto. Prefirió no decir nada. El jeep enfiló hacia la salida de la ciudad y subió por el cerro Acuchimay, en dirección a Huanta. El fiscal vio amanecer cerca del Cristo de Acuchimay, mientras adivinaba a sus espaldas la imagen de la ciudad cubierta de tejas y rodeada de cerros secos a pesar de que aún asomaban las últimas lluvias de la estación. El Cristo protegía a la ciudad que se extendía a sus pies. El fiscal se preguntó si también lo protegería a él. Quiso saber adónde lo llevaban.

—¿Vamos a Huanta?

—No tiene autorización para hablar, señor fiscal.

No tiene autorización para hablar. Como el reo de la cárcel de Huamanga.

—Es por lo del penal, ¿verdad? Usé el nombre del comandante Carrión para entrar pero... sé que incurrí en irregularidad, pero creo que él comprenderá... Era una investigación oficial...

—Señor fiscal.

—Dígame.

—Cállese.

Obedeció. Quizá ésa había sido la mayor imprudencia. Un error de principiante. El comandante, seguramente, sabría entenderlo. Quizá solo había leído su informe y lo llamaba para felicitarlo. Sí. Eso era lo más probable. Alguna vez lo había llamado «mi hombre de confianza».

Doblaron a la izquierda en un camino sin asfaltar y atravesaron un terraplén rocoso por donde el jeep avanzaba rebotando. Avanzaron media hora más hasta detenerse ante un retén militar. Después de identificarse, siguieron avanzando hasta que el accidentado suelo no lo permitió más. Bajaron llevando al fiscal del brazo. Caminaron, casi treparon la ladera de un risco donde el fiscal resbaló varias veces y los soldados lo levantaron con poca delicadeza. El fiscal sabía que no había ningún cuartel cercano. No entendía adónde lo llevaban. Llegados a la cima del cerro, el fiscal pudo ver lo que había del otro lado. Un enorme agujero de diez metros de diámetro oculto por los cerros. Un cordón militar alrededor de la ancha fosa. Supo sin necesidad de preguntarlo qué había adentro. A un costado, presidiendo el destacamento militar, estaba el comandante Carrión. Alguien le avisó que el fiscal estaba llegando. El comandante parecía muy serio. El fiscal trató de sonreír lo más amablemente que pudo.

—Buenos días, comandante. Me ha sorprendido su requerimiento de...

—Adelántese, señor fiscal —se limitó a decir el comandante—. Mire eso.

El fiscal levantó la vista hacia el agujero. Sus pies se negaron a moverse. Oyó tras de sí el rastrillar de un fusil. Dio algunos pasos, muy lentos, antes de sentir el empujón que lo precipitaba hacia la excavación. Tras sus pies oyó avanzar un par de botas militares. Se acercó hasta el gran agujero y se detuvo a un metro del borde. Volvió a sentir un empujón. Sudaba. Sacó el pañuelo y se secó la frente. Se atrevió a voltear. El comandante estaba como a veinte metros de él. Le hizo señas de asomarse. Alrededor, los soldados se habían abierto hacia los cerros que rodeaban el agujero, como para no ver. El fiscal volvió a sentir un empujón. Se preguntó si era una mano o el cañón de un FAL. Volteó a verle la cara al soldado que había llegado con él. El soldado estaba pálido y masculló:

—Voltéese, mierda.

El fiscal miró al cielo. El cielo estaba limpio, apenas unas nubes negras en un rincón, probablemente dirigiéndose hacia la Ceja de Selva. Volvió a bajar la mirada al suelo. Lentamente, adelantó un paso y extendió el cuello, asomándose a la negrura circular de la excavación.

El espectáculo de adentro lo desconcertó. Al principio le pareció ver solo cajas, cajas viejas y destruidas, rodeadas de telas carcomidas por el tiempo y la tierra. Pero luego, lo que había pensado que eran rocas y tierra fue cobrando una forma más precisa ante sus ojos. Eran miembros, brazos, piernas, algunos semipulverizados por el tiempo de enterramiento, otros con los huesos claramente perfilados y rodeados de tela y cartón, cabezas negras y terrosas una sobre otra, formando un montón de desperdicios humanos de varios metros de profundidad. Ni siquiera se veía el final de esa acumulación de huesos y cuerpos secos. El fiscal cayó de rodillas y vomitó. Mientras devolvía lo poco que tenía en el estómago, se dio cuenta de que estaba en posición perfecta para unirse a los cuerpos de abajo, su nuca al aire, regalándose a los fusiles, su cuerpo inclinado sobre los montículos de muerte, su mente perdida en algún momento del tiempo, cuando todo era aún más peligroso, preguntándose cuánto tardaría ese tiempo en terminar de agotarse, cuánto tiempo más le tomaría a la memoria desaparecer, al dolor extinguirse, a las heridas cicatrizar, a los ojos cerrarse.

Cerró los ojos. Le parecía que los cuerpos allá abajo eran espejos que lo multiplicaban hasta el infinito. Y no quiso multiplicarse.

Súbitamente, sintió un tirón. Era el soldado que lo había llevado hasta ahí. Ahora lo estaba levantando, quizá para acomodarlo mejor. Pensó en Edith. Pensó en fuego. Pero el soldado lo hizo girar y volver sobre sus pasos. Casi de la mano, más bien del brazo, casi arrastrándolo mientras sus piernas dudaban si sostenerlo, lo llevó de vuelta al jeep donde lo esperaba el comandante y lo depositó frente a él, como a un niño se le deja en la puerta de un colegio.

—La encontraron anoche —dijo el comandante—. La noticia llegó justo cuando acababa de leer su informe. Es la segunda fosa que abren en tres días.

El fiscal distrital adjunto no supo qué responder. Volvió a mirar hacia la fosa, casi como gesto de comprensión. Ahora, una campesina bajaba por la ladera de uno de los cerros del otro lado. Tropezaba y rodaba hacia las faldas, pero se incorporaba para seguir su camino. Tres soldados de ese lado se acercaron a bloquearle el paso. La mujer gritaba algo en quechua. El fiscal la reconoció. Era la mujer que le había abierto la puerta en Quinua, la madre de Justino y Edwin, la señora Carazo de Mayta.

—Hemos conseguido mantener a la prensa al margen del asunto —continuó el comandante, como si no la viera. El fiscal miró al militar. Sí la veía, sus lentes oscuros la reflejaban mientras se acercaba a la orilla de la fosa. Los soldados la tomaron del brazo, pero ella se soltó y continuó corriendo y gritando. Llegó a la orilla. Parecía querer arrojarse al interior. Uno de los soldados le jalaba la pollera. Otro forcejeaba con ella, tratando de alejarla a rastras. La mujer se negaba a moverse. Parecía más fuerte que los otros tres juntos. El tercer soldado sacó una pistola. Ella no la vio. Estaba de espaldas, concentrada en la fosa y en sus gritos. El soldado levantó el arma hacia su espalda.

—Vámonos, señor fiscal —dijo el comandante.

El fiscal no podía apartar la vista de la mujer y los soldados. El comandante le puso la mano en el hombro. El fiscal dijo:

—Deténgalos, comandante.

Pero el comandante no dijo nada, no dio ninguna orden, no elevó su voz hacia sus subordinados. A treinta metros de ellos, el soldado seguía vacilando con el arma en la mano mientras la mujer amenazaba con echarse de cabeza entre los cuerpos. Le apuntó a la espalda, luego a la nuca, luego a la pierna. Los otros dos trataron de mantenerla quieta. Le gritaron algo. El fiscal llegó a oír: «Vete de aquí, mamacita, aquí no hay nada que debas ver». El soldado del arma levantó el cañón hacia el cielo. Volteó hacia sus compañeros. Luego hacia el comandante. El comandante lo observaba sin hacer un gesto. El fiscal quiso gritar. Luego se dio cuenta de que nada cambiaría, de que el exceso de gritos solo sirve para disimular el sonido de los disparos. Contuvo las lágrimas y no dijo nada. Al otro lado de la fosa, el soldado guardó su arma y ayudó a los otros dos a arrastrar a la mujer fuera del perímetro del cordón de seguridad.

—Nunca matarían a una madre, señor fiscal —dijo el comandante—. A veces, el miedo hace que se excedan. A veces han llegado a golpear a alguna. Pero nunca las matan. No lo harían ni con una orden superior. Es más fuerte que ellos. Es una ley natural. No pueden.

Dos soldados más se acercaron a ayudar. Levantaron en vilo a la mujer y se la llevaron más allá de los cerros. Cuando el fiscal subió al jeep para volver a Ayacucho, sus gritos aún se podían oír entre los cerros. O quizá no, pensó el fiscal, quizá estaban solo dentro de su cabeza, impregnados en sus recuerdos.

te has portado mal, justino. te has portado muy, muy mal. y no lo meresco. yo te di la luz, yo abrí contigo las bocas negras de la muerte y tu me pagas así. está mal ¿lo entiendes? mira tu reflejo, mírate. eres un traidor.

no me mires así. no es mi culpa. ni siquiera es mi decisión. la sangre nos fortalese, no nos hase daño. asta un imbécil como tú puede comprender la fuerza de lo que estamos haciendo. estamos creando un mundo nuevo.

pero eres débil. es normal. nadie puede empesar una lucha pensando que la va a ganar muy rápido ¿comprendes? tomará siglos, ya lleva siglos. recordar es importante. cada vida, cada uno de los caidos, se acumula en la historia y se disuelve en ella, como las lágrimas en la lluvia. y es savia para que bibamos los que habremos de morir. conmigo será igual, no creas que esto es injusto.

¿lo oyes, justino? esa vos. sí, es tu hermano. clama por ti ¿lo oyes? ¿no querías verlo? aquí está, con nosotros. ahí abajo, míralo. no llores, justino, no es de hombres llorar. y menos de hombres que han hecho lo que tú, lo que nosotros. nosotros derramamos sangre en vez de lágrimas, justino, maricón de mierda. casi merezes bibir, porque tu vida es una muerte lenta y dolorosa. pero te ahorraré el esfuerzo, sí. para eso están los compañeros ¿verdad? para eso hestamos.

ven acá, eso es, así... recuesta tu cabeza sobre mi hombro. te acompañaré a cada paso, no te dejaré solo. no te dejaremos solo. te llevaremos con nosotros hasta el final del camino. llevaremos hasta el final del camino a todos los que se nos unan, a todos los que están con nosotros desde el inisio de los tiempos. cada vez se acerca más el momento, justino. cada vez está mas cerca el momento de la victoria ¿bes las manchas en la tierra? ¿bes el color rojo de los charcos en la noche? es tu semilla, justino, eres tú el que riega la tierra para que de sus entrañas crezca el mundo por el que hemos peleado tanto. disfrútalo, porque es lo último que vas a disfrutar.

—Usted cree que somos un montón de asesinos. ¿Verdad, Chacaltana?

La pregunta del comandante llegó después de un largo silencio, cuando ya tomaban la carretera de regreso a Ayacucho, entre los montes y el río. Él mismo conducía el vehículo. Iban solos.

—No sé... no sé a qué se refiere, comandante.

—No se haga el cojudo, Chacaltana. Sé leer entre líneas los informes. Y también sé leer los rostros. ¿Qué cree? ¿Que usted es el único que sabe leer aquí?

El fiscal se sintió obligado a explicarse.

—Libramos una guerra justa, comandante —lo dijo así, en primera persona—. Es indudable. Es solo que a veces me cuesta distinguir entre nosotros y el enemigo. Y cuando eso pasa, empiezo a preguntarme qué es lo que combatimos exactamente.

El comandante dejó pasar varios minutos más antes de retomar la palabra:

—¿Alguna vez ha estado en una guerra, Chacaltana?

—¿Cómo, señor?

—Que si ha estado en una guerra. Entre los disparos y las bombas.

El fiscal recordó los incidentes de Yawarmayo. Luego pensó en las bombas, en los cortes de luz en Lima, recordó las guardias nocturnas, las ambulancias, los edificios demolidos por el anfo, los ojos de los policías ante los cuerpos mutilados y ensangrentados que salían de los escombros. No. Nunca había estado en una guerra. El comandante continuó:

—¿Alguna vez se ha sentido sitiado por el fuego y ha sabido que su vida en ese momento vale menos que un pedazo de mierda? ¿O se ha visto metido en un pueblo lleno de gente sin saber si quieren ayudarlo o matarlo? ¿Ha visto cómo sus amigos van cayendo en la batalla? ¿Ha almorzado con la gente sabiendo que quizá sea la última vez, que la próxima vez que los vea probablemente estén en un cajón? ¿Ah? Cuando eso pasa, uno deja de tener amigos, porque sabe que los perderá. Uno se acostumbra al dolor de perderlos y se limita a evitar ser una de las sillas vacías que se van multiplicando en los comedores. ¿Sabe lo que es eso? No. Usted no tiene ni la menor idea de lo que es eso. Usted estaba en Lima, pues, mientras su gente moría. Estaba leyendo poemitas de Chocano, supongo. Literatura, ¿verdad? La literatura dice demasiadas cosas bonitas, señor fiscal. Demasiadas. Ustedes los intelectuales desprecian a los militares porque no leemos. Sí, no ponga esa cara, he escuchado sus bromas, he visto la cara de los viejos políticos cuando hablamos. Y las comprendo. Nuestro problema es que estamos hasta los huevos de la realidad, nunca hemos visto las cosas bonitas de las que hablan sus libros.

El fiscal distrital adjunto Félix Chacaltana Saldívar tomó conciencia de que era considerado un intelectual. A su manera sí había estado en una guerra, como un incómodo testigo, como el que se mantiene en el fortín de la capital hasta que el fuego empieza a tumbar sus paredes y el olor de los muertos a infestar el aire limpio. De golpe, el comandante detuvo el jeep en un recodo del camino y se volvió hacia él:

—Aquí no hubo un grupo terrorista o dos. Aquí hubo una guerra, señor fiscal. Y en la guerra, la gente se muere.

El comandante había comenzado a exaltarse. Su voz siempre tan impositiva pareció quebrarse en algunas sílabas, mientras encaraba a Chacaltana muy de cerca. Quizá por eso no dijo más. El fiscal trató de aliviarlo.

—Yo estoy con usted, comandante. Comprendo lo que ocurrió. Yo también lo vi, desde otro lado.

El comandante retrocedió la cabeza. Respiró hondo. Ya no parecía furioso. Parecía desorientado.

—Otro lado. Tarde o temprano vendrán de su lado. Tarde o temprano vendrán de Lima, Chacaltana. Vendrán por nuestras cabezas. Nos sacrificarán a nosotros, que somos los que peleamos.

El comandante sudaba. El fiscal le ofreció su pañuelo. El comandante miraba hacia delante. Parecía muy concentrado. El fiscal no se atrevió a acercarle demasiado el pañuelo.

—Eran ellos o nosotros.

El comandante no dijo más. Ellos o nosotros, pensó Chacaltana, hasta que seamos todos iguales, hasta ya no distinguirnos.

—Entiendo —dijo.

El comandante volvió a poner el vehículo en marcha. Pareció disiparse poco a poco mientras volvían a la carretera.

—Es importante que lo entienda —insistió—, porque aún no ha visto nada.

Siguieron su camino hasta Ayacucho, y después hasta el hospital militar, donde bajaron. Subieron las escaleras y atravesaron juntos la sala de espera. Nadie les preguntó adónde iban ni les negó el paso. Nadie fue a consultar a una oficina si podían pasar. Entraron en el pasillo que Chacaltana recordaba bien de su última visita, entre varios heridos que tampoco se acercaron a pedirles ayuda. No caminaron mucho antes de que el fiscal comprendiese que iban al pabellón de obstetricia, a la oficina cerrada entre las parturientas. Pensó en su madre mientras la fría iluminación les mostraba al médico legista.

—Por favor, cierren la puerta rápido.

Desde la puerta, la caspa de sus hombros no se notaba. Solo cuando llegaron a la altura de la mesa de autopsias el fiscal pudo notar que parecía más sucio que la vez anterior. El olor también era distinto que la vez anterior. Esta vez era un claro olor a muerto. Aún no demasiado podrido, pero ya penetrante. Bajo la mesa se acumulaban varias colillas y unos fósforos. Esta vez no había envolturas de chocolate.

—Señor fiscal, veo que ya no viene solo.

—Buenos días, Posadas.

Esta vez nadie habló de ningún papel. El comandante saludó con un gesto. El forense les dio dos mascarillas quirúrgicas untadas con Vick Vapo-Rub.

—Las van a necesitar —dijo.

Luego se levantó y se acercó a la mesa cubierta con un paño. El fiscal se llevó el pañuelo a la boca, en previsión de lo que había debajo. La luz parpadeó. Nadie la había arreglado desde la vez anterior. Nadie la arreglaría nunca. El médico descubrió la mesa. Esta vez, el cuerpo no estaba tan descompuesto como la anterior. Era un muerto reciente y sin quemar, con el cuerpo aún morado de los inicios del rigor.

—Completamente vacío de sangre —acotó Posadas—. Observen el hombro.

El pecho era una enorme vulva roja con varias protuberancias metálicas y puntiagudas que se elevaban hacia el techo. Del lado izquierdo brotaba un amasijo de huesos, músculos y arterias. No brotaba un brazo.

—La primera vez fue el derecho, ahora le han quitado el izquierdo. Parece que estos señores se quieren hacer un muñeco.

El comandante se acercó al rostro. Era un rostro expandido en un último grito, con los ojos abiertos tratando de huir de la cara. Cerró los ojos del cadáver. Solo entonces, a salvo de la presión de esa mirada sobre la suya, el fiscal pudo reconocer a Justino Mayta Carazo.

—Lo acaban de traer —dijo el militar—. Lo encontraron de madrugada, justo después de la noticia de la fosa común.

El fiscal no recordó fuego en ese momento, pero sí golpes, golpes en el pecho, uno tras otro, como el goteo desde la mesa, golpes en la puerta de madrugada, en una casa sin luz.

—Tenemos claro que son varios —dijo el fiscal—. O por lo menos dos hombres bien entrenados. Las cosas que han hecho en ambos casos no se pueden hacer individualmente.

—Tampoco desenterrar las fosas —añadió el militar.

El fiscal pidió un vaso de agua. El médico sacó una botellita de un refrigerador de muestras. El fiscal decidió no beber esa agua. El médico se la alcanzó diciendo:

—También son personas instruidas. Al menos el del cuchillo. Son obras de cirugía. Clavaron siete puñales en su corazón con precisión perfecta. Todo tipo de cosas: machetes, navajas de explorador, hasta un cuchillo de carne. Tenían una buena colección, por lo visto. Lo destrozaron sin cortar las principales vías de circulación y dejaron el cuerpo deliberadamente boca abajo. De su pecho salió casi toda la sangre, el corazón pulverizado llegó a bombear aún unos minutos después de la muerte. Se fue extinguiendo. Fue lento, pero para acelerar el desangramiento cortaron el brazo. Parece el mismo método de la vez anterior. Como de cuajo.

—Una sierra de campaña, probablemente —dijo el comandante—. Dos personas, se atraviesa el hueso como si fuera un pedazo de madera. Solo se necesita un poco de paciencia. ¿Qué son estos desgarros por todo el cuerpo?

—Picotazos —aclaró el médico—. Dejaron el cuerpo donde lo encontramos, en el cerro de Acuchimay, para que se lo comiesen los gallinazos.

El fiscal sintió que debía hacer algún aporte a la discusión. Temió que si abría la boca se le escaparía algo, unas lágrimas, unas náuseas, unas palabras inconvenientes. Un muñeco. Un muñeco de pedazos humanos, un Frankenstein de ayacuchanos. Trató de mantener un tono profesional.

—¿Se... encontró alguna reivindicación... de índole... senderista junto al occiso?

El médico pareció sorprendido con la pregunta. Su rostro reflejó alivio y a la vez temor. Se volvió hacia el militar, que sacó un papel de su bolsillo y lo desdobló. El fiscal pensó en sugerir un cuidado más atento de las pruebas, pero prefirió concentrarse en la nota. Leyó:

ASESINADO POR LA JUSTICIA POPULAR
por abijeo
Sendero Luminoso

Han vuelto, pensó el fiscal.

El comandante dijo:

—Después de todo... quizá dio usted en el clavo con su idea de los terroristas, señor fiscal.

Clavo era una palabra desafortunada. El fiscal trató de concentrar su mirada en algún punto poco chirriante del cuerpo. Se fijó en los pies gruesos de caminar por el campo, las uñas gordas, ahora verdes.

El doctor Posadas encendió un cigarrillo.

La segunda vez que el fiscal entró en la comandancia del Ejército, no tuvo que presentar ninguna identificación. Junto al comandante Carrión, atravesó el patio central del antiguo edificio y subió por unas escaleras de madera hasta el segundo piso. Ahí, al fondo de un pasillo de madera rechinante, estaba la oficina del comandante. Adentro, el aire parecía más pesado que la primera vez. Le hacía pensar en el aire de Lima, del centro, de la avenida Tacna a las seis de la tarde. El comandante sirvió dos vasos de pisco. El fiscal no quiso rechazarlo. Se sentaron frente a frente, esta vez en la mesa de trabajo. Se veían a la misma altura sentados ahí. El comandante dio el primer trago.

—No me gusta demasiado trabajar con civiles, señor fiscal. Y vamos a ser sinceros, usted y yo no nos gustamos mucho en general. Pero estoy muy preocupado.

—Bueno, mi comandante, yo creo que podríamos tender puentes interinstitucionales de la mayor...

—Chacaltana, vamos al punto.

—Sí, señor.

—Trabajaremos juntos pero bajo mis órdenes.

—Claro, señor.

Los dos se quedaron en silencio por un tiempo que pareció años. Finalmente, el comandante dijo:

—¡Bueno, diga algo, carajo!

El fiscal trató de calmarse. Se preguntó si estaba sintiendo palpitaciones, o si quizá todo a su alrededor sufría palpitaciones. Trató de ceñirse al caso:

—He redactado un informe que le haré llegar, señor. Le adelanto que yo pediría la declaración de los involucrados en ese informe, a saber, teniente del Ejército Peruano Alfredo Cáceres Salazar y ciudadano Edwin Mayta Carazo, quienes pueden arrojar indicios útiles sobre la vinculación del fallecido con...

—¿Verlos? ¿A Mayta y Cáceres? ¿Usted quiere verlos?

—Verlos... y hablar con ellos, señor.

—Lo de hablar con ellos va a estar difícil. Pero verlos, ya los vio usted. Conoció a Edwin Mayta Carazo, al menos a una parte de él, esta mañana mientras se asomaba a la fosa. Y al teniente Cáceres Salazar lo vio hace 38 días, cuando se encontró su cuerpo carbonizado en Quinua.

El fiscal se sintió cegado por la información, sobrepasado.

—¿Señor? —balbuceó.

—Era el conchasumadre de Cáceres, sí. Lo reportaron desaparecido en Jaén un mes antes del hallazgo del cuerpo.

—¿El Perro Cáceres?

El comandante esbozó media sonrisa, como recordando a un viejo camarada:

—El Perro le decían, ¿no? Era una mierda de gente. Un sinchi. A esos los tenían pudriéndose en una base de la selva. Luego los trajeron aquí a ponerse al día. Cáceres se pasó en todos los interrogatorios. Toda la fosa que ha visto usted la hizo él casi solito. Edwin Mayta Carazo cayó en uno de sus operativos. Empezaron a hacerle preguntas y no se derrumbaba. Luego comenzó a confesar. Confesó todo lo que le pidieron, pero empezó a contradecirse a la segunda ronda de preguntas. Sus testimonios no cuadraban, sus datos eran imposibles...

—Quizá porque no sabía nada.

—O quizá porque quería confundirnos. ¿Usted también cree que no sabemos distinguir a un terrorista cuando lo vemos?

El fiscal retrocedió en su asiento. El comandante se había puesto rojo de ira pero recuperó rápidamente la compostura.

—Lo siento —dijo—. Por lo que sea, a Cáceres se le fue la mano. Como siempre. Creo que fue respiratorio, no recuerdo bien. Supongo que el teniente se inventó un informe de liberación y lo declaró clandestino días después. Enterraron el cuerpo en un basural cercano. Pero no bastó. Su madre iba todas las mañanas a buscar al hijo en el basural. Los soldados trataban de mantenerla lejos, pero al menor descuido, la vieja de mierda se colaba en el basural. Cuando las cosas empezaron a ponerse difíciles, los cuerpos fueron retirados y amontonados en la fosa que usted vio. Desde entonces, cada vez que encuentran una fosa en algún lugar, aparece la madre de Edwin Mayta Carazo para buscar el cuerpo. Aunque no salga en la prensa. No sé cómo chucha se entera, pero siempre está ahí, tratando de llegar, arrastrada por los soldados que no pueden dispararle, rebuscando entre los cuerpos. A menudo, a los cuerpos se les... arrancaba la cabeza para dificultar su identificación... pero esa mujer podía distinguir que no era su hijo, aunque el cuerpo llevase meses pudriéndose.

—¿Qué pasó con el teniente Cáceres... cuando las cosas se pusieron difíciles?

—Le dieron veinte años en el fuero militar de Lima. Cumplió dos años de condena y lo enviaron a la guarnición de Jaén, para que nadie lo viese. Le cambiaron los documentos. Le dieron órdenes de no existir.

El fiscal supuso que las órdenes habían sido cumplidas rigurosamente. El teniente Cáceres Salazar ya no existía. El fiscal completó la frase:

—Hasta que desapareció. Huyó de Jaén para venir justo aquí. ¿Por qué?

—No lo sé, Chacaltana. —El comandante se sirvió otro pisco—. Pero me lo imagino. Lo he visto antes. La gente que ha matado demasiado ya no se arregla. A veces pasan años normales, tranquilos. Pero es solo cuestión de tiempo antes de que estallen. Inteligencia informó de la presencia del teniente en Vilcashuamán tres días antes de su muerte. Decían que había establecido contacto con las rondas campesinas para organizar la «defensa contra la subversión». Imagínese. Nadie le hizo caso. Simplemente se había vuelto loco.

—Quizá los grupos terroristas de Yawarmayo lo encontraron y se vengaron de él.

—Esos están controlados. No actúan fuera de esa zona. Pero parece que hay otros. Usted tenía razón con sus fechas. Pero además de las que dijo, es el décimo aniversario de la muerte de Edwin Mayta y el fin de la primera cosecha del 2000: «La cosecha de sangre de la lucha milenaria», como dicen ellos.

—Si fueron terroristas, ¿por qué mataron también a Justino Mayta?

El comandante levantó la mirada hacia una de las banderas de la mesa. Luego la fijó sobre el fiscal.

—Creo que la razón de eso es usted, señor fiscal.

—¿Cómo?

—Según su informe, usted habló con él, ¿no? Los senderistas solían asesinar a los sospechosos de soplones, a su propia gente.

—Pero ¡él no me dijo nada importante!

—¿Y eso cómo lo saben ellos? Es comprensible, yo habría hecho lo mismo, honestamente.

El fiscal sintió de repente que cargaba con una muerte. Nunca se le habría ocurrido que uno podría ser responsable de una muerte simplemente así, por defecto, sin haber hecho nada para producirla. Quizá él no era el único culpable. Quizá había más, de hecho, quizá vivía en un mundo donde todos eran culpables de algo.

—¿Por qué no han acabado con ellos, comandante? ¿Por qué están todavía en Yawarmayo? El Ejército podría...

—El Ejército tiene órdenes de no hacer nada ahí. Y la policía no tiene recursos. El teniente Aramayo lleva diez años pidiendo armas y pertrechos. Lima no lo aprueba.

—Tienen que saber lo que está pasando...

—Lima lo sabe, señor fiscal. Ellos lo saben todo y están en todas partes. Si por alguna razón lo necesitan, entrarán a Yawarmayo y los masacrarán. El operativo saldrá en televisión. Vendrá la prensa.

Al fiscal todo se le empezó a enredar en la cabeza. Se sentía agotado de pensar. Uno no puede escoger ver o no ver, oír o no oír, uno ve, uno escucha, uno piensa, los pensamientos se niegan a salir de la cabeza de uno, rebotan, se desenvuelven, se agitan.

—¿Por qué... por qué me cuenta esto, comandante?

El comandante volvió a mostrar esa sonrisa borrosa, mezcla de ironía y decepción. Ahora parecía en otro mundo, envuelto por un manto de recuerdos.

—¿Sabe usted lo que hacía Cáceres cuando encontraba a un terrorista en un poblado? —dijo—.

Convocaba a todo el pueblo que le había dado refugio al terruco, acostaba al acusado en la plaza y le cortaba un brazo o una pierna con una sierra de campaña. A menudo daba orden a sus sinchis de hacerlo, pero a veces lo hacía él mismo, con la ayuda de otro. Lo hacían mientras el terruco estaba vivo, para que nadie en el pueblo pudiese dejar de verlo u oír sus alaridos. Luego enterraban las partes del cuerpo separadas. Y si la cabeza se seguía quejando, le daban el tiro de gracia justo antes de meterlo al agujero, que luego obligaban a los campesinos a cubrir de tierra. Cáceres decía que, con su sistema, ese pueblo nunca volvería a desobedecer.

—Murió en su ley.

—Murió en la única ley que había, señor fiscal, si había alguna.

—¿Por qué le importa tanto a usted?

El comandante pareció dudar sobre lo que iba a decir. Miró la botella de pisco, pero no se levantó. Luego dijo:

—En esa época yo era capitán. Era el superior inmediato de Cáceres. Y según las señales que están dando, la siguiente víctima... seré yo.

Trató de decir la última frase con aplomo. Un ligero quiebre en su voz delató su verdadero estado de ánimo. El fiscal se sintió conmovido de ver a ese hombre confesar que tenía miedo. Se sintió mejor consigo mismo por temer. Dijo:

—¿Por qué no habla con los Servicios de Inteligencia?

—Nada de Lima, Chacaltana. Lima no debe saber nada de esto. La Semana Santa va a meter en esta ciudad a 20000 turistas. Es el símbolo de la pacificación. Si se llega a saber que hay un rebrote, nos van a cortar los huevos. No quiero que hable usted con nadie. ¿Se acuerda usted de Carlos Martín Eléspuru?

El fiscal recordó al funcionario Eléspuru. Su ubicuidad, su voz casi imperceptible, su corbata celeste. Su tranquilidad, su superioridad.

—Nada de esto debe llegar a sus oídos —continuó el comandante—. Y si nos encontramos con él en medio, repita usted todo lo que yo diga: que el terrorismo está acabado, que el Perú libró esa gloriosa lucha, cualquier cojudez que se le ocurra.

—No lo entiendo, comandante. ¿Nada de qué debe llegar a sus oídos?

De uno de sus cajones, el comandante sacó una cartuchera de cuero con una pistola dentro. La colocó en la mesa, delante del fiscal. Recuperó el tono autoritario para decir:

—Desde ahora se ocupará de esta investigación exclusivamente usted, Chacaltana. Y rápido. Me elevará sus informes directamente a mí y tendrá todo mi apoyo, pero quiero que averigüe de una vez qué chucha está pasando y de dónde está saliendo tanto terruco. Llévese esto, lo necesitará.

—No será necesario, señ...

—¡Llévesela, carajo!

El fiscal agarró la cartuchera por el cañón, para que no se fuese a disparar. Era la primera vez que cogía un arma. Pesaba mucho para su tamaño.

—Agárrela como hombre, Chacaltana. Ahora, váyase. Tengo que trabajar.

El fiscal se levantó. No sabía si su nombramiento era un honor o una carga. No sabía si agradecer o pedir un traslado. No sabía muchas cosas. Era una venganza larga la de Mayta. Había tardado diez años en llegar. Desde la puerta, se volvió hacia el comandante para hacerle una última pregunta:

—Comandante, necesito saber algo. Edwin Mayta Carazo... ¿era inocente?

—No lo sé, Chacaltana. Creo que ni siquiera él lo sabía.

Salió de la oficina del comandante ya por la tarde, entre la multitud de turistas que esperaba las primeras procesiones del día. Tomó conciencia de que era Viernes de Dolores. No habría nadie en la fiscalía. Corrió a su oficina y se encerró con llave.

Dejó la cartuchera sobre su escritorio. La observó. No quería llevarla a su casa, tan cerca de su madre. Pensó en la madre de los Mayta. Dos hijos perdidos en intervalos de diez años. Las balas le habían llegado a su familia desde las dos orillas de una batalla que, seguramente, esa mujer jamás entendió del todo, igual que el fiscal. Abrió la cartuchera y sacó la pistola con dos dedos antes de volver a dejarla sobre el escritorio. Era una 9 mm negra con una caja de municiones en el revés del estuche. El tipo de arma que usan los tenientes, como Cáceres, que se había intoxicado de muerte ajena y había terminado por abandonar su puesto y correr directamente hacia la propia. ¿Por qué?

Le costó trabajo sacar la cacerina del arma para verificar que estaba llena de munición. Más esfuerzo aún le demandó pensar qué pasaría si Sendero se estaba armando de nuevo. Para controlarlo no bastaría él, ni el comandante Carrión ni todos los funcionarios de Lima. Cerró la pistola con cuidado y le puso el seguro, o lo que creía que era el seguro. Si Sendero se estaba reagrupando, lo mejor que podría hacer con esa pistola era volarse la tapa de los sesos.

Pero había algunos detalles más extraños en las últimas muertes. Cosas que debía investigar, que no encajaban con los métodos senderistas tradicionales. Su función ahora era investigar solo, meter la cabeza donde nadie quería meterla, ni él mismo. Quizá eso era un ascenso, después de todo. A eso lo llevaban a uno las famosas ambiciones.

Guardó la pistola en la cartuchera y la colgó bajo su saco, entre la axila y la cintura. Se aseguró de que no se viera. Se sintió extraño y pesado. Volvió a quitársela y la guardó en su cajón con dos vueltas de llave. Antes de cerrar, sacó el informe y lo metió en el sobre para llevárselo personalmente a Carrión. Al caminar sin el arma encima, lo invadió una sensación de paz y normalidad. Salió de la oficina de noche, cuando empezaba a oírse la procesión de la Virgen Dolorosa.

El barrio de la Magdalena estaba atiborrado de limeños en ropa deportiva con cervezas y cámaras de fotos en las manos. Las ayacuchanas más jóvenes se acercaban a los turistas llamándolos «amigo, amigo» y sonriéndoles. Las mayores, las que habían crecido encerradas en sus casas durante la guerra, miraban a esas descocadas con desaprobación, aunque muchas madres albergaban la esperanza de que algún limeño o, mejor, americano, se enamorase de alguna de sus hijas para llevársela de Ayacucho. Al fiscal se le hacía difícil avanzar. Quedó atrapado entre la gente, entre los puestos de bebidas, el olor a ponche y el bullicio. Su mente divagaba con el movimiento de los cuerpos. Cada persona con la que chocaba le parecía un golpe en la memoria.

Cuando creía haber encontrado su camino entre la multitud, una turba aún mayor le cerró el paso. A su lado surgió el anda de San Juan que acababa de salir de la iglesia. Se dejó llevar, rendido. Las luces de la ciudad y los fuegos artificiales le daban la impresión de un cielo sobrepoblado, lleno de almas que circulan juntas hacia algún lugar. A veces, el estallido de un cohete lo asustaba, pero el sonido era amortiguado por la masa. El fiscal avanzó con la procesión hasta el momento que más le interesaba: el encuentro del Señor de la Agonía y la Virgen Dolorosa, que simbolizaba el sufrimiento de Cristo y su Madre. Cuando las andas empezaron a acercarse una a otra, el fiscal distrital adjunto se sintió acicateado por una corazonada. Tensamente, quiso acercarse más, entre los cargadores, hasta que se sintió retenido de la camisa. Alguien le había cosido la manga a la de otro asistente. Era parte de la fiesta. El fiscal se soltó fuertemente ante la sorpresa del otro, que reía. Se sintió mareado, quizá por el olor de las andas y las personas. Sintió un pinchazo. A su lado, varias mujeres se pinchaban mutuamente con agujas entre risas, «para ayudar al Señor en su dolor». Logró avanzar más hacia el anda de la Virgen, que ahora relucía casi encima de él, como una verdadera aparición de luz, como una madre que se materializa ante su hijo, el Señor de la Agonía, el hijo que va a morir en su último adiós en vida. Llegó hasta los bordes del anda y pudo verla al fin con claridad. El vestido negro de la Virgen, los cirios del anda que la iluminaban desde abajo, su rostro inmaculado, y los siete puñales que le atravesaban el pecho, como a Justino Mayta Carazo, el hijo de la madre que recorría las fosas comunes.

El fiscal trató de arrodillarse ante la imagen santa, pero el movimiento de la gente era demasiado compacto. Trató de apartarse esquivando los pinchazos como dagas al acecho. Con los siete puñales perforándole el cerebro, trató de apartarse del centro de la procesión. Levantó la vista cuando calculó que estaba frente al restaurante de Edith. A empujones entre las personas, llegó hasta la puerta. Edith lo miró desde el mostrador. Le sonrió dejando brillar su diente. El fiscal distrital adjunto Félix Chacaltana Saldívar sorteó los últimos obstáculos humanos para acercársele, entró en el local, se precipitó hacia ella y la abrazó, muy fuerte, entre la gente que por primera vez llenaba el restaurante. Algunos turistas aplaudieron, otros sonrieron, como la misma Edith, sorprendida, pero él no dejó de abrazarla. Siguió aferrado a ese cuerpo pequeño y a ese olor a cocina, con los ojos cerrados, como si fuese la última vez.

Sábado 15 de abril /
Miércoles 19 de abril

El fiscal distrital adjunto Félix Chacaltana Saldívar recibió el sábado bailando. Hacía mucho que no lo hacía. Como no lo consideraba adecuado para su estado de ánimo, trató de resistirse. Pero Edith insistió al salir del trabajo y lo llevó a un concierto de grupos vernaculares en un campo ferial.

En el centro del campo brillaba una enorme fogata, alrededor de la cual danzaban cientos de cuerpos, a veces abrazados, a veces sueltos, moviéndose al ritmo de la música popular y bebiendo ponche y cerveza. Al principio, el fiscal se negó a bailar. Edith lo arrastraba hacia la pista, pero él se sentía rígido, incapaz de mover un cuerpo que solo le servía para cumplir las funciones vitales básicas.

En un momento, agobiado por la multitud y la bulla, se acercó al puesto de una vivandera. Pidió un chorizo ayacuchano y un vaso de ponche. La mujer le sirvió un trozo de carne de cerdo con especias frita en ají y vinagre. Estaba bueno. Mientras comía, vio a Edith, que se había quedado bailando en el grupo del centro. Se preguntó si tenía sentido lo que estaba haciendo. Edith no tenía más de veinte años, había nacido con la guerra. Y él estaba viejo.

Bebió un poco de ponche. El sabor de la leche y la canela con el efecto del pisco le dieron más calor a su cuerpo. Ahora Edith bailaba cerca de la fogata, su sonrisa quedaba oculta a veces por su pelo. El fiscal pidió otro ponche mientras los hermanos Gaitán Castro subían al escenario y la gente los recibía con fuertes aplausos. Aun en sus canciones más alegres, predominaba el lamento andino que su público les agradecía. El fiscal se dio cuenta de que estaba marcando el ritmo con el pie. Se adelantó unos pasos.

Edith vio que se acercaba y le ofreció una sonrisa. A veces, la masa la ocultaba, porque era muy bajita. A empujones y de buen humor después de los dos ponches, el fiscal llegó hasta su lado. Empezó a mover los pies tratando de parecerse a toda la gente alrededor. Estaba bien parecerse a todos y desaparecer entre las personas, disolverse en ellas. Edith le dedicó una sonrisa que no sabía si era de ternura o de burla por lo mal que bailaba. Pero él siguió. Ahora tenía que mover los brazos, como cuando se recoge la cosecha, ahora la cintura, y de nuevo los pies. Se le hacía difícil hacerlo todo al mismo tiempo. Mientras lo intentaba, Edith giraba a su alrededor, enmarcada por el fuego, haciendo girar la cabeza y los hombros, riendo, con una risa que al fiscal le pareció tan acogedora como una habitación caliente en el invierno.

La mañana siguiente comenzó gris, pero conforme se acercaba el mediodía, fue limpiándose de nubes. El fiscal Chacaltana se levantó más tarde que de costumbre y corrió a saludar a su madre y abrir las ventanas de su habitación. Le contó que había bailado. Supo que ella le devolvía su sonrisa desde algún lugar. Luego salió.

En la prefectura y el mercado distribuían palmas amarillas y verdes traídas desde la provincia de La Mar, en la Ceja de Selva. Los fieles recorrían la ciudad llevando su retama para el Domingo de Ramos. En la iglesia de Pampa San Agustín se preparaba la procesión del Señor de la Parra, que debía salir esa noche con su racimo de uvas en la mano para asegurar la fertilidad. La ciudad entera estaba entregada a la fiesta.

El fiscal distrital adjunto se apersonó en la iglesia del Corazón de Cristo a las 11:35 aproximadamente. En la oficina del párroco, los mayordomos de las ocho procesiones de la fiesta discutían con el padre Quiroz porque querían modificar sus recorridos. Quiroz respondía sin contener su indignación:

—¡Llevamos casi quinientos años haciendo la misma ruta y no vamos a cambiarla para que se detenga en los hoteles!

—Es que ahí están los turistas, padrecito. Los hoteles van a patrocinar más las procesiones si pasan por endelante de ellos...

Los mayordomos eran comerciantes y profesionales prósperos de Ayacucho. En años anteriores solían ser señores muy devotos y fieles, pero desde el final de la guerra habían mostrado más interés por la industria de la hostelería que por la conservación de las tradiciones. Mientras escuchaba su discusión desde la sala de espera, el fiscal recordó a un empresario huantino que el año anterior había propuesto prolongar la temporada a un mes santo entero con diversas procesiones cada día. Calculaba que eso multiplicaría la llegada de turistas. Y de dinero.

Los mayordomos salieron de la oficina visiblemente malhumorados. El fiscal distrital adjunto prefirió esperar un momento antes de entrar en la oficina. Cuando finalmente lo hizo, el padre Quiroz se preparaba para salir.

—Espero que sea breve, señor fiscal —dijo el padre sin invitarlo a sentarse—. Esta es la semana más complicada del año.

—Lo comprendo, padre.

—¿Y cómo van las cosas? ¿Tiene otro cremado que investigar?

—No. No un cremado. Tengo a Justino Mayta Carazo. ¿Lo recuerda usted?

El padre pareció hacer un ligero esfuerzo de memoria mientras revisaba el interior de su maletín. Respondió mientras lo cerraba:

—Ah, sí. ¿Qué pasó con ese ladronzuelo? ¿Lo descubrieron?

—Sí, pero muerto. —El sacerdote se petrificó. El fiscal se preguntó si no había sido demasiado tosco en su expresión—. Quiero decir... Lo encontraron en el cerro de Acuchimay, comido por los gallinazos. Ocurrió en la madrugada del viernes.

El padre se persignó. Pareció susurrar unas palabras rápidas, quizá alguna fórmula para quienes descansan eternamente en paz. O no, el fiscal no sabía cómo descansan los cadáveres.

—¿Fue un accidente? —preguntó.

—No.

—¿Fue el mismo... el mismo de la vez anterior?

—Creemos que sí.

—Acompáñeme.

Salieron hacia el comedor popular de la iglesia del Corazón de Cristo, que estaba a media cuadra de ahí. El fiscal distrital adjunto se preguntó si alguna vez lograría conversar con el padre Quiroz sentados. Cuando llegaron al comedor, los esperaba una larga cola de mendigos sentados en la calle, ante la puerta cerrada del comedor. Instantáneamente, los mendigos rodearon al párroco, que se deshizo de ellos con un gesto amable que denotaba amplia experiencia en la materia. El fiscal y el padre entraron al local, donde una monja pequeñita y morena esperaba con ansiedad la llegada de Quiroz.

—¿Cómo estamos, hermana?

—Tenemos un nuevo donativo de leche, padre, pero no va a alcanzar. Son demasiados —añadió señalando hacia fuera.

—Haremos lo que podamos. Divida las raciones por la mitad y cuando se acabe, se acabó.

—Sí, padre.

La monja corrió a transmitir las instrucciones a la cocina y luego volvió a la puerta. La abrió. Decenas de pordioseros entraron empujándose unos a otros, algunos de ellos eran lisiados de la época del terrorismo, otros eran simplemente campesinos que habían llegado a la ciudad por la Semana Santa pero no podían pagar su alimentación. Se sentaron a lo largo de cuatro enormes mesas. La monja, con otras dos de sus hermanas, servía trozos de pan, vasos de leche y un espeso caldo en platos hondos.

—Parece un hombre muy devoto, su asesino —comentó el padre, volviendo al tema.

—¿A qué se refiere?

—La cremación... los gallinazos. Parece que trata de destruir el cuerpo para que no pueda resucitar... si me permite una interpretación mística.

—No... no se me había ocurrido esa posibilidad.

—Mmh. Es curioso. Los humanos, señor fiscal —empezó a disertar el padre—, somos los únicos animales que tenemos conciencia de la muerte. Las demás criaturas de Dios no tienen una experiencia colectiva de la muerte, o tienen una completamente fugaz. Quizá cada gato o cada perro se crea inmortal, porque no ha muerto. ¿Me sigue usted? Pero nosotros sabemos que moriremos y vivimos obsesionados con combatir la muerte, lo cual hace que ella tenga una presencia desmedida, a menudo aplastante, en nuestra vida. El ser humano tiene alma en la justa medida en que es consciente de su propia muerte.

Algunos comensales se acercaron al padre para pedirle bendiciones. El sacerdote detuvo su charla para dibujar signos de la cruz en el aire, como si los arrojase hacia todos lados, al descuido. El fiscal trató de recapitular lo que acababa de oír. Algunas palabras le resultaban familiares, pero el conjunto se le escapaba. Quizá era el tema de la muerte lo que se sustraía a su pensamiento. ¿Cómo podía pensar en la muerte o saber lo que era? Él no estaba muerto, al menos no lo creía. El padre continuó:

—Vivimos la experiencia de la muerte en otros, pero no la asumimos en nosotros. Queremos vivir para siempre. Por eso guardamos los cuerpos para la resurrección. Enterrarlos es guardarlos. Etimológicamente, *camposanto* o *cementerio* no son palabras que se refieran a la muerte, sino al descanso, el reposo hasta que el cuerpo se reencuentre con el alma. Es hermoso, ¿no?

El fiscal sí entendió esas palabras, pero no entendió qué tenían de hermosas.

—Sí, muy bonito.

El padre se detuvo un segundo a bendecir a uno de los comensales, un hombre sin piernas que se acercaba a él impulsándose con los puños. Le encajó la bendición en la frente y el otro volvió a su mesa satisfecho. Quiroz siguió hablando:

—Algunas culturas precolombinas enterraban a sus muertos con todos sus utensilios, para que pudiesen usarlos en su vida ulterior. Aquí mismo, a treinta kilómetros de lo que ahora es Ayacucho, los wari enterraban a la gente importante hasta con sus esclavos. Solo que los esclavos eran enterrados vivos. Eran una cultura guerrera.

Les trajeron dos vasos de leche caliente. Les habían puesto canela, como en una versión sin alcohol del ponche. El fiscal no quiso preguntar si había mate. Mientras sentía el primer trago reanimando su cuerpo, el fiscal distrital adjunto recordó el significado de la palabra Ayacucho: «Rincón de muertos». Por un momento, pensó en su ciudad como un gran sepulcro de esclavos enterrados vivos. La tumba que él mismo había escogido y decorado con los viejos recuerdos de su madre. Quiso cambiar de tema:

—¿Y la sangre? El cuerpo de Justino fue encontrado sin sangre. ¿Tiene algún sentido eso?

El sacerdote se encogió de hombros:

—Puestos a buscárselo, todas las cosas tienen un sentido trascendental. Todo es una expresión de la misteriosa voluntad del Señor. Lo de la sangre quizá tenga un significado más bien pagano. Podría ser la sangre del sacrificio. En muchas religiones, los sacrificios de animales tienen el fin de ofrecer a los muertos la sangre necesaria para conservar la vida que se les atribuye. Vaciar la sangre de alguien es vaciar el cuerpo de vida para ofrecerle toda esa vida a un alma distinta.

El fiscal quiso beber un trago de leche antes de responder, pero el punto de canela le pareció una mancha de sangre. Sin saber por qué, recordó las palabras: «No comeréis la sangre de ninguna carne, pues la vida de toda carne es su sangre, y todo el que coma sangre, será eliminado». Las dijo en voz alta. El padre acotó:

—Levítico, 17, 10-14. Lo veo muy al día en su lección de Biblia.

—No sé dónde lo oí. Supongo que lo recuerdo de alguna misa a la que fui de chico. Solía ir con mi madre. ¿Y los siete puñales en el pecho de la Virgen Dolorosa? ¿Qué representan?

—Siete puñales de plata por los siete dolores que la pasión de Cristo produce en su madre. ¿Está usted investigando un caso, señor fiscal, o quiere hacer la primera comunión?

—Es que las dos muertes parecen tener algo que ver con la Semana Santa: Miércoles de Ceniza, Viernes de Dolores... es... demasiada casualidad, ¿no?

—No. Las festividades se superponen. El carnaval es originalmente una celebración pagana, la fiesta de la cosecha. Y en la Semana Santa también resuenan ecos de la cultura andina anterior a los españoles. Es porque no tiene una fecha fija, como la Navidad, sino que depende de las estaciones. Como le dije la vez anterior, los indios son insondables. Por fuera, cumplen los ritos que la religión les exige. Por dentro, solo Dios sabe qué piensan.

El fiscal observó a todos los mendigos que se acumulaban en las bancas del comedor, presididos por una imagen de Cristo ensangrentado, con la corona de espinas. Un mendigo más se acercó a pedir una bendición que el sacerdote le concedió. El fiscal comentó:

—A mí me parecen muy devotos, padre Quiroz.

—Honestamente, no creo que todos los campesinos que han venido a Ayacucho por Semana Santa sepan exactamente qué significa lo que hacen. Y eso que esta es la Semana Santa con más tradición en el mundo. ¿Sabía usted eso? Esta y la de Sevilla. Ayacucho guarda el recuerdo del cristianismo más antiguo. El Viernes de Dolores, por ejemplo, ya no se celebra en la mayor parte del mundo.

El fiscal se preguntó en qué provincia del país estaría Sevilla. Se prometió revisarlo en el mapa político nacional cuando tuviese tiempo. Siguió preguntando:

—¿Y entonces qué significado le atribuyen los campesinos a la Semana Santa?

—Supongo que forma parte de su ciclo, simplemente. Es el mito del eterno retorno. Las cosas pasan una vez y luego vuelven a pasar. El tiempo es cíclico. La tierra muere después de la cosecha y luego vuelve a nacer para la siembra. Solo disfrazan a la Pachamama con el rostro de Cristo.

Al fiscal le faltaba un dato. Se sobrepuso de su vergüenza para preguntar:

—¿Y qué significado le atribuimos nosotros?

El padre pareció contrariado. Clavó sus ojos en los del fiscal con reprobación, como lo haría con un mal alumno.

—Iba usted tan bien con sus citas bíblicas... —Pero luego sonrió con las comisuras—. La muerte, señor fiscal. Celebramos la muerte de Cristo y la representamos para morir con él.

—Oh, comprendo eso, pero... quiero decir... ¿Por qué celebramos la muerte? ¿No es un poco extraño?

—La celebramos porque no creemos en ella en realidad, porque la consideramos la transición hacia la vida eterna, una vida más real. Si no morimos, señor fiscal, no podemos resucitar.

Esa misma tarde, Chacaltana trató de explicarle a Carrión lo poco que había entendido de su conversación con el padre. Pero el comandante recibió sus palabras con una mueca de decepción.

—¿Terroristas católicos, Chacaltana? Pero ¡si son unos comunistas de mierda!

En la oficina se habían acumulado algunos papeles, entre ellos los informes del fiscal, y platos con restos de comida. El fiscal adivinó que el comandante no estaba haciendo las gestiones ni las visitas personalmente, que pedía informes de todo, que no se movía de su oficina ni para ir a dormir a su casa. Pero a él lo escuchaba. De hecho, Chacaltana había atravesado sin controles ni preguntas la entrada y el patio central de la comandancia, hasta el segundo piso. En el antedespacho del comandante estaba el capitán Pacheco. La secretaria le estaba diciendo al policía que Carrión estaba en una reunión muy importante, pero al fiscal lo había dejado entrar a la oficina sin chistar. Pacheco lo había mirado con odio. El fiscal supo que tendría problemas con él. Pero por ahora, su problema era cómo convencer al comandante de lo que decía, si él mismo no estaba muy convencido.

—Los dos asesinatos están llenos de referencias religiosas, señor. Son como... celebraciones de la muerte.

—¿Ha estado viendo muchas películas, Chacaltana?

Chacaltana pensó en el televisor del restaurante de Edith. No. No había estado viendo muchas películas.

—Es... lo que he averiguado... señor.

El fiscal Chacaltana se sintió tonto, torpe, mal investigador. Pensó que preferiría nunca haber ascendido y seguir dedicado a sus poemas y memorándums. No le gustaba ser importante, ni le gustaba ser importante precisamente con este caso. Si fuese un don nadie, estaría en ese momento con Edith, pensando en otras cosas. En sus cosas. En su vida y no en un montón de gente muerta. El comandante volvió a mirarlo con desconfianza.

—¿Y qué le ha dicho al cura? ¿Que tenemos un asesino en serie?

—No le he dado demasiada información, señor. Solo lo indispensable. Me ha garantizado su discreción.

—¡Discreción! ¡Un cura! Debe haber corrido al arzobispado a gritarlo por ahí. Los curas son como mujeres chismosas. Por eso van con falda.

—Creo que podemos confiar en él, señor.

—¡Confiar! —Carrión se rio a carcajadas—. Confiar. ¿Sabe usted por qué hay un crematorio en la iglesia del Corazón de Cristo?

—No, señor.

—Para borrar cadáveres inconvenientes, Chacaltana. Era una buena alternativa logística. En vez de fosas, fuego. Ellos mismos se ofrecieron a implementarlo. Pero la solución se reveló inconveniente. Era demasiado visible, en el centro de la ciudad y con humo. Además, eso era abrirle a los curas una ventana directa a nuestros operativos confidenciales. Al final, casi ni usamos el horno, y cuando lo usamos, supimos que de eso estaba enterado hasta el Papa. En ellos no se puede confiar. Si ofrecieron ponerlo fue solo por espionaje.

—¿Lo ofrecieron... ellos?

—Sonaba razonable. Todos teníamos las mismas ganas de librarnos de los terrucos, ¿no?

El fiscal lo consideró razonable. Pero de todos modos, creía en el padre Quiroz. Se había mostrado muy colaborador. Y además, el fiscal tenía que creer en alguien. Si todo es mentira, pensaba, nada lo es. Si uno vive en un mundo de falsedades, esas falsedades son la realidad. Quiroz hablaba de la vida eterna como una vida más real. Por un instante, el fiscal pensó que comprendía a qué se refería. El comandante se arrellanó en su sillón. Parecía molesto.

—¿Y en usted, Chacaltana? —preguntó—. ¿Podemos confiar en usted?

Chacaltana quiso responder que no, que no confiase en él.

—Claro que sí, señor.

El comandante llevaba camisa y pantalón de uniforme, pero se veía desaliñado. Sus zapatos y sus galones no habían sido pulidos. En su rostro demacrado asomaban las primeras señales de una barba rala, más parecidas a manchitas de mugre que a vellos faciales.

—Vienen por mí, Chacaltana. Lo sé. Puedo sentirlo. Cada segundo que pasamos aquí es una oportunidad para nuestros asesinos.

—No vendrán por usted, señor. Para eso estamos nosotros: para evitarlo.

El comandante lució una breve sonrisa de agradecimiento. Luego, su rostro se ensombreció:

—Llegarán de todos modos —dijo con pesar—. La muerte se abre paso. Lo sé bien.

A veces, el fiscal Chacaltana comprendía de golpe que estaba investigando bajo órdenes de un asesino. A veces se preguntaba si era posible no hacerlo en algún lugar de su ciudad o de cualquier otra. Pero siempre esos pensamientos se alejaban de su cabeza por sí mismos, para no distraerlo de sus funciones.

—Quizá tenga usted razón —concluyó el comandante—. Quizá esto tenga que ver con la Semana Santa. Pero no como usted cree. Es usted un tipo curioso, Chacaltana. Siempre está a punto de dar en el blanco y siempre falla.

—Gracias, señor —dijo el fiscal. Se preguntó si debía haber dicho eso.

—Están tratando de aguar la fiesta. El símbolo de Ayacucho, ciudad pacificada. El récord turístico de Semana Santa. Están tratando de mostrar que han regresado por todo lo alto. Y en pleno milenio, para concha. Un golpe de efecto. Por suerte hemos logrado ocultárselo a la prensa. Salir en las noticias los excitaría. Aún tienen pocos recursos, pero los han sofisticado. Antes no se les ocurrían estas cosas.

—En ese caso, es posible prever que su próximo golpe será mañana. Domingo de Ramos. El inicio oficial de la Semana Santa.

—La entrada triunfal de Cristo en Ayacucho.

—Exactamente, señor.

El comandante Carrión meditó unos segundos. Luego llamó a su secretaria por el interno y se volvió hacia el fiscal.

—Me van a creer loco, pero qué carajo. Retiraré los permisos de la policía y pediré refuerzos militares. Los pondré a patrullar por toda la ciudad armados pero de civil, para no alarmar. Ya me inventaré algo para justificarlo internamente. Puede retirarse, Chacaltana. Y gracias.

El fiscal se levantó. El comandante recordó algo más:

—¿Lleva su arma?

—¿Cómo, perdón?

—¿Dónde está la pistola que le di? ¿No la lleva? ¡Llévela, no sea cojudo! Usted también es una víctima posible. Muy posible.

—Sí, señor.

El fiscal abandonó la comandancia pensando en las últimas palabras del comandante. No había tomado conciencia de que él mismo era una víctima posible. Le costaba acostumbrarse a la idea de ser un funcionario lo suficientemente importante como para ser aniquilado. Aniquilado, se repitió mentalmente. Convertido en nada. Le pareció una palabra horrible. Fue a su oficina y abrió el cajón. Sacó la pistola con cuidado, verificando una vez más que tuviese el seguro puesto. La contempló sobre el escritorio y luego la levantó ante el espejo del baño. Trató de imaginarse disparando. No lo consiguió. La guardó en el estuche y la metió en un sobre manila tamaño oficio. Era demasiado grande, no se disimulaba bien. Guardó el sobre a su vez en la funda de la máquina de escribir. Salió cargándola como si fuera un bebé. Caminó hacia su casa rápidamente, tropezando nerviosamente con grupos de turistas y vendedores, temiendo que se disparase a pesar del seguro, porque las armas las carga el diablo. Cuando llegó a su casa, llevó el paquete al cuarto de su madre y lo dejó sobre la cómoda.

—Tranquila, mamacita, no la voy a abrir, no te asustes. Solo es para que sepas que la he traído. Creo... creo que es mejor guardarla en la mesa de noche, por si acaso, aunque no vaya a pasar nada. Porque no va a pasar nada, ¿verdad? No va a pasar nada.

Siguió repitiéndose esas palabras sin quitarle la vista al arma durante al menos un par de horas, hasta que alguien llamó a la puerta. Antes de abrir, escondió el paquete en su mesa de noche. No se convenció. Lo sacó y lo dejó debajo de la cama. Tampoco. La puerta seguía sonando. Nerviosamente, lo dejó detrás del barril de agua que usaba cuando cortaban el suministro. Sí. Nadie lo buscaría ahí. Antes de abrir, volvió a sacarlo y lo devolvió a la mesa de noche. Corrió a la puerta. Era Edith.

—Hoy me han dado libre, porque mañana trabajo todo el día —dijo.

Pasaron la tarde paseando por una ciudad que no reconocían, llena como estaba de gente rubia y con acento de la capital. Un par de limeños borrachos le silbaron a Edith cuando pasó. El fiscal les gritó:

—¡Fuera de acá, conchasusmadres!

Edith se rio, pero cuando se sentaron a comer en una pollería, le dijo:

—Estás nervioso. ¿Qué te pasa?

—Cosas del trabajo. Nada importante.

—Estuviste en el Corazón de Cristo hoy, ¿no? Te vieron con el padre Quiroz.

—¿Quién me vio? —El fiscal no pudo reprimir un matiz de angustia en la voz.

—No sé. La gente. Ayacucho es un pueblo muy chiquito, todo se sabe. ¿Por qué? —Sonrió pícara—. ¿Era un secreto?

—No, no. Es solo que... estoy trabajando en un caso difícil.

—Así es cuando te ascienden, ¿no? Más responsabilidad te dan.

—Sí, así es. ¿Me vieron en algún otro lugar?

—No sé. Solo oí eso. ¿No me puedes contar cuál es tu caso?

—Es mejor que no lo sepas. Para mí sería mejor no saberlo.

—Ese cura es buena gente. Yo voy mucho a esa iglesia. Es amable.

—Sí. Amable.

—¿Cuándo me vas a llevar a Lima?

Para el fiscal, Lima era solo un recuerdo lleno de humo y tristeza. Su trabajo, su ex esposa se iban desvaneciendo de su memoria voluntariamente, para no volver a ella jamás. De todos modos, respondió:

—Pronto. Cuando acabe este caso.

Vieron el crepúsculo desde el mirador de Acuchimay, al lado del Cristo. Edith insistió en ir ahí, a pesar de las negativas del fiscal. Mientras ella bebía una Inca Kola y lo tomaba de la mano, el fiscal empezó a calmarse. Pensó que el Cristo no lo había protegido mucho, pero Edith sí.

—La semana pasada hablé con un terrorista —se atrevió a contarle—. Y creo que esta semana tendré que volver a hacerlo. Me dio miedo.

Solo al decir eso, entendió que necesitaba hablar. Al menos hasta donde fuera posible. Y con alguien que respondiese. Recordó el cuerpo de Justino. En el cielo, los gallinazos parecían esperar un nuevo manjar. Ella dejó pasar unos segundos antes de responder:

—No tengas miedo. Eso se acabó. La guerra se acabó.

Notó que la llamaba «guerra». Nadie, aparte de los militares, llamaba guerra a lo que había ocurrido ahí. Era el terrorismo. Tomó su mano más fuerte.

—Esta pradera puede encenderse en cualquier momento, Edith. Basta con que encuentre la chispa adecuada.

—Ya empieza a ponerse el sol —señaló ella. No le gustaba hablar de eso.

Abajo, la procesión del Señor de la Parra empezaba a avanzar. El fiscal distrital adjunto Félix Chacaltana Saldívar recordó que era Sábado de Pasión, y en atención a eso, se preguntó si tratar de hacer el amor con Edith sería una falta de respeto para con ella y con Nuestro Señor. Para ahuyentar esos pensamientos, trató de decirle algo bonito.

—Le gustarías mucho a mi madre.

Edith no respondió.

Y soltó su mano.

El Domingo de Ramos, tras la bendición de las palmas y la misa, Cristo entró en la ciudad de Ayacucho sobre las alfombras de flores que decoraban sus calles. Primero, hicieron su aparición centenares de asnos y llamas adornados con retama y enjaezados con cintas multicolores y campanas colgantes. Los pobladores que los llevaban hacían estallar cohetes y bombardas en el camino, entre el jolgorio general. Delante de la procesión, sobre un brioso corcel, marchaba el mayordomo principal con la cinta blanquirroja que le cruzaba el pecho. La fiesta había sido anunciada y acompañada por un pelotón de jinetes y amazonas al lomo de caballos adornados según las tradiciones huamanguinas, entre ellos el prefecto, el subprefecto y los arrieros y campesinos que tocaban cuernos de toro para festejar la llegada del Señor.

El fiscal distrital adjunto estaba ya entre el público, al lado de una alfombra de flores rojas y amarillas que representaba el corazón de Jesús, alerta a cualquier movimiento sospechoso, nervioso por los cohetes de la fiesta. Podía reconocer a los agentes vestidos de civil porque eran los únicos que llevaban traje, corbata y medias blancas deportivas, y porque a su actitud de centinelas solo le faltaba un cartel que pusiese «agente secreto» en la frente de cada uno. Estaban, sin embargo, bien distribuidos. Había por lo menos dos en cada cuadra del recorrido de las acémilas, y una red de vigilancia tendida alrededor del conjunto y en las salidas de la ciudad. Cuando la fiesta se acercaba al centro de la ciudad, el fiscal se topó con el capitán Pacheco, vestido con el uniforme de gala de la Policía Nacional pero ubicado entre la gente, no en el palco de honor. Chacaltana quiso apartarse al verlo, pero el capitán se le acercó:

—¿Me puede explicar qué está pasando, señor fiscal?

—Es la fiesta del Domingo de Ramos, capitán.

Un cohete estalló cerca de ellos.

—¡No me huevee pues, Chacaltana! El comandante Carrión cancela todas sus citas menos la de usted. Usted sale de la oficina y de repente toda la policía tiene que hacer turno doble. ¿Sabe cómo está mi gente? ¿Cómo les explico yo por qué les han cancelado el permiso?

—No sé de qué me habla, capitán. Solo me reuní con el comandante para entregarle un informe.

En una esquina de la plaza, uno de los caballos estuvo a punto de desbocarse por el ruido y la gente. Su jinete logró controlarlo.

—¿Usted cree que me chupo el dedo, Chacaltana? Entre esos caballos debía estar el mío. Alquilé el mejor y se lo he tenido que dar al imbécil de mi yerno porque yo estoy de guardia a pie. ¿Por qué se nos ha prendido, señor fiscal? ¿Por qué le gusta tanto jodernos?

—En ningún momento quise enturbiar sus relaciones con su yerno, capitán. El comandante está muy preocupado con la seguridad de estas fechas. Eso es todo.

Una turba de turistas se interpuso entre los dos. El capitán se sobrepuso a la gente para decir:

—No crea que no me entero de las cosas. Sé bastante sobre usted. Y debería cuidar más con quién anda. Sus amistades podrían meterlo en problemas.

Luego, se dejó llevar por la multitud. Desapareció antes de que el fiscal pudiese reaccionar. ¿Qué había querido decir con esas palabras? ¿Tendría conocimiento de su verdadera relación con el comandante? ¿O se referiría al terrorista? Los policías intercambian información, probablemente el coronel Olazábal le había contado de su visita al penal. Temió que pudiese malinterpretarse de algún modo. Consideró conveniente informar oportunamente al comandante Carrión de que había acudido al penal de máxima seguridad y que lo había hecho en estricto cumplimiento de sus funciones.

Las acémilas empezaban a llegar a la Plaza Mayor para dar la vuelta. El fiscal pensó que para las llamas, el Domingo de Ramos era el camino más largo hacia el matadero, porque después los pobladores se las comerían a todas. Pero andaban con esa cara boba que también tienen las vacas, esa mirada de no entender nada. Afortunadas ellas.

Una delegación se detuvo al lado de la catedral, ante el patio de la Municipalidad, para depositar la retama que descansaría ahí hasta ser quemada el siguiente domingo. Mientras dejaban ceremoniosamente las palmas, entre flashes y aplausos, se oyó una nueva detonación. Y varios gritos. No eran gritos de alegría, sino de terror.

El fiscal y los dos agentes de su cuadra corrieron hacia el origen de los gritos. Tuvieron que avanzar a contracorriente entre la procesión que se dirigía al centro. Más adelante, dos turistas estaban en el suelo. El público había formado un círculo a su alrededor. Otros cuatro policías de civil llegaron al mismo tiempo. Dejaron a dos a cargo de los heridos. Los demás corrieron hacia donde la gente les indicó. El fiscal llegó a ver las espaldas de varios jóvenes huyendo a empellones entre la concurrencia. Los siguieron. Conforme se alejaban de la plaza, la multitud se iba abriendo y se podía correr más rápido, pero eso daba ventaja a los que estaban delante. En el camino, algunos refuerzos policiales de uniforme se plegaron a la persecución. Los curiosos, que al principio estorbaban, empezaron a ceder el paso a los agentes, pero sus indicaciones solo los confundían más: «Por ahí, no, por allá». Al salir del centro, los jóvenes perseguidos se separaron para escurrirse entre las calles más angostas. No eran un grupo de improvisados. Sabían lo que hacían. El fiscal escogió a los que tenía más cerca y los siguió con dos de los agentes. Los fugitivos atravesaron una residencial nueva de edificios iguales tratando de escabullirse por los pasadizos. Los agentes se dividieron para cubrir las salidas y emboscarlos. Uno pidió refuerzos por radio. En el extremo de la residencial, vieron correr a un chico. Lo siguieron entre los tres. La residencial terminaba en un asentamiento humano con casas de esteras y calaminas y calles sin asfaltar. El escondite perfecto. Los tres policías trataron de seguir al joven, al que se unió uno más, entre las esquinas y los rincones del asentamiento. Volvieron a separarse. El fiscal se dio cuenta de que estaba corriendo solo. Se preguntó qué haría si alcanzaba a uno de sus jóvenes, cómo lo detendría, si su vida estaba en riesgo, quién estaba persiguiendo a quién. No se detuvo. Tampoco tuvo tiempo de sorprenderse de su propio valor. Al doblar una esquina, ya casi en el final del asentamiento, donde comenzaba la pendiente de un cerro, se encontró cara a cara con uno de los agentes. Hasta ahí habían llegado.

—¡Mierda! —dijo el fiscal, tratando de recuperar el aire. Tuvo que apoyarse en una de las paredes. El segundo agente llegó pocos segundos después.

—Tienen que estar en una de estas casas —indicó el primer agente—. Solo pueden haber llegado hasta acá.

Se quedaron de pie, sin saber qué hacer, aspirando el aire con grandes bocanadas. Uno de los agentes se acercó a una tienda a pedir algo de beber. El fiscal se sintió frustrado y furioso. Lo siguió hasta la tienda, donde atendía una chica de catorce años. El otro agente se quedó afuera. La chica colocó dos Inca Kola sobre el mostrador. En la tienda no había más que eso y paquetes de galletas saladas Field. Mientras daban el primer trago, el agente se quedó mirando fijamente a la chica. El agente pareció dudar. Levantó la vista hacia la trastienda, que estaba oculta tras una cortina. Luego sacudió la cabeza, como si se hubiera confundido. Le sonrió a la chica:

—¿Me das unas galletas también, mamacita?

La chica les dio la espalda para buscar las galletas. Estaban en una repisa alta. Cuando levantó el brazo, el agente sacó su pistola, una 9 mm, como la que tenía el fiscal en su casa, y saltó el mostrador. Tomó a la niña del cuello y apoyó el cañón contra su cabeza. Luego, poniéndosela como escudo, la empujó hasta la trastienda levantando el arma y gritando:

—¡No se muevan, carajo, porque la mato! ¡No se muevan, carajo!

Entró a la trastienda mientras el fiscal no sabía qué hacer. Alertado por los gritos, el otro agente entró rastrillando su arma. En la trastienda, se oían los gritos del primer agente y otras dos voces más:

—¡No, papacito, no hemos hecho nada, papá! ¡Déjanos!

El agente apuntó hacia la puerta. Se oyeron golpes, vidrios quebrados, objetos que caían de anaqueles, llantos de mujer, más bien de niña.

—¡Las manos en la cabeza, mierda! ¡Atrás!

Con las manos en la nuca, dos jóvenes salieron de la trastienda. El fiscal reconoció la camiseta blanca de uno de los que había perseguido. El agente que los esperaba afuera, apuntándoles a la cara, se fastidió al verles la cara:

—¿Ustedes? Chuchasumadre...

Los pusieron contra la pared, siempre apuntándoles a la cabeza, y el fiscal los cacheó: encontró dos navajas y un revólver pequeño, del 28. Los policías los patearon un poco y los hicieron acostarse en el suelo, con los brazos extendidos, mientras llegaba el patrullero a llevárselos. A la niña también la acostaron con ellos.

—No se puede ser delincuente en Ayacucho —comentó el agente que había reconocido a la chica—. Aquí todos se conocen.

Uno de los detenidos gimió.

—¡Cállate, mierda! —dijo el otro agente. Le pateó el estómago. El otro contuvo un quejido.

—¿Quiénes son? —preguntó Chacaltana.

—¿Estos? Unos cachivaches. Cuando Sendero Luminoso estaba ya muriendo, bajó la edad de sus cuadros. Comenzó a reclutar niños de diez años, de once, hasta de nueve. Les daban armas y los entrenaban en manipulación de explosivos. Luego, Sendero se acabó, pero ellos quedaron vagando por ahí, ya convertidos en delincuentes comunes nomás.

El fiscal se fijó en los jóvenes acostados en el suelo. Uno tenía ya alrededor de dieciocho años. El otro no llegaba a quince.

—¿Y por qué siguen actuando?

—¿Y qué hacemos con ellos? Hasta hace poco eran menores de edad. Y aquí no hay reformatorio. Pero los veteranos como este conchasumadre —y le pateó la cara al mayor— llevan años entrenando a niños como este otro. —Le pisó la mano al menor. El fiscal lo oyó gimotear desde el suelo. Era como el lloriqueo de un niño—. La edad sigue bajando y cada vez se ponen peores. Y no podemos hacer nada.

El fiscal notó que la niña tenía un ojo morado.

—¿Y qué harían ustedes con ellos?

El otro agente respondió:

—Yo, si fuera por mí, les daba la vuelta sin más trámite. Estos ya no tienen arreglo. Árbol que crece torcido...

El mayor volteó a mirar con odio al agente. El agente le escupió y le dijo:

—¿Qué me miras, carajo? Tú ya estás grandecito. ¿Ah? Debes tener tus veinte años tú, pero te haces el mocoso, indocumentado de mierda. Con tus antecedentes, ya te podemos mandar a que te violen en máxima seguridad. Así que no me mires mucho, porque te voy a convertir en mujer, ya sabes.

—Los campesinos andinos creen que las partes de Tupac Amaru fueron enterradas en distintos puntos del imperio, para que su cuerpo nunca se volviese a unir. Según ellos, esas partes están creciendo hasta unirse. Y cuando encuentren la cabeza, el inca volverá a levantarse y se cerrará un ciclo. El imperio resurgirá y aplastará a los que lo desangraron. La tierra y el sol se tragarán al Dios que los españoles trajeron de fuera. A veces, cuando veo a los indios tan sumisos, tan dispuestos a aceptar lo que sea, me pregunto si por dentro no piensan que ese momento llegará, y que algún día nuestros papeles se invertirán.

—¿Qué tiene que ver Sendero Luminoso con eso?

—Muchísimo. Sendero se presentó como ese resurgimiento. Y siempre fue consciente del valor de los símbolos. A una mujer la mataron y volaron su cuerpo con explosivos para despedazarla. Así, sus pedazos nunca volverían a juntarse. Su resurrección se hacía imposible.

—¿Contra qué estamos peleando, padre? Están por todas partes y a la vez no están. Son invisibles. Es como pelear contra fantasmas.

—Es como pelear contra los dioses que no vemos. Quizá estamos peleando contra los muertos.

Se quedaron unos minutos en silencio. Súbitamente, Quiroz pareció recordar algo:

—¿Cuándo mataron al último?

—Anoche, de madrugada más o menos, después de la procesión del Encuentro. —El fiscal se sentía aliviado de haber hablado con el padre, pero exhausto, como si en la conversación hubiese perdido todo el aire. Suspiró—. Ya no había vigilancia especial. La desplegamos para el Domingo de Ramos, inclusive el lunes, pero no se pudo justificar más.

El sacerdote reflexionó un poco y dijo:

—Hay... otro mito andino que quizá deberías conocer. Por lo general, desde la noche del Miércoles Santo, los indios se abandonan a las fiestas más... pecaminosas. Corren mares de alcohol, mucho sexo, normalmente hay incidentes violentos. Es así hasta el Domingo de Resurrección.

—Hasta el Domingo de Gloria.

El padre se molestó:

—Se llama Domingo de Resurrección. Solo los ignorantes y los blasfemos lo llaman Domingo de Gloria.

—Perdone. ¿Y por qué hacen eso?

—Es otra superstición andina. A partir del Miércoles Santo, día del calvario de Cristo, Dios está muerto. Ya no ve. Ya no condena. Hay tres días para pecar.

Chacaltana comprendió al oír eso que no tenía más tiempo que perder. Tendría que reactivar la vigilancia. Fue como si volviese en sí después de un largo intervalo místico. El padre también tenía cosas que hacer. Al salir del confesionario, Chacaltana le estrechó la mano con sincera gratitud:

—Muchas gracias, padre. Me siento mucho mejor. Y me ha dado muchas pistas útiles. He hab... —Se contuvo. Luego decidió decirlo—. He hablado con gente que no confía mucho en usted. Pero hay otras personas que me han manifestado su aprecio por su persona.

El padre sonrió mientras caminaba hacia la puerta. El fiscal reparó en que era la única figura que sonreía en ese templo.

—No le pediré que me diga quién ha hablado mal de mí, pero sí me gustaría saber quién ha hablado bien.

El fiscal se sintió en confianza. Pensó que no sería malo decirlo, al contrario.

—Edith Ayala. La del restaurante de la plaza.

El padre le ofreció una gran sonrisa.

—¡Claro que la conozco! Venía aquí con frecuencia. Pobre chica, sufrió mucho con lo de sus padres.

—¿Sus padres?

—¿No lo sabe usted?

—Habla poco de eso.

—Es comprensible. Sus padres eran terroristas. Murieron en el asalto a un cuartel policial. Los dos juntos.

El fiscal recordó su conversación con Edith: ¿Cómo fue que fallecieron? Por los terrucos. Por. No asesinados por los terrucos sino en nombre de ellos. Mientras se despedía del párroco, trató de olvidar que había oído eso. Tenía cosas más urgentes en que pensar.

Corrió a la comandancia entre la gente que visitaba las iglesias y disfrutaba de la comida típica en los puestos de la Plaza Mayor. Pensó que cualquiera de ellos podía ser miembro del renacimiento senderista. Llegó a la comandancia y entró hasta el antedespacho de Carrión. Su secretaria se veía nerviosa.

—¿Puedo pasar? —preguntó.

La secretaria lo miró con angustia.

—No quiere ver a nadie. Está encerrado ahí desde el viernes. No ha salido ni para comer. Le llevamos comida, pero apenas la prueba.

—Quizá yo pueda hacer algo.

—Trate, por favor. Tal vez a usted lo escuche. Si intento anunciarlo, no contestará el interno.

El fiscal Chacaltana abrió la puerta del despacho. Estaba oscuro adentro y apestaba. Las cortinas estaban cerradas y dos platos de comida llenos se pudrían bajo la mesa de trabajo. El comandante estaba sentado en su escritorio, ojeroso y demacrado, con apariencia de no haberse bañado en meses. No lo saludó.

—¿Supo lo de Durango? —preguntó el fiscal.

El comandante pareció volver de un lugar muy lejano antes de responder con voz cavernosa:

—Ya no es asunto mío.

Le extendió una hoja que tenía en la mano. El fiscal logró leerla a pesar de la semipenumbra. Era una carta de Lima con el membrete del comando conjunto de las Fuerzas Armadas. Le anunciaba a Carrión su pase a retiro.

—No le corresponde todavía. —Se sorprendió el fiscal.

—Aquí corresponde lo que ellos quieran. Han modificado las cadenas de mando a su antojo. Se acabó. Se sumieron los dos en un silencio oscuro que solo rompió el militar minutos después:

—¿Le filtró usted información a Eléspuru, el de Inteligencia? ¿Habló con él de esto?

—No, señor. No sé cómo pueden haberlo sabido...

—Ellos todo lo saben, Chacaltana. Todo. Pero eso ya no importa, supongo. Mi relevo llegará cuando acaben las fiestas. Quizá ni siquiera tenga que ver con esto. Habrá segunda vuelta en las elecciones, quizá quieren poner aquí a un militar menos quemado que yo, o más manejable, qué carajo será.

Era difícil saber si su voz expresaba alivio o frustración. El fiscal se sintió abandonado, traicionado. Le parecía que para el comandante dejarlo tirado en medio de los problemas era la salida más fácil. Miró bien al militar y cambió de opinión. Nada parecía ser fácil para ese hombre.

—¿Y qué va a hacer? —preguntó el fiscal.

—Me iré al norte, a Piura o a Tumbes. Quiero un lugar tranquilo. Y sobre todo, muy lejos de aquí.

El fiscal se dejó caer en una silla del despacho. A pesar de la diferencia de tamaño entre sus asientos, no parecía más pequeño que el comandante esta vez.

—No puede irse así —dijo con aplomo—. Aún no hemos acabado.

El comandante se rio. Primero muy bajito, luego a carcajadas. Cuando logró controlarse, encendió un cigarrillo entre toses. El fiscal nunca lo había visto fumar. Carrión dijo:

—¿Acabar? Esto es solo el principio, Chacaltita. Nuestro trabajo de dos décadas se acaba de ir a la mierda. No podemos garantizar ni nuestra propia seguridad. Nunca los detendremos. Volverán una y otra vez.

—Pero es nuestro trabajo...

—¿Luchar contra el mar? Porque eso es lo que estamos haciendo. He estado leyendo después de todo en estos días de encierro. Ayacucho es un lugar extraño. Aquí estaba la cultura Wari, y luego los chancas, que nunca se dejaron sojuzgar por los incas. Y luego las rebeliones indígenas, porque Ayacucho era el punto medio entre Cuzco, la capital inca, y Lima, la capital de los españoles. Y la independencia en Quinua. Y Sendero. Este lugar está condenado a bañarse en sangre y fuego para siempre, Chacaltana. ¿Por qué? No tengo ni idea. Da igual. No podemos hacer nada. Le sugiero que se vaya usted también. Ya debe estar fichado, usted será el siguiente.

—Deberíamos investigar a Olazábal. La fuga de Durango es muy sospechosa. ¿No cree? Y quizá es el coronel quien ha pasado informe a Lima sobre esto.

—¿Está sordo usted? Hoy es feriado y el lunes me voy. Haga usted lo que quiera, me da igual. Y guarde la pistola. Es un regalo.

Luego hizo el mismo gesto de siempre, cuando decía «gracias, puede retirarse». Pero no dijo nada. Se quedaron en silencio de nuevo.

—Quiero pedirle algo... —dijo por fin el fiscal—. Tengo razones para pensar que los siguientes atentados serán en estos días. Quiero redoblar la vigilancia.

La irritación se intensificó en los ojos ya irritados de Carrión.

—¿Otra vez, Chacaltana? ¿No hemos hecho ya suficiente el ridículo?

—Créame esta vez. No fallaré.

Carrión lo miró como a un hijo, como a un heredero, con más ternura que orgullo.

—Yo también fui como usted una vez, Chacaltana. Pensé que podríamos detener esto. Pero esto es más fuerte que nosotros dos. Esto es la historia de un país. Ahórrese la desilusión.

Chacaltana ya no era un jovencito. Pero quizá se sentía fuerte a pesar de todo. Sentía que estaba cada vez más cerca, que su vida, después de todo, tendría algún sentido, aunque ese sentido se encontrase en la muerte. Era una idea que ya no le parecía contradictoria. Sostuvo la mirada de Carrión y dijo:

—Tengo que quedarme. Eso también es más fuerte que yo. Usted es aún la autoridad. Firme la orden de vigilancia. Yo me ocuparé de todo lo demás.

El comandante sacó de su escritorio una hoja membretada en blanco y la firmó.

—Díctele a mi secretaria lo que quiera ponerle. Es el último favor que le hago, Chacaltita. Le pido otro a cambio: cuídese, por favor.

Chacaltana se despidió del comandante con un saludo militar. Pensó darle un abrazo, pero no se atrevió. Le habría gustado, de todos modos. Habría sido como abrazar a un padre. El comandante Carrión había sido cualquier cosa menos un hombre bueno, pero al menos, quizá, sus últimos gestos lo habían redimido por el miedo. Tal vez ese era el único modo de redimirse de verdad.

Veinte minutos después, se dirigía con la orden firmada a la comisaría. El sargento de siempre estaba en la puerta.

—Buenos días, señor fiscal. Desafortunadamente, el capitán Pacheco me ha mandado decir que de momento no se encuentra presente, pero que s... Señor fiscal. ¡Señor fiscal!

Chacaltana entró directamente a la oficina de Pacheco y abrió la puerta. Adentro estaba el capitán con el juez Briceño. El sargento de la puerta tiró del brazo del fiscal mientras le hablaba al capitán.

—¡Disculpe, señor! Le informé al fiscal de que usted se encontraba en calidad de ausente, pero...

—¡Cállate, imbécil! —le respondió Pacheco—. Y lárgate. Pase, señor fiscal. Ya que se le han perdido los modales, al menos tome asiento.

Sin sentarse, el fiscal dejó la hoja sobre su escritorio:

—Tengo una orden del comandante Carrión para redoblar la vigilancia con efecto inmediato.

—¿De quién? —preguntó el capitán con cara de no reconocer el nombre.

—El comandante Carrión, quien me ha manifestado su preocupación por...

—Me temo que no sabe la noticia —intervino el juez Briceño. El capitán sonreía—. Es comprensible. Se le ve a usted demasiado distraído con sus cosas. El comandante ya no manda aquí.

Parecían de buen humor con la noticia. Quizá justamente la estaban celebrando. El fiscal respondió:

—Su retiro aún no se ha hecho efectivo, señor juez.

—Cuando la gente se muere —respondió el juez— no espera a que su muerte se haga efectiva. Se muere nomás, fiscal Chacaltana.

Chacaltana miró alternativamente a uno y otro. Luego dijo:

—La orden responde a la necesidad de medidas de seguridad extremas...

—En ausencia del comandante, yo decido qué medidas de seguridad se necesitan —dijo Pacheco—. Y no voy a quitarle su descanso a mis hombres sin una buena razón. A menos que tenga una orden judicial. ¿Por qué no le pide una al juez Briceño? ¡Ah, lo olvidé, es festivo, el juez no trabaja! —Se puso serio—. Nosotros tampoco.

—Ustedes no entienden. ¡Hay un asesino suelto!

—¿Un asesino? —preguntó el juez—. No sabemos de ningún asesino. No consta ninguna denuncia por asesinato en el Poder Judicial. No sé si usted ha cuchicheado alguna cosa con su comandante, pero nosotros no sabemos nada. Si quiere que las instituciones funcionen, tiene que hacerles llegar su información, señor Chacaltana. Si no, ¿cómo pues?

Chacaltana titubeó. Luego recobró el aplomo:

—Ustedes serán cómplices si no se ejecuta la orden.

—Perdón —respondió Briceño falsamente ofendido—. ¿Nos está acusando de algo? Si es así, dígalo con claridad, por favor. Podría incurrir en desacato e insubordinación. ¿Nos está llamando qué?

Hizo gesto de tomar notas en un papel mientras esperaba la respuesta de Chacaltana. El policía seguía sonriendo, con una sonrisa como la del presidente que lo miraba también desde su foto en la pared. El fiscal pensó que estaban en esa oficina, juntos, la ley y el orden. Y comprendió que no tenía sentido continuar insistiendo.

—Nada, señor juez. Esto... debe haber sido un malentendido.

—Claro, un malentendido —confirmó el capitán Pacheco.

El fiscal notó que los dos lo miraban a los ojos perforándole las pupilas, como si tratasen de saber algo más, algo que se alojase en el interior de su nervio óptico, quizá. Briceño dijo:

—Ahora que las cosas están más claras, debería tomar asiento. Quizá aún estamos a tiempo de conversar sobre el futuro. El capitán y yo precisamente hacíamos las coordinaciones pertinentes para la ausencia del comandante Carrión. Quizá deba usted sumarse a nuestro grupo de trabajo.

Un mes antes, quizá, la invitación lo habría halagado. Habría visitado a Edith para felicitarse por su entrada en los círculos del poder ayacuchano. Habría participado con entusiasmo en las reuniones del grupo de trabajo, entregando informes y sugiriendo reformas para agilizar los procesos administrativos. Pero la oferta le llegaba tarde, como si le viniese de otro momento de su vida. Se dio cuenta de que se sentía un hombre mayor ahora, quizá por primera vez en su vida, un adulto, que tomaría las decisiones consultando solo consigo mismo. Miró a ambos funcionarios y no pudo contener una pequeña sonrisa, que colgó apenas de las comisuras de sus labios, una sonrisa de superioridad, de suficiencia.

—Veo que le agrada la idea —dijo Briceño. Al otro lado del escritorio, el capitán Pacheco parecía limitar su función a sonreír y celebrar cada frase ingeniosa y estirada del juez. El fiscal primero sacudió la cabeza sin dejar de sonreír. Luego pronunció su decisión:

—No, no... Creo que será mejor que no.

Ante la sorpresa de los otros dos, se acercó a la salida y abandonó la oficina dando un portazo. Se imaginó al juez y al capitán riendo adentro, celebrando la muerte con la Semana Santa, preparando como dos vampiros el saqueo de la sangre de la ciudad. El gato Carrión estaba fuera de combate. Los ratones comenzaban la fiesta aun antes de que dejase la ciudad.

Afuera, ya había oscurecido. No había procesiones ese día, los turistas llenaban las calles en desorden, sin ir a ningún lugar en particular. Los borrachos se amontonaban en las esquinas de la Plaza Mayor. Chacaltana no podía vigilar solo toda la ciudad. No podía tener mil ojos y mil oídos, ni siquiera servía para hacer un informe. Se dio cuenta de que no había almorzado nada. Necesitaba dormir. Decidió no buscar a nadie, no ver a nadie e ir directamente a su casa. Volvió a casa, saludó a su madre, se hizo una sopa de pollo y se recostó. Estaba triste y cansado, cansado de no poder hacer nada. Pensó que esa noche habría un muerto más y él era el único que lo sabía. Luego tomó conciencia de que la víctima de turno podría ser él. Con la tranquilidad de quien hace los preparativos para la cena, se levantó y echó los cerrojos en la puerta y las ventanas de su casa. En la ventana de su madre puso hasta un candado, disculpándose con la señora Saldívar de Chacaltana por las inconveniencias y asegurándole que se trataba de una medida temporal. Empujó el sofá y un sillón contra la puerta de la casa, y la cómoda y los armarios contra las ventanas. Volvió a acostarse, asegurándose de tener cerca el arma. Mientras trataba de dormirse, pensó en Edith. Mejor no buscarla. Solo la pondría en peligro. Todas las personas con que hablo mueren, pensó. Se le ocurrió masturbarse con el recuerdo de sus pechos lisos con sabor a trucha. No tuvo tiempo de hacerlo. A pesar del miedo, sintió que los párpados se le cerraban.

A las dos de la mañana, lo asaltó una nueva pesadilla. Tenía que ver con fuego y una iglesia. Golpes sobre un cuerpo ensangrentado en un templo. Vio a un hombre blanco con acento limeño golpeando a una mujer. Vio la sangre de ella manchando la pila bautismal, las ropas blancas del altar, el cáliz, la casulla. Y luego la explosión, el fuego devorándolos a los dos. Pero el hombre no dejaba de golpear a la mujer, de patearla en el suelo, de gritarle. Trató de acercarse a defenderla y atravesó las llamas. Los gritos le resultaban familiares. La voz de él, sobre todo, la conocía de algún rincón de su memoria que había dejado consumir por las llamas. Cada vez estaba más cerca del agresor. En el sueño no tenía el arma, pero estaba seguro de poder reducir al salvaje con sus propias manos. Ahora la sangre no parecía manchar el templo sino inundarlo. El charco iba creciendo bajo sus pies, le llegaba a las rodillas, a la cintura, y le estorbaba el paso hacia el violento, que no dejaba de golpear a la mujer mientras empezaba a ahogarse en el líquido rojo. Una vez a su lado, lo tomó del hombro y lo giró para encararlo. Fue como voltear un espejo. Era su propio rostro el que se sostenía sobre los hombros del agresor.

Despertó de golpe, sudando. Fue al baño a lavarse la cara. Se miró en el espejo. Se sintió viejo. Pensó en lo que había dicho esa mañana en el confesionario. Todas las personas con que hablo mueren. Sintió un pálpito. Trató de volver a dormir. No lo consiguió. Se levantó, se vistió y quitó los muebles de la puerta rayando el piso. Salió. Cien metros después, se dio la vuelta. Regresó a su casa. Silenciosamente, para que su madre no lo escuchase, se acercó a su mesa de noche. Sacó la pistola del estuche, se la colgó bajo el saco y volvió a salir hacia la iglesia del Corazón de Cristo.

Viernes 21 de abril

¿as estado ablando de mí, padrecito?

¿as estado ablándole de mí a dios?

áblale de mí. dile que me haga un sitio. yo haré que te escuche. sí, te escuchará. podrás poner tu cabesita calva sobre su regaso y lamer sus piernas. te dejará tocarlo, bajar tu mano por su espalda. te gustará. abre la boca, padrecito. así. déjame ver tu lengua zanta. déjame ver tus dientes vlancos. me gustan las cosas vlancas, puras. tengo una golosinita para ti. prueba el cuerpo de cristo.

eso es, mucho mejor. ahora estás tranquilito ¿sabes? mejor quedarse tranquilo. ya todo está llegando al final. ya se acaba, ya. pasiensia. todas las cosas tienen que tener un final para poder volver a empesar. tú, yo, todos tendremos un final. sí. el mío también está cerca. pero el tuyo ya llegó. ja. hijo del diavlo.

estás sucio ¿sabes? sucio como los menesterosos de la ciudad. hoy es el día para lavarte. yo te dejaré limpio inmaculado. oh, te gustará. no digas nada, padresito, no hables con la boca llena. es sucio. así está mejor. ¿ves cómo te vas limpiando, padresito? estás todo lleno de pecado. todos te recordamos aquí por eso. los cuerpos que quemaste te recuerdan por eso. ¿ya lo as holvidado? ¿ya te as holvidado de sus cuerpos desapareciendo en tu horno? ¿de sus cenizas?

ellos no te han olvidado a ti. están ahí, con dios, como estarás tú, y se acuerdan de ti todos los días. ellos ya no pueden volver a vivir, sus cuerpos ya no están. mejor. ahora tienen bida para siempre ¿no es así? bida de verdad. ahora te encontrarás con ellos, porque estás limpio, ya puedes verlos. conversarán, sí. por los siglos de los siglos.

muévete un poco. el agua santa te tiene que tocar todo. es como un bautizo ¿lo entiendes? un sacramento. un bautizo de fuego para ti. eso aprendimos contigo. el fuego limpia. si no ¿cómo pues?

¿oyes algo? parece que tienes una visita ¿has invitado a otro menesteroso para lavarlo? eres caritativo. eres bueno. ¿quién es? ah, ya sé quién es. sí. nos hemos bisto antes. Ha llegado pronto. ¿le has estado hablando de mí, padrecito? eso es bueno, no te guardo rencor. vamos a unirlo a los nuestros ¿sí? vamos a quererlo mucho con nuestras lenguas de fuego. vamos a lavarlo también de sus impurezas, padrecito. tenemos mucho que compartir.

Eran las 2:30 a. m. cuando el fiscal llegó a la casa parroquial. En la calle aún quedaban algunos turistas con sus parejas ayacuchanas, todos achispados pero ya no tan ruidosos. Algunos peleaban entre ellos o quizá se gritaban con los novios oriundos y abandonados por la fiesta. Los devotos se habían ido a dormir en previsión de las siguientes noches, las principales de las festividades. El fiscal Chacaltana ni siquiera se fijó en ellos. Caminaba resuelto, acostumbrándose a cada paso al peso de la pistola en su costado, ganando seguridad conforme se acercaba a la puerta. Antes de tocar, se preguntó cómo justificaría su visita a esas horas. Luego se dijo que el padre comprendería perfectamente su preocupación, de hecho, quizá lo estuviese esperando. Tocó el timbre sin vacilar.

Esperó un momento. Creyó escuchar un ruido dentro, quizá una voz. Respondió diciendo quién era.

—Solo vengo a ver si todo está bien —añadió.

Nadie le respondió, ni volvió a escuchar ningún sonido. Le llamó la atención el ruido de un golpe seco. No había venido de adentro de la casa, sino de su costado. Se preguntó si debía quedarse en la puerta o buscar su origen. Recordó que había un ventanuco arriba del sótano que daba justo a ese callejón. Se preguntó si una persona podría salir de la casa por ahí. Volvió a tocar el timbre, con el mismo resultado que hasta entonces. El sonido se apagó y, pocos segundos después, volvió a comenzar. El fiscal se acercó al callejón que separaba la casa del templo. Desde la esquina, no se veía a nadie, pero ahora un gemido sordo salía de detrás de un recodo de la iglesia. Acarició la pistola y se acercó. Se detuvo antes de doblar el recodo, pegado a la pared. Ahora, al gemido se sumaba el eco de un roce constante y el sonido de los basureros contra la pared, como si alguien los empujase contra el muro. Se dio cuenta de que tenía la mano pegada a la culata de la pistola pero no había abierto el estuche. Lo abrió con los dedos, sin moverse de su sitio. Le pareció que lo que oía eran las respiraciones agitadas de dos personas, probablemente agitadas por arrastrar un cuerpo. Se preguntó si estarían armados. Considerando que se trataba de asesinos terroristas, se respondió que sí lo estarían. Estaba confuso. En un tiroteo, llevaría definitivamente las de perder. Quizá lo mejor sería solo descubrirlos sin dejarse ver y luego perseguirlos a la luz del día. O quizá lo mejor sería abandonar el caso y visitar al juez Briceño para formar parte de su grupo de trabajo y algún día comprar un Datsun. Pensó que era tarde para eso. Que el asesino, a fin de cuentas, lo estaba siguiendo a él, casi parecía estar jugando con él al escondite. Este caso, pensó, no lo puedo abandonar. Quizá ni siquiera si lo resuelvo podré abandonarlo. Resolverlo. Hasta hace un mes, su función era solo pasar informes, no resolver cosas. Respiró hondo tratando de no hacer ruido. Conteniendo el aire, se asomó al otro lado del recodo. Un par de sombras se agitaban en un rincón, detrás de los basureros. Estaban de espaldas. El fiscal pensó que podría aprovechar la oportunidad para detenerlos oficialmente en nombre de la ley. Tomó conciencia de que no tenía facultades legales para detener a nadie. Mientras tomaba una decisión, avanzó un paso y pateó una lata de cerveza, que fue a parar ruidosamente a la pared de piedra. Las dos sombras dejaron de jadear y moverse. Dijeron algunas cosas en susurros. El fiscal descubrió que solo una estaba de espaldas en realidad, la de un rubio alto que murmuraba con acento extranjero y sostenía a la otra contra la pared mientras ella, una mujer, lo abrazaba con las piernas. El fiscal retiró la mano del arma. No pudo reprimir un suspiro ahogado de alivio y se recostó contra el muro. Su mirada se cruzó con la de los otros dos. El hombre se había quedado quieto, no sabía qué hacer. Fue la chica la que dijo:

—¿Eres policía?

El fiscal respondió:

—¿Cómo? Ah, no. Claro que no.

—¡Entonces, fuera de acá, mierda!

Ésa sí tenía acento peruano. Chacaltana pensó en echarlos de ahí. Era una falta de respeto contra el padre Quiroz y contra la iglesia. Pero se sintió ridículo. Regresó a la puerta de la casa parroquial. Se preguntó si alguien la habría abierto mientras él se distraía. Las luces en el interior seguían apagadas, pero eso no significaba nada. Volvió a tocar el timbre. Quizá el padre ni siquiera estaba adentro. Su encuentro con la pareja le hizo pensar que tal vez se estaba dejando llevar por los nervios. Quizá había salido de Ayacucho y se había quedado a dormir en algún pueblo. Imposible. No en Semana Santa. Se le ocurrió entrar por la ventana, pero tenía barrotes de hierro forjado. Descartó entrar por el ventanuco del sótano. La pareja no se lo permitiría. Además, tendría que romperlo. Se le ocurrió buscar un teléfono, pero ni siquiera sabía si había uno en la casa parroquial. El padre usaba el teléfono de su despacho. Además, si no contestaba ni siquiera el timbre, tampoco levantaría el auricular. Guiado por un impulso de fastidio y frustración, llevó la mano a la perilla de la puerta. Para su sorpresa, la puerta cedió ante su empuje. Adentro reinaba la oscuridad. Permaneció un par de minutos en el umbral. Ahora no tendría más remedio que entrar. Se suponía que eso quería, pero no sabía si lo quería de verdad. Solo quería dormir tranquilo. Llamó en voz alta al padre Quiroz. No obtuvo respuesta. Miró a su alrededor. La calle estaba vacía. Se adelantó dos pasos sin cerrar la puerta, para aprovechar las luces de la calle. Las sombras que el alumbrado público producía en el interior parecían moverse sacudidas por la brisa nocturna. Mientras buscaba el interruptor de la luz, volvió a preguntar en voz alta:

—¿Padre Quiroz?

Ahora lo oyó claramente. Era el sonido de algo arrastrándose por el suelo, como un siseo grave.

—¿Padre? Soy Félix Chacaltana.

Encontró el interruptor y encendió la luz. Se sobresaltó ante la imagen de un hombre, pero era un crucifijo de un metro de altura. La habitación estaba en el mismo desorden que había visto la vez anterior. La pesada puerta del sótano estaba abierta. Penetró en la sala hasta el dormitorio del sacerdote. Abrió la puerta manteniéndose a un costado de ella. Como nada salió de adentro, encendió la luz.

Ahí, por el contrario, reinaba el orden más pulcro. Solo había una mesa de trabajo, una cómoda y una cama escrupulosamente bien tendida, sin arrugas en las sábanas. De la pared colgaba otro crucifijo, muy pequeño, que parecía vigilar la paz del dormitorio. Volvió a oír el siseo afuera, en el salón. Casi por instinto, desabrochó la cartuchera y sacó el arma. Regresó a la sala apuntando hacia delante, hacia las cajas. Rastrilló, para que la bala saliese más rápido en caso de emergencia. Se dio cuenta de que su mano temblaba. Apoyó la espalda contra la pared y empezó a recorrer así el perímetro de la habitación, bordeando las cajas donde las había. Sacó su pañuelo para secarse el sudor. Estaba empapado. Llegó a la puerta del sótano y empezó a bajar por las escaleras, siempre pegado a la pared. No sabía hacia qué lado debía apuntar el arma. Optó por apuntar hacia abajo, donde la oscuridad era más densa. Reconoció el olor de incienso y humedad, mezclado con un perfume químico que no pudo identificar.

Al llegar abajo, trató de recordar dónde estaba el interruptor. Como tenía el arma en la mano derecha, palpó la pared izquierda de arriba abajo con la mano libre. No encontró nada más que la pared mohosa y fría. Cambió el arma de mano y repitió la operación con la derecha. Ahí estaba, a una altura bastante baja. Encendió. El parpadeo de la luz le sugirió que había alguien más en la habitación. Levantó el arma hacia él y gritó:

—¡Quieto, carajo! ¡Estoy armado!

No obtuvo respuesta. Cuando la luz dejó de temblar, pudo fijarse bien. El cuerpo, en realidad, el medio cuerpo que sobresalía del horno, era el del padre Quiroz. Aún llevaba puestas las ropas de misa, con las mangas recogidas y los brazos abiertos en cruz. Venciendo su repulsión, el fiscal se acercó aún más. Algo emergía de la boca del sacerdote, como una lengua rígida y muy larga. Al llegar a su lado, el fiscal descubrió que era la empuñadura de un cuchillo. El resto estaba adentro, atravesando su garganta hasta la nuca. La sangre que se derramaba de la boca no se había coagulado todavía. Seguía goteando sobre el suelo húmedo del sótano y manchaba los bordes del horno. La muerte era muy reciente. No era lo único que goteaba. Antes o después de la ejecución, el asesino había vertido ácido sobre la cara y los brazos del sacerdote. Las botellas aún estaban abiertas a un costado. Las partes que había tocado el líquido aparecían mordidas y deshechas, con la piel entre arrugada y rasgada, convertida en un pegajoso chicle de carne. Adentro del horno, el fiscal percibió que le habían separado la pierna del tronco. Se estremeció y se echó hacia atrás. El rostro del padre miraba sin ver el techo del sótano, quizá tratando de ver el cielo, pero el cielo para él estaba bajo tierra.

El fiscal oyó un sonido arriba, en las escaleras. A pesar del horror de su hallazgo, o quizá justamente debido a él, reaccionó a tiempo. Se dio la vuelta y disparó. Era la primera vez que disparaba en su vida. El disparo sonó mucho más fuerte de lo que había calculado y lo empujó hacia atrás, hasta hacerlo caer sobre el cuerpo. La bala rebotó contra las paredes, atronando la casa con el eco agudo de sus golpes en la piedra. Percibió en una esquina de la pared el ventanuco del sótano. Calculó que la pareja de afuera estaría a pocos metros de ahí. Lo habrían escuchado. Quizá llamarían a la policía. Ojalá lo hicieran. Oyó un tintineo metálico, ahora claramente, llegando desde las escaleras. El sonido se alejaba. Supuso que el asesino no tenía un arma de fuego, estaba huyendo. Corrió tras él. Se abalanzó a las escaleras justo a tiempo de ver cómo se cerraba la puerta del sótano. Antes de llegar arriba oyó la llave dando vueltas en la cerradura. Gritó. Golpeó la puerta con todas sus fuerzas. Pateó. Pero la puerta no se movió ni un milímetro.

Volvió a bajar caminando lentamente. El padre Quiroz parecía esperarlo. Su cara le dio la impresión de una mueca de decepción. Decidió esperar. Las autoridades vendrían alertadas por su disparo. Podría explicarles lo que había ocurrido. Quizá aún estarían a tiempo de perseguir al asesino. Luego recapacitó: ¿Qué podía explicarles a las autoridades? ¿Qué podía decirles? Lo encontrarían encerrado con un cadáver, llevando un arma de fuego sin licencia y al lado de todos los instrumentos del crimen. Luego pensó, además, que cada una de las últimas tres víctimas había hablado con él poco antes de morir. Trató de despejar su cabeza. No. Era inocente. Esa misma tarde había pedido protección para las calles de la ciudad. Se la habían negado. Protección para las calles. No había mencionado la casa parroquial. Podía parecer que había pedido la protección justamente para ponerse a cubierto. Pacheco estaría encantado de firmar esa investigación, y el juez Briceño lo condenaría con el mismo placer. Quizá ni siquiera el comandante Carrión se sentiría seguro de él.

Su corazón empezó a latir muy fuerte. Se imaginó ante los jueces, probablemente lo mandarían al fuero militar. O quizá al fuero civil. Se enfrentaría a un fiscal, a un fiscal «como usted», había dicho el terrorista refiriéndose al que había dado el paso a Operativos Especiales en el penal de máxima seguridad. Si él fuera su propio fiscal, podría llenar miles de escritos probatorios en su contra. Se imaginó los escritos: «Con fecha viernes 21 de abril de 2000, en circunstancias en que Félix Chacaltana Saldívar fue encontrado en posesión de arma de fuego...». Ni siquiera podía deshacerse del arma en ese lugar. Ensayó una defensa: «Yo estaba tratando de perseguir al asesino». Vio claramente al juez Briceño: «¿Por qué no pidió la intervención de la policía? Los fiscales no andan por la vida persiguiendo a los ladrones. Si no, ¿cómo pues?». Agregarían a sus cargos el intento de usurpación de funciones. Quizá también ocultamiento de información. Ninguna de las denuncias había llegado al Poder Judicial. Carrión preferiría negarlo todo antes de verse involucrado con un asesino en serie.

Trató de expulsar de su mente el proceso judicial entero, que parecía desarrollarse ante sus ojos. No lo logró totalmente. Mientras veía declarar al capitán Pacheco, se le ocurrió juntar todas las cajas que pudiese hasta llegar a la ventana y salir por ahí. Atravesó la habitación y empezó a moverlas. Pesaban demasiado para cargarlas. Tendría que arrastrarlas. Al mover la primera, tiró sin querer una de las botellas de ácido. El líquido se desparramó por el suelo hasta alcanzar las manos y la cabeza de Quiroz. El fiscal retrocedió hacia las escaleras. Si avanzaba, dejaría sus huellas por toda la habitación. Ahora el ácido recorría todo el lugar, hasta el pie del ventanuco. Subió dos escalones.

Luego recordó que tenía la pistola. Tendría que volver a usarla. Subió hasta la puerta y calculó el ángulo más alejado desde el que podría darle a la cerradura. Disparó a media altura de las escaleras. El primer tiro atravesó la madera pero no acertó a la cerradura. El segundo le dio casi de lleno. El fiscal se acercó a abrir. Tuvo que patearla un poco y jalarla con la mano, en la que se le incrustó una astilla. Mientras se arrancaba la astilla y chupaba la sangre, comprendió que estaba dejando sus huellas dactilares y hasta su sangre por toda la madera de la puerta. Sacó su pañuelo para limpiarla. Desde afuera le llegó el sonido de la gente que volvía a sus casas y hoteles de madrugada. Risas de hombres y mujeres. Acentos extraños. Pensó que debía darse prisa. Apoyado en la puerta, pateó la cerradura con la planta del pie hasta romperla y abrir la puerta. Salió a la sala oscura, luego a la calle. Ya en la vereda, miró a todos lados. La pareja que había sorprendido en el callejón estaba a pocos metros de la puerta. Se quedaron petrificados al verlo. Tomó conciencia de que aún tenía el arma en la mano. Les hizo un gesto para tranquilizarlos mientras trataba de guardarla. Ellos levantaron las manos. Se veían rígidos.

—Escuchen, esto no es lo que parece... por favor...

—Tranquilo, tranquilo —dijo el hombre—, no pasa nada... No vimos nada...

Los dos dieron algunos pasos hacia atrás conforme él se acercaba.

—No se vayan, escúchenme... Tenemos que llamar a la policía...

Cuando llegaron a la altura de la primera esquina, dejaron de avanzar. El fiscal pensó que al fin lo escucharían. Aceleró el paso, pero ellos dieron la vuelta y echaron a correr. Trató de seguirlos, pero rápidamente desaparecieron entre las calles.

Ahora lo habían visto claramente. Chacaltana pensó que cada uno de sus avances era un paso atrás. Trató de pensar con calma. Cerró el estuche de la pistola para no meterse en más problemas. Ningún vecino había asomado la cabeza. Quizá pensaban que los disparos eran fuegos artificiales. Sí. Quizá, después de todo, lo mejor era esperar a las autoridades y explicarse convenientemente para iniciar una investigación. Después recordó las caras del juez y del policía en la oficina del capitán. Sin poder controlarse, echó a correr.

Tras unos minutos corriendo trató de pensar adónde se dirigía. No a su casa. O el asesino o la policía lo estarían esperando ahí, probablemente, si no lo estaban siguiendo ya. Tampoco a la fiscalía ni a la comandancia. Atravesó el arco y siguió alejándose hacia el extremo de la ciudad, en dirección al barrio de San Juan. Quince minutos después, llegó a la casa de Edith, que estaba casi en el límite de la ciudad. Puso el dedo en el timbre y lo dejó ahí hasta que la joven diese una señal de vida. Se dio cuenta de que estaba llorando. Pateó un poco la puerta. Gritó el nombre de Edith. Luego pensó que así llamaría la atención de todo el barrio. Trató de recuperar la compostura. Era un fiscal. Sabía acusar, tenía que saber eludir las acusaciones. Respiró hondo. Una anciana sacó una cabeza llena de ruleros por una ventana del segundo piso.

—¿Qué pasa? ¿Qué quiere?

—Busco a Edith.

—¿Y esta le parece hora? ¿Y eso le parece una manera de tocar el timbre?

—Lo siento... yo...

¿Yo qué? ¿Qué podía decir? Se le ocurrió responder que la policía lo perseguía, o que era de la policía y perseguía a alguien. La mujer seguía observándolo mientras él se preguntaba si no era mejor salir corriendo de ahí también. Entonces se abrió la puerta. Edith estaba ahí, adormilada, vestida con una camiseta, un pantalón de franela y unas sayonaras. Llevaba el pelo suelto y brillante. Tras ella había una escalera. Félix Chacaltana nunca había visto el interior de la casa de Edith cuando la había acompañado de vuelta. Era un viejo edificio de tres pisos subdividido donde, por lo visto, el mismo timbre se escuchaba en todos los departamentos. Recién comprendió que la anciana no vivía con Edith cuando la joven lo dejó entrar disculpándose con ella. La oyó decir que él era su primo, que acababa de llegar de Andahuaylas para la Semana Santa. Prometió que la escena no se repetiría. La mujer no respondió. Solo volvió a meter la cabeza en su ventana y en su vida.

Félix y Edith subieron al tercer piso, hasta una habitación mínima con una hornilla eléctrica en un rincón. No había un baño ni un refrigerador. Chacaltana supuso que ella compartiría esas instalaciones con algunos vecinos, quizá con la misma anciana que lo había regañado. No pensó más en eso. En cuanto la chica, aún medio dormida, cerró la puerta, la abrazó muy fuerte, como para fundirse con ella. En el abrazo, ella sintió el bulto de la pistola contra su cuerpo. Trató de separarse de él.

—¿Qué te ha pasado? ¿Qué está pasando?

Félix no la soltó. Pasó un largo rato aferrado a ella antes de darse cuenta de que se le seguían escapando las lágrimas de los ojos.

—¿Quieres un mate?

Él asintió. Ella calentó el agua en la hornilla sin que él se despegase de su cuerpo. Ella sirvió el mate y se sentó. Le acarició el pelo suavemente, mientras él, de rodillas, apoyaba la cabeza entre sus piernas y se abrazaba a su cintura temblando.

—¿No quieres decirme qué pasó? ¿Tiene que ver con tu trabajo?

Ahora, ni siquiera las imágenes del fuego y los golpes pasaban por la mente del fiscal Chacaltana. Solo había un gran vacío, una oscuridad hambrienta, las fauces de la nada cerrándose sobre su cabeza. Necesitó hablar. Necesitó decir todo lo que había pasado en el último mes y medio. Necesitó llorar como un niño. Empezó a contarlo todo, animado por las caricias de la joven. Cuando las primeras luces del amanecer se colaban por la pequeña ventana de la habitación, había terminado su historia. El regazo de Edith estaba cálido y seco. Segundos después, como si se hubiera quitado un gran peso de encima, se quedó dormido.

Despertó a las ocho de la mañana. No había dormido mucho. Tampoco podía dormir más. Ni siquiera le parecía poder moverse. Tras el susto inicial de no reconocer dónde estaba, recorrió con la mirada el pequeño departamento de Edith.

Estaba en la cama. Su saco y la cartuchera de la pistola colgaban de la única silla, debajo de la cual estaban sus zapatos, uno al lado del otro, tan ordenados y sin arrugar como el resto de las cosas que Edith había tocado. Ella estaba ahí también, de pie frente a él, quitándose la camiseta y el pantalón. Había sacado de algún lugar un barreño de agua y se lavaba cuidadosamente las axilas y la entrepierna, el cuello y los pies, bajo la luz aún tenue de la mañana.

—Buenos días —dijo el fiscal.

Al oírlo, ella se tapó el cuerpo como pudo. Su brazo derecho abarcó su pecho de un lado a otro y su mano izquierda ocultó su sexo.

—Voltéate —le respondió—. Aquí no tengo dónde meterme.

El fiscal no se volteó. Le sonrió. Ella le devolvió la sonrisa. Se había puesto roja.

—¡Voltéate! —insistió.

Pesadamente, el fiscal se volteó. Se quedó así unos segundos, hasta que se volvió hacia ella, ya no tan pesadamente. Ella se tapó de nuevo.

—Si no te portas bien, no vuelves a venir. Acuérdate de que eres mi primo.

El fiscal recordó la noche anterior. En su cabeza se agolparon fragmentos de su encuentro con el padre Quiroz en el sótano, de su llegada a casa de Edith, del tierno regazo de la joven. Sentía ganas de tocarla. De refugiarse en ella.

—Acércate —dijo él. Sonó como una orden.

—Tengo que ir a trabajar y ya llego tarde. Mi jefe va a estar ahí, porque esperamos mucha gente. Tú no te muevas de aquí. Doña Dora está furiosa. Me ha regañado veinte minutos cuando bajé por agua.

—Acércate —repitió él.

Ella se enrolló una toalla en el cuerpo y se acercó. Le tocó la frente y le dejó llevar la mano lentamente hasta los labios. Él la besó en la palma y en el dorso. Metió la mano suavemente en su boca y chupó cada uno de sus dedos.

—¿Qué haces? —preguntó ella.

—Gracias por ayudarme —dijo él—. No lo olvidaré nunca.

Ella se acercó a besarlo. Él la tomó por el talle y la atrajo hacia la cama. Ella se negó, primero con el cuerpo y luego con la voz, pero luego se dejó llevar.

—Me tengo que ir —le recordó riendo.

Él se acostó sobre su cuerpo y metió su lengua en la boca de ella. Ya no se sentía como un niño necesitado de protección. Al contrario, quería recuperar la adultez. Mostrarle que él también podía ser un hombre protector, un hombre. Le besó el cuello, los hombros, la nuca, de la que escapaban algunos pelos negros y cortos, como una larga pelusa. Ella le respondió con besos en la frente y las mejillas. Trató de devolverlo a un costado. Él se resistió.

—No vayas a trabajar —dijo.

Ella se rio.

—No vayas tú.

Él se preguntó si habrían descubierto el cuerpo. Luego apartó el recuerdo de su mente. Necesitaba otra cosa, fuera de tanta muerte. Necesitaba algo de vida. Resopló. Ella tenía la boca abierta a medias. Él le mordió los labios.

—¡Au! —gimió Edith—. ¿Sabe tu mamá que haces esas cosas?

—Aquí ella no nos ve.

—Ella siempre está contigo. Ese es el problema.

El fiscal se turbó. No le parecía un contexto para hablar de su madre. Respondió:

—A ella le caes bien —le pareció un momento delicado, uno de esos momentos en que se dicen cosas importantes—. A ella no le importaría que... que me casase contigo.

El color subió a las mejillas de Edith. Parecía sorprendida.

—¿A ella?

Él sonrió, pero no recibió una sonrisa de vuelta. Lo desconcertaba eso, lo desconcertaba no recibir de la gente lo que tenía planeado. Las sonrisas se pagan con sonrisas, debía haber algún lugar en que eso estuviera escrito normativamente. Ella le devolvió una caricia en la frente y unas palabras que tampoco esperaba.

—Escucha, Félix... Te quiero mucho pero... en verdad... para casarme contigo... necesitaría que ella no estuviese ahí.

—¿Cómo?

—Entiendo tus sentimientos. Pero no podría irme a vivir a una casa que ya es de otra. Y menos de una... que no está en realidad.

—Ella está —dijo el fiscal—. ¿Tú crees que solo están las cosas que puedes ver?

Edith bajó la mirada.

—No, claro. Voy a vestirme.

Ella se levantó. Él trató de retenerla, pero no lo consiguió. Algo se había roto en el aire, y el fiscal trató de pegar los pedazos.

—Escucha... Tienes que entender... yo te quiero pero... mi madre... justo ahora...

Sabía que había palabras atoradas en su garganta tratando de salir, pero no tenía claro cómo sacarlas, le habría gustado desatorarlas con una cuchara. Siempre había sido bueno con las palabras, pero ahora parecía incapaz de convocar las palabras justas para hablar de lo que más le importaba. Y lo peor es que justo ahora no tenía el tiempo de un funcionario ante su escritorio, ni el de un poeta frente al papel. Las palabras que necesitaba debían brotar directamente de su corazón, y sin embargo, su corazón estaba seco.

Ella recogió su ropa de la silla. El fiscal sintió que nunca volvería a verla al descubierto.

—No hay problema —dijo ella—, comprendo.

Era como si lo dijese desde el otro lado del mundo. Desde la punta de un glaciar. Él se acercó a ella. Quiso abrazarla, pero ella se zafó. Él la apretó, y la besó en los hombros. Sentía una gran necesidad de adueñarse de ella, de no dejarla ir, y sentía que ninguna palabra podría atarla. Le quitó la toalla del cuerpo con un solo movimiento y bajó su cabeza hasta el pecho y el vientre de ella, sin dejar de lamer. Ella trató de empujarlo por los hombros.

—Basta... —susurró.

Pero él no la soltó. La sostenía de las piernas y bajó su boca hasta su sexo, hasta sentir los vellos púbicos rozando su lengua. Su vulva sabía a jabón y a ella. Sintió un tirón en el pelo. Levantó la cabeza. Ella lo miraba con furia.

—Suéltame —le dijo secamente—. Me voy a...

En cualquier situación, el fiscal la habría dejado ir y se habría disculpado por su proceder. Le habría dicho que no había querido faltarle. Pero, sin saber por qué, su reacción lo sorprendió a él mismo. Volvió a bajar la cabeza y la aferró más fuertemente por las piernas. Succionó. Esta vez, ella gritó:

—¡Déjame!

Y lo sacudió por los pelos. Él arrancó las manos de Edith de su cabeza. Salieron llenas de pelos negros que sobresalían entre los dedos. Las bajó contra la cama y volvió a subir hasta la altura de ella para aprisionarla entre su cuerpo y el colchón. La cama rechinó y se bamboleó. Ahora, la mirada de Edith reflejaba miedo. Inexplicablemente, eso lo excitó aún más. Trémula, Edith trató de zafarse de su abrazo. Él apretó su cuello con una mano, mientras con la otra se bajaba la bragueta. Llegó a ver las marcas rojas que sus garras habían dejado en las muñecas de la joven antes de que ella le arañase el rostro, hasta meterle el dedo en el ojo. Entonces se puso violento. La abofeteó contra la cama y bajó un poco su pantalón mientras se ponía en posición. Llegó a ver su propio pene envejecido contrastando con la carne limpia y fresca de Edith. Su estómago redondo caía sobre el liso vientre de ella. Embistió. Ella cerró los ojos y apretó los dientes. Él volvió a embestir, una y otra vez, sacudiéndola entre los quejidos de la cama y sintiendo cómo su cuerpo pequeño, cada vez más diminuto, se estremecía bajo el cuerpo del fiscal, arrugado pero fuerte, aún fuerte, más fuerte que nunca.

Cuando terminó, se quitó de encima de ella y se recostó a un lado. Sudaba. La cabeza le daba vueltas entre los recuerdos de la noche anterior y lo que acababa de hacer. Ella no se movió. Era difícil distinguir si las gotas que surcaban su rostro eran de sudor o de llanto. Él sintió un extraño placer al preguntárselo en silencio. Ella temblaba. Se sentía en carne viva, desgarrada.

—Ayer le disparé a un hombre —dijo él—. No sé a quién ni si le di. Pero pude haber matado a alguien. Sentí que era como un ensayo, como un entrenamiento para algo. Sentí que algo cambiaba en mí.

Todas las personas con que hablo mueren.

—Vete —respondió ella, primero en un susurro, luego en un alarido—. ¡Vete! ¡Hijo del diablo!

Sonaba inocente como insulto. Pero el fiscal Chacaltana sabía lo que significaba. Supaypawawa.

Hijo del diablo. Era la traducción directa de lo peor que se le puede decir a alguien en quechua. Supo que tendría que irse de verdad. Tenía la entrepierna húmeda, pero ella no le permitiría lavarse. Ella también estaba húmeda, y un hilo de sangre corría entre sus piernas. El fiscal no quiso preguntarle si era virgen. Quiso pensar que sí lo era.

Mientras cerraba la puerta de Edith alcanzó a verla sollozando sobre la cama. Empezó a bajar las escaleras mientras se ponía el saco y verificaba que el estuche de la pistola estuviese bien cerrado. En la puerta se cruzó con la vecina de la noche anterior. La saludó por su nombre, doña Dora. Cuando salió a la calle, le pareció que la ciudad estaba llena de luz, mucha más de la que entraba en la pequeña habitación de Edith. Dirigió sus pasos hacia la comisaría. Había decidido entregarse.

Avanzó lentamente, como si tuviera los zapatos llenos de cemento, por entre las calles en que el pueblo preparaba la procesión del Santo Sepulcro. Se sentía mareado. Pensó que entraría en la oficina del capitán, entregaría su arma y contaría paso por paso todo lo que había ocurrido la noche anterior. Casi sería un alivio que no le creyesen. Casi sería un alivio ir preso y poder olvidar. Si el capitán insistía, contaría inclusive lo que había hecho con Edith. Se sentía demasiado cansado para tratar de huir, incluso para tratar de pensar adónde huir.

Antes de llegar a la comisaría, pasó por su casa. No había guardias en la puerta. Pensó que quizá habrían entrado a registrarla durante la noche. Abrió la puerta y entró. Todo estaba tal cual lo había dejado: su habitación, la de su madre. Tomó la foto sonriente de su madre en Sacsayhuamán. La besó.

—Ya ves, mamacita, no he logrado hacer nada para que estés orgullosa de mí. Espero no decepcionarte demasiado.

Siguió hablándole mientras se aseaba un poco. Pensó que en una celda podría tener algunas fotos de ella. Detuvo el aseo especialmente en sus partes íntimas. Olían a Edith. Trató de no llorar. Trató de no llorar más. Volvió a salir a la calle. Conforme se acercaba a la Plaza Mayor, iba cruzándose cada vez con más policías que pasaban a su lado acelerados, llevando sus órdenes de un lado a otro de la ciudad. Esperaba el momento en que uno de ellos le apuntase al pecho y le ordenase soltar el arma. Esperaba que le ahorrasen el trabajo de confesar algo que no había hecho, que ya lo tuviesen relacionado con la escena del crimen, que la pareja de anoche lo hubiese identificado sin lugar a dudas. Lamentó que no hubiese habido más luz en la calle. Se arrepintió de no haber seguido disparando hasta la llegada de la policía. Se cruzó con algunos soldados también. Se sintió impune. Supo lo que era pasear entre sus perseguidores sin que nadie voltease a verlo, como un fantasma. Tuvo ganas de gritar que era un asesino, que había matado ya a cuatro personas, que quizá acababa de cometer una violación; de eso último no estaba seguro por aquello del ordenamiento jurídico. El ordenamiento jurídico. No pudo contener una carcajada. Empezó a reír ahí en medio de la plaza. Tuvo ganas de bailar, pero pensó en su madre. A ella no le habría gustado verlo así. Se contuvo. De todos modos siguió riendo mientras se acercaba a la comisaría. Pensó en Pacheco. Estaría contento de verlo. Se atribuiría el mérito, seguramente, diría que lo capturó tras una larga persecución llena de balas y patrulleros. Volvió a reírse, cada vez más fuerte.

En la puerta de la comisaría, el guardia de la entrada parecía dormir apoyado en su fusil. El fiscal se detuvo a admirar la insignia con el escudo nacional que colgaba sobre la entrada. Volteó a ver la ciudad que bullía en los preparativos para la procesión. Le pareció que pasaban siglos antes de dar el último paso hacia la recepción.

El sargento de siempre estaba en su escritorio. Al fiscal le hizo gracia pensar que tendría que esperar horas para poder entregarse, que tendrían a su asesino sentado al lado de la puerta durante un buen rato antes de dejarlo confesar. Al verlo entrar, el sargento se levantó. El fiscal esperó sus palabras. Sabía cuáles serían. Volvió a sonreír. Sintió el peso del arma en su costado. Se había acostumbrado a la pistola. El sargento lo saludó con la mano en el kepí:

—El capitán Pacheco lo está esperando, señor fiscal.

Lo sabían. Ya lo sabían todo. Sintió que flotaba hasta la oficina de Pacheco, se preguntó si debía levantar las manos para recibir las esposas. Pacheco estaba sentado frente a varios papeles y también se levantó al verlo entrar.

—¡Chacaltana! ¿Dónde carajo estaba? Llevo toda la mañana buscándolo.

Chacaltana trató de poner orden en su cabeza antes de explicar dónde carajo había estado. Pero el capitán continuó:

—Han matado al padre Quiroz. Puta madre, Chacaltana, tiene que verlo. Lo han hecho mierda.

¿«Han» matado? ¿No «ha» matado usted? Chacaltana iba tan preparado para confesar que no supo qué decir ahora. Hasta había comenzado a convencerse de que era culpable.

—¿Cómo...?

—Lo encontraron de madrugada. Los vecinos denunciaron disparos. Pero no lo han matado a tiros. Parece que el asesino quería anunciar lo que había hecho. Solo le faltó reventar fuegos artificiales al conchasumadre.

¿Y la pareja? ¿Y los que lo vieron salir de la casa?

—¿Hay... testigos... declaraciones de vecinos?

—¿Testigos? Ya sabe usted cómo es, Chacaltana. Nadie habla, nadie declara, nadie quiere meterse en problemas. Hasta la llamada de denuncia fue anónima. Esto es una mierda. Lo siento por lo de ayer. Usted... usted tenía razón.

Se notaba que al capitán le costaba enorme-
mente disculparse. Le dolía. Chacaltana no pudo
creer lo que estaba diciendo cuando dijo:

—No se preocupe, capitán. Lo comprendo. Todos tenemos demasiadas preocupaciones,
¿verdad?

El capitán agradeció su comprensión con un
gesto.

—Lo de que la gente se quede callada no es tan
grave. Hemos conseguido mantener el asunto al
margen de la prensa de milagro. Y eso que estamos
llenos de turistas y periodistas. A veces me pregunto si no es ciega toda esta gente.

El fiscal Chacaltana se estaba haciendo exactamente la misma pregunta. Pero el capitán puso su
voz en la tesitura de orden militar y dijo:

—Quiero que me diga todo lo que sepa sobre
este caso.

El fiscal Chacaltana se lo contó lenta y detalla-
damente, como si recitase todos sus informes. No
mencionó el detalle de que todas las personas que
sabían de su investigación habían sido asesinadas.
Pensó que el capitán lo descubriría por sí mismo. El
policía tenía en mente hacerse cargo de la investigación. Parecía muy interesado. Quizá lo habían
llamado de Lima, ellos todo lo sabían siempre, si
habían pasado a retiro al comandante sería justamente porque estaban al corriente de todo. Al
fiscal, en realidad, todo eso lo tenía sin cuidado.
Cuando terminó su relato, el capitán dijo:

—Vaya donde el forense y prepare un informe para abrir el caso.

Por un instante, Chacaltana quiso decir que no se podría ocupar rápido de este asunto. Que lo que tenían entre manos llevaba siglos y duraría siglos más. Que estaban peleando contra fantasmas, contra muertos, contra el espíritu del Ande. Que acababa de forzar sexualmente a la que probablemente fuese la mejor mujer que había conocido en su vida. Que según la ley ahora debía casarse con ella. Que ya no quería ver este caso, que prefería largarse con Carrión a alguna playa bonita de la costa norte. Abrió la boca y dijo finalmente, con toda la convicción de la que fue capaz:

—Sí, señor.

Con fecha 21 de abril de 2000, el párroco de la iglesia del Corazón de Cristo, Sebastián Quiroz Mendoza, fue encontrado ya cadáver en las inmediaciones de su sótano, en circunstancias en que los vecinos solicitaron la intervención de las fuerzas policiales para garantizar el orden y la seguridad mientras el victimario disparaba al aire por las calles adyacentes al domicilio parroquial.

Según la reconstrucción practicada por el médico legista, el susodicho sacerdote fue primero amarrado de pies y manos y amordazado, lo cual es sugerido por los hematomas de sus articulaciones y comisuras labiales, para posteriormente proceder al desmembramiento en vida de su extremidad inferior izquierda. Asimismo, se le practicaron heridas de gravedad con ácido y se le perforó la tráquea y la laringe con instrumento punzocortante hasta dejarlo de cúbito dorsal en el interior del cubículo crematorio que se hallaba en su sótano.

Según la verificación practicada por las autoridades policiales, subsecuentemente el victimario procedió a abrir fuego contra las paredes y puertas del inmueble, después de lo cual huyó llevando la extremidad inferior cercenada y sus instrumentos de mutilación, en clara demostración de ausencia de facultades mentales en condición de sanidad. Los casquillos de bala encontrados en el lugar de los hechos corresponden a un arma de reglamento, lo cual sugiere que el victimario podría haber sido un terrorista con acceso a los almacenes militares o robado una pistola en condiciones de premeditación, alevosía y ventaja a algún miembro de las fuerzas tutelares del país.

Cabe señalar, asimismo, que las heridas practicadas en el susodicho sacerdote Sebastián Quiroz Mendoza no podrían haber sido perpetradas por una persona mayor de cuarenta años, debido a que requieren una fuerza física considerable, ni por un funcionario, por ejemplo, o persona que laborase o desarrollase sus respectivas funciones en una oficina, probado el hecho de la necesidad de entrenamiento en operaciones policiales o subversivas que el victimario demuestra en sus acciones.

Más aún, el firmante, que en el momento del siniestro se encontraba durmiendo en su respectivo domicilio, sugiere basado en su experiencia criminalística que el crimen tendría que haber sido cometido por elementos vandálicos o grupos especialmente dedicados a la perpetración de homicidios con fines de hurto o robo.

El fiscal distrital adjunto Félix Chacaltana Saldívar volvió a mirar el papel que acababa de escribir, pensando en alguna otra manera de cubrir su presencia en el lugar. No. Era suficiente. Borró la palabra *policiales* para no entrar en discusiones con Pacheco y dio por concluido el informe. No tendría que enfrentarse en un careo con la pareja de la noche anterior, que probablemente estaba más aterrada que él mismo, pero sabía que tarde o temprano llegarían a él. La noche anterior ni siquiera se había cuidado de no dejar sus huellas en el sótano. Con eso tendrían suficiente para acusarlo. Las huellas tendrían que ir al laboratorio de Lima, tardarían un poco, quizá el tiempo suficiente para encontrar al verdadero asesino. Cuestión de días. Ojalá.

A pesar de que tenía que conseguir una solución rápida, no podía quitarse de la cabeza el incidente con Edith. No entendía por qué había hecho lo que había hecho. Trataba de recordar y a la vez de olvidar el episodio de esa mañana. No era sexo lo que había buscado, sino una especie de poder, de dominio, la sensación de que algo era más débil que él mismo, que en medio de este mundo que parecía querer tragárselo, él mismo también podía tener fuerza, potencia, víctimas.

O quizá simplemente quería sexo. En cualquiera de los dos casos, se sentía como un perfecto imbécil. Costaría mucho convencerse de lo contrario. Sobre todo, costaría mucho convencer a Edith.

Decidió concentrarse en su investigación para no pensar en ella, aunque había instantes a su lado que volvían como flashes a azotarle los recuerdos. Sus ojos cerrados, apretados como sus dientes, sus piernas tratando de resistirse al embate. Volvió al archivo de la fiscalía. Quería saber si el padre Quiroz había sido amenazado o había sufrido atentados antes, durante los años del terrorismo. Quizá eso le daría una pista. Esta vez no había una nota de Sendero, pero eso debía ser por falta de tiempo. Chacaltana había interrumpido a los asesinos en mitad de su trabajo, a saber cómo se proponían terminarlo.

Almorzó un pan con pollo en un puesto callejero y luego fue a la fiscalía. En la iglesia de Santo Domingo, los fieles formaban colas con algodones en la mano para limpiar las heridas de la imagen del Señor del Santo Sepulcro. El fiscal imaginó todas esas manos, una tras otra, tocando las llagas de Cristo. Sin saber por qué, eso le recordó a su madre y a Edith.

Volvió a recorrer los pasillos solitarios de la fiscalía en día festivo, hasta llegar al salón de archivos. Se echó a buscar. Entre los papeles no figuraba Quiroz. O quizá estaba en algún lugar, más allá de las imágenes de Edith que el fiscal llevaba pegadas a los ojos: su cuerpo envuelto en la toalla recortándose contra las primeras luces del día. Sus pies pequeños, dos paquetitos suaves. El sabor de su pubis. El sendero luminoso que unía su cuello con su ombligo, un camino que el fiscal nunca más volvería a recorrer. Quizá ella aceptaría una disculpa, pensó mientras abría las cajas de casos desestimados. Él no era un mal tipo después de todo. Se había portado bien con ella... al menos hasta esa mañana. Quizá podría olvidarlo pronto. Le llevaría flores esa noche. La invitaría a cenar. La llevaría a bailar. Eso le gustaría. Pronto, el bochornoso incidente de esa mañana sería solo un mal recuerdo fácil de borrar.

Sin darse cuenta, por acto reflejo, estaba buscando en los archivos el nombre de Edith. Trató de reponerse de su poco profesional desviación del tema. Luego, por curiosidad, la buscó deliberadamente. Sus padres, al menos, tenían que estar por algún lado. Él quería saber más de ella. Tenía ganas de buscarla en todas partes, de saber cómo podría darle una buena impresión, de encontrarla en cada minuto de su vida. Temía que no volvería a encontrarse con ella personalmente, que ella no querría. Pero al menos ahí, entre las denuncias, entre los muertos y victimarios de uno y otro lado, Edith Ayala, al menos un poco de ella, sí podía estar.

Pasó la tarde rebuscando entre los viejos papeles y soportando la alergia producida por el polvo. Los padres de Edith, Ronaldo Ayala y Clara Mungía, no aparecían entre las denuncias desestimadas. Siguió buscando hasta encontrarlos entre los reportes de bajas en combate. El asalto al puesto policial que habían liderado había sido una maniobra desesperada. Seis terroristas mal armados contra un destacamento de diez policías. Habían atacado al amanecer de un día de julio, a mediados de los ochenta. Aparentemente, calcularon mal el número de efectivos que los esperaban. La policía había sido prevenida del ataque. El asalto fue una masacre. Murió un policía, dos quedaron heridos, y todos los terroristas fueron aniquilados.

Los partes legistas señalaban disparos en la nuca de Ronaldo Ayala. Lo habían rematado después del asalto. Su mujer presentaba heridas en el estómago y un disparo final en el pecho. Ya herida, había seguido avanzando. En la foto se parecía un poco a Edith: el pelo, el cuello que el fiscal recordaba tan bien eran una herencia materna. Pero Clara Mungía no tenía la dulzura de su hija. El retrato tamaño carné, tomado en una detención anterior, la mostraba con la mirada inexpresiva y resuelta que el fiscal había visto tantas veces bajo las cejas de los senderistas.

El archivo incluía un anexo que hablaba de Edith. A mediados de los noventa, un arrepentido la había sindicado como miembro del aparato logístico del partido. No tenía ni dieciséis años, pero según el testigo, pasaba armamento y mensajes entre las células que sobrevivían en la Ceja de Selva. La habían interrogado sin sacar nada de interés. No presentaba lesiones al salir de los interrogatorios. Luego la habían dejado en paz. Un informe de Inteligencia añadía que se había dedicado durante dos años a llevar ayuda médica y comida a los presos por terrorismo en el penal de máxima seguridad de Ayacucho, mientras trabajaba como ayudante en una carnicería del mercado central.

Carnicería. Cárcel. Inevitablemente, recordó a Hernán Durango, camarada Alonso, y su historia del sueño del pongo, y sus historias. Recordó la primera vez que lo había visto. El partido tiene mil ojos y mil oídos, había dicho. Los ojos del pueblo. O quizá solo dos ojos como dos nueces cerradas, sobre dos mandíbulas apretadas, sudorosas de rabia, dos ojos vacíos de sus cuencas. Casi a su pesar, el fiscal hizo un par de deducciones y sacó una conclusión. Quizá tenía al asesino. En ese momento, se le heló la sangre en las venas.

Pensó que era una sospecha infundada y volvió a su oficina. Quería descartarla. Quería quitarse de encima esa posibilidad. Llamó por teléfono al coronel Olazábal:

—Buenas tardes, coronel. ¿Cómo está usted?

—Jodido, pues, Chacaltana. Igual que usted, supongo, que está trabajando en fiestas.

—Hablé sobre su ascenso con el comandante Carrión —mintió el fiscal—. Se mostró muy bien dispuesto, pero lo han pasado a retiro.

—Ya. Las noticias vuelan.

—Tendremos que empezar ese trabajo de nuevo con su sucesor. No se preocupe usted, yo lo ayudaré.

—Muchas gracias, señor fiscal. Ya sabe usted que si necesita algún tipo de ayuda que yo le pueda brindar...

—Pues, a decir verdad, sí, ya que lo menciona. Necesito la lista de visitas que recibía Hernán Durango González.

—¿Ahorita mismo?

—Si fuera posible, sí, coronel.

El coronel prometió devolverle la llamada en cinco minutos. El fiscal se quedó esperando junto al teléfono. Tenía que ser una casualidad, un error de cálculo, un callejón sin salida. Toda esta historia estaba llena de ellos. Pasó una hora y media junto al aparato acariciando su pistola hasta que el coronel llamó:

—Déjeme ver... Aquí están: para empezar, los padres del reo: Román Durango y Brígida González...

—Ajá...

—Una hermana llamada Agripina...

—Sí...

—Y solo una persona más. No era pariente. Quizá una novia, aunque en ese caso, tenía mucha paciencia, ¿no? Aunque ya ve usted, hay novias que esperan por veinte años, se lo digo yo...

Se extendió en un pequeño discurso sobre las novias y los presos hasta que pronunció un nombre de mujer, que el fiscal acompañó con un movimiento de sus labios y con un gran dolor en el pecho. Sin despedirse, colgó el teléfono y corrió a la calle.

Afuera, la noche acababa de empezar. El Señor del Santo Sepulcro había tomado las calles acostado en una urna transparente sobre un lecho de rosas blancas. La sangre goteaba de su frente, de su costado, de sus manos y pies. Solo los cirios de los notables y adinerados del pueblo que lo rodeaban iluminaban su figura en medio de la oscuridad. Los fieles iban de negro. El alumbrado público estaba apagado. En ese momento, el silencio era absoluto.

Chacaltana atravesó la solemne multitud a empujones avanzando directamente hacia el restaurante de la plaza. Algunas personas le devolvieron los empujones, pero nadie se atrevió a romper el silencio del Sepulcro. Incluso entre los turistas del interior del restaurante El Huamanguino, el ambiente era de recogimiento y silencio. Edith estaba en su mostrador cuando él entró. Lo miró con un gesto de sorpresa que pronto se convirtió en susto y después en odio. Retrocedió un poco, por reflejo, pero no se movió del mostrador. Fue él quien se acercó a ella y la tomó del brazo:

—¿Qué haces? —chilló ella.

—Tengo que hablar contigo.

—¡No me toques!

Sus ojos. El odio de esos ojos que había visto en el archivo esa misma tarde.

—¡Ssshhht!

El público les pidió silencio. El dueño del restaurante se acercó y dijo, en voz baja pero firme:

—¿Se puede saber quién chucha es usted?

—Fiscalía —dijo autoritariamente Chacaltana—. Tengo que hablar con Edith Ayala. Es una investigación oficial.

El dueño lo miró y luego miró a Edith, a ambos, con una reprobación que la mención de la fiscalía atenuaba y convertía, quizá, en miedo. Los fiscales no son policías, pero el dueño del restaurante sabía bien que cualquier cosa oficial podía ser una fuente constante de problemas. Edith estaba roja de rabia y vergüenza. Quería evitar una escena. Dijo:

—¿Puedo salir un momento?

El dueño aceptó con una mueca de fastidio, más para librarse de ellos que por cortesía.

—Cinco minutos, no más —advirtió mientras salían.

Se apartaron de la turba con pasos largos en dirección al barrio del Carmen Alto. El fiscal recordó haber ido a la catedral cuando era pequeño, otro Viernes Santo. Había oído un largo lamento y luego la iglesia se había oscurecido, cubierta con paños morados. Uno tras otro, los canónigos se habían acercado al altar vestidos con lobas negras que arrastraban sus colas al avanzar. Llevaban inmensas banderas negras y las sacudían en el aire, como alas de pájaros siniestros. Sin saber por qué, le pareció que esa vieja ceremonia tenía algo que ver con todo esto. En cuanto llegaron a una calle más tranquila, el fiscal buscó algún lugar para hablar con calma. Llevaba a Edith cogida del brazo fuertemente, quizá como esa misma mañana. Ella se soltó:

—¡Me haces daño!

—¿Yo? ¿Yo te hago daño?

El fiscal estaba furioso. Si por la mañana había estado brutal, ahora su furia le parecía algo justo y digno.

—No quiero hablar contigo —siguió ella—. ¡No te quiero ver más!

Ella le dio la espalda y empezó a volver hacia el centro. Algunos paseantes se cruzaron con ellos. Varios niños jugaban con una pelota de plástico. Él volvió a cogerla y la empujó contra una pared.

—Conocías a Hernán Durango, Edith. Eres la única persona que podría haberle hablado de mí, de mi madre.

Ella pareció sorprendida. Luego siguió llorando sin decir palabra. El fiscal la tomó de los pelos:

—¡Lo conocías!

—¿Y qué? —gritó ella—. ¡Dime! ¿Y qué importa?

—¿Por qué le hablaste de mí?

—¿Por qué no podía? No sabía que tú lo conocías hasta anoche.

—¡No me mientas! —Le levantó la mano, pero la detuvo en el aire, antes de golpearla. No entendía por qué tenía tantas ganas de golpearla—. ¿Por qué le hablaste de mí? ¡Dime la verdad!

Ella trató de zafarse pero él volvió a empotrarla contra la pared, ahora con más violencia. Cuando Edith levantó la mirada de nuevo, era difícil saber si el brillo de sus pupilas se debía al pavor o al odio.

—¡Porque me gustabas! —dijo con un hilo de voz. Luego empezó a llorar. Los niños, que se habían quedado quietos, salieron corriendo. Algunas parejas pasaron cerca de ellos acelerando la velocidad. Nadie se acercó—. Creía que eras diferente... —siguió diciendo ella. Sollozaba entre jadeos, como un animalito—. Creía que eras un hombre bueno, no el miserable que eres...

El fiscal la soltó. Su cuerpo se puso rígido. Su voz se endureció:

—Conozco a los terrucos como tú, Edith. Conozco sus mentiras. Ya no me vas a engañar.

—Entonces déjame en paz.

—¡Cállate! —El grito le había salido más fuerte de lo que tenía calculado, pero había funcionado. Ella se había quedado quieta y temblorosa, como un pollito en una tómbola.

Ella empezó a tragarse los mocos y la saliva.

—¿Me estás... me estás acusando d...?

—Hay suficientes indicios de tus vínculos con Sendero. Y tus padres, claro. Los salvajes que te educaron. Mira lo que hicieron contigo.

—Lávate la boca para hablar de mis...

No la dejó terminar. Le tapó la boca y le empujó la cabeza contra la pared.

—El asesino que estoy buscando conocía a las víctimas. Podía entrar a la casa parroquial y tenía la confianza de Durango, seguramente también la de Justino. Y sabía que yo había hablado con ellos. Como tú. Pero tú no hiciste eso sola. ¿Dónde está el resto de tu célula? ¡Habla!

—¿De qué carajo estás hablando?

—Nunca se lo pudiste perdonar, ¿verdad? Esperaste quince años para vengarte. Guardaste el odio toda tu vida. ¿Qué hiciste? ¿Lo hiciste venir a Ayacucho con engaños? ¿O simplemente te enteraste de que había venido y no pudiste contenerte? ¿Durango te ayudó a hacerlo desde la prisión?

—¿De qué me hablas? ¿De quién me voy a vengar yo?

—¡Del teniente Alfredo Cáceres Salazar! Del hombre que tenía a su cargo el destacamento que mató a tus padres. ¿O tú crees que soy imbécil? ¿O creías que nunca llegaría a ti si matabas a todos los involucrados? ¿Cuándo ibas a matarme a mí?

Ahora, ella no podía hablar más. Su cuerpo se había ido derramando por la pared hasta el suelo. Parecía un costal de arroz medio vacío, casi sin forma. La calle se había quedado vacía y muda, salvo por el borboteo que salía de su boca, de la boca que él había besado.

—Si quisiera matarte —dijo ella de repente—, lo habría hecho anoche. Debería haberlo hecho...

El fiscal pensó en Cáceres Salazar blandiendo en persona la pistola que le perforó la nuca al padre de Edith. Recordó la escena de esa misma mañana, mientras penetraba en el cuerpo de Edith. Ya no sentía arrepentimiento, sino placer. El placer de la labor bien hecha. Sacó la pistola y apuntó a la pequeña cabeza que temblaba cerca del suelo. Recordó a todos los muertos que había visto. Se dio cuenta de que ya no le temblaba la mano.

—Tú tampoco mereces un juicio —le escupió.

Ella no se movió, ni levantó la vista. Él pensó que ni siquiera se había dado cuenta de que le apuntaba. Estaba hecha un ovillo lloroso que se arrastraba hacia abajo por la pared. Quizá sí había visto el arma. Quizá no le importaba morir, como a los suyos. El fiscal Chacaltana rastrilló. Apuntó directamente a la frente. Pensó que ella debía morir mirando lo que se había buscado. Ella levantó la cabeza y lo miró fijamente, fue como si su mirada atravesase el arma para ir a alojarse directamente en los ojos del fiscal.

—No seré la primera que muera así —dijo—. Tampoco la última.

Eso era una confesión. El fiscal ahora se sentía seguro. Movió el cañón ligeramente hacia la derecha para colocar la bala justamente entre los ojos. Acomodó el dedo en el gatillo. Le dedicó la última mirada, una mirada de decepción, lástima y odio. Quizá también sentía asco, por haber tocado ese cuerpo manchado de sangre, hundido en la muerte, como los siniestros pájaros del Sepulcro. Ahora no lo tocaría más. Se despidió mentalmente de ella. Después de todo, iba a extrañarla. Echaría de menos el calor de sus manos, el olor de su cuello, las almendras de sus ojos, el bálsamo de su sonrisa. Empuñó el arma con más firmeza y se adelantó unos pasos. Pero en cuanto logró apuntar al blanco, volvieron a su cabeza los golpes, el fuego, la lluvia de sangre, como si en la cabeza de Edith estuviesen en realidad todas las cosas que habían aparecido en sus sueños. Las banderas negras. Quiso disparar de inmediato, sin esperar más, quiso borrar de una vez esa vida que había sido la suya, quiso acabar con las noches de amor que ya nunca tendría y con las que nunca tuvo, todas de un plumazo, todas de un balazo, deseó con todas sus fuerzas no tener que oír sus mentiras nunca más, ni que su rostro le recordase lo estúpido que había sido. Y sus ojos se incendiaron con un fuego rojo, sintió gritos en sus oídos, puñetazos, patadas en el estómago. Deseó poder acabar con todo mediante un solo, último y fatal, movimiento de su dedo.

No pudo.

Se alejó unos pasos y luego se volvió a acercar. Ahora, la mirada que ella no le quitaba de encima se había convertido en un escudo. Se recordó a sí mismo en el borde de la fosa común, con un arma apuntándole a la cabeza. Por la espalda. Quiso pedirle que no lo mirase, quiso abofetearla, quiso arrancarle la ropa y forzarla. Pero esa mirada lo paralizaba. Aún tenía el arma levantada cuando habló, con la voz quebrándosele de dolor:

—¿Por qué así? ¿Por qué esa gente murió con tanta crueldad? ¿Por qué el ensañamiento?

Ella ya no sollozaba. Parecía una estatua de hielo negro. Cuando respondió, su voz sonaba entera y resuelta:

—¿Acaso hay otro modo de morir?

No. No lo hay. El fiscal trató de rehacerse. Se sintió inexplicablemente derrotado, vencido, como si la pistola apuntase contra su cabeza y no contra la de ella. Fue bajando el brazo lentamente. Parecía que una mano invisible lo calmaba y lo detenía. Cuando su brazo terminó de bajar, Edith estaba de pie, frente a él, desafiante. Parecía incluso más alta. Él ni siquiera podía sostenerle la mirada. Con los ojos fijos en la calzada, el fiscal dijo:

—Mañana por la mañana voy a denunciarte ante la policía de Ayacucho. Tienes tiempo de huir hasta entonces. Si te atrapan, sugiero que delates a tus cómplices. A cambio de tu declaración, reducirán tu condena.

Ella hizo el gesto de hablar. Él la detuvo con una mano en el aire. No era una mano agresiva ni armada. Era solo una mano abierta.

Ella se desplazó a lo largo del muro caminando de costado, sin darle nunca la espalda. Al llegar a una esquina, se echó a correr. El fiscal cayó de rodillas en el suelo, como si suplicase protección. Hundió el rostro entre las manos. Cayó de hinojos. Luego de un rato descubrió que la gente volvía a circular por la calle a su alrededor. Las señoras mayores lo miraban con reprobación al pasar y murmuraban entre ellas quejándose de los borrachos que asolaban la ciudad. Él no se movió. En algún momento se sintió observado desde algún lugar más allá de la calle, pero no descubrió nada extraño. Pensó que quizá era hora de levantarse y volver a casa. Podría seguir llorando ahí. Miró la hora. Era medianoche.

**Sábado 22 de abril /
Domingo 23 de abril**

emos llegado al final. oh, los finales son tan tristes. no. este es un final felis. es en realidad un nuevo comienzo ¿verdad? tú comprendes. puedo verlo, puedo ver el coro de los muertos recibiéndome, palmeándome la espalda con sus manos sudadas de sangre. será pronto. podremos jugar juntos, por la heternidad, en un mundo nuevo, en un mundo de gente que vivirá para siempre.

no siempre fui así ¿sabes? hubo un tiempo en que creí que se podía bibir de otro modo. pero es mentira. yo era inosente. si la historia va a venir por nosotros de cualquier manera, lo mejor es acelerarla, obligarla a hadelantarse, someterla. como a ti. seremos espejos del universo, carnes de sacrificio que dibujan la estela del tiempo. será bonito.

me gustan tus ombros. son suaves. a los demás también les gustarás. heres el centro de todo ¿sabías? todas las partes irán a ti, tú tendrás una gran responsabilidad. espero que estés a la altura. ¿alguna vez as hecho lo que estoy haciendo? es como trocear un pollo, siempre está lleno de huesos y cosas. pero lo que se come es el músculo. no se come la sangre. es pecado eso.

pero no te distraigas. ayer ha sido el día del sepulcro y hoy será el de la gloria. ya han dejado de flamear las banderas negras de la catedral. es un buen día para ti. mañana dios comenzará a resucitar. y el domingo, el sol saldrá sobre un mundo nuevo. todo gracias a nosotros. el mundo sabrá lo que hicimos. ya me aseguré de eso. será triste, porque también vendrán por mí para eso.

oh, a mí tampoco me gusta. pero los grandes cambios son así, nasen del dolor. no quiero que pienses que esto es un castigo, no. es una penitencia. un acto de conversión. tomamos nuestras carnes y las purificamos hasta convertirlas en luz, en vida eterna, en materia divina. seremos ángeles, ángeles con espadas de fuego, de los que cuidan la entrada del paraíso. cancerberos del edén ¿te gusta eso? a mí me gusta. cancerberos del edén. ja. nadie pasará sin que antes lo probemos con nuestras hojas afiladas y candentes. estaremos todos, y todos seremos uno y el mismo, multiplicados por los espejos que somos unos de otros. todo acabará en nuestras manos y todo comenzará en ellas. quizá algún día, podremos derrocar a dios. y entonces nadie podrá detenernos. por siempre jamás.

pero para eso, ya te digo, antes tendrán que venir por mí.

El sábado 22, a las nueve de la mañana, el fiscal fue despertado por las campanas de los treinta y tres templos de la ciudad que anunciaban la resurrección y gloria de Cristo. Al mismo tiempo, la policía tocaba su puerta fuertemente, casi con rabia. Antes de abrirles, ya imaginaba lo que les iba a escuchar.

—Tenemos órdenes del capitán Pacheco de llevarlo al levantamiento de un cadáver.

Mientras se lavaba rápidamente, se arrepintió de haber dejado escapar a Edith. No se le ocurrió que su locura homicida seguiría desatada aun después de la advertencia. Se recriminó su propia debilidad y su estupidez. Sobre todo, se recriminó por haber escogido justamente a esa mujer. Y sin embargo, la noticia no lo había sorprendido. Quizá se estaba acostumbrando a la muerte. Antes de salir, tuvo tiempo de sorprenderse de no haber sido él mismo la última víctima. Descubrió que casi lo estaba deseando.

Afuera, comenzaban los preparativos para el final de la Semana Santa. En el cerro de Acuchimay se reunían los feriantes de Andahuaylas, Cangallo y hasta de Bolivia alrededor de los puestos de artesanías, chicha, quesos frescos y calabazas de sopa. Algunos borrachos, aún con sus botellas de chacta en la mano, yacían en las calles. Aquí y allá se veían los escupitajos verdes de los que masticaban coca. También había elegancia. Los notables se dirigían a la bendición del nuevo fuego y los cirios pascuales en la catedral. Algunos pasarían todo el día en las misas de vigilia. Otros comenzaban el traslado festivo de los toros para el asilo de ancianos y la cárcel. Los policías le comentaron al fiscal que Olazábal había tratado de prohibir el traslado del toro por razones de seguridad, pero sus propios hombres querían algo de fiesta en ese lugar tan triste.

El fiscal aún estaba un poco dormido. Iba pensando cómo formular en su informe la acusación contra Edith. Le dolería tener que hacerlo, a pesar de todo. Sería triste pero necesario. Pero pronto, conforme avanzaban, empezó a reconocer el camino que estaban recorriendo. El progresivo envejecimiento de las casas, el barrio penosamente modernizado, los límites de la ciudad en el cerro, el edificio de tres pisos, la vecina Dora, destrozada, mirándolo con desconfianza desde su ventana. Tras unos segundos de parálisis, corrió por las escaleras hasta el tercer piso. Las escaleras rechinaban a cada paso como si fueran a hundirse. El capitán Pacheco lo detuvo en la puerta.

—No sé si usted deba entrar aquí —le dijo.

Tenía que entrar. Empujó al policía y franqueó la puerta. La pequeña habitación estaba casi enteramente pintada de sangre. El suelo estaba cubierto con hojas de plástico transparente para caminar sin dejar huellas y salir sin llevar las suelas teñidas. En la única pared que no estaba por completo cubierta, había pintas con lemas senderistas, escritos con un pincel que el asesino había mojado en el cuerpo que descansaba sobre la cama. Cuerpo. No era un cuerpo en realidad. Cuando el fiscal se acercó a las sábanas —las sábanas que él ya había manchado de sangre y sudor—, descubrió que esta vez era todo lo contrario: dos piernas, dos brazos, una cabeza. Amontonados sobre la cama dejando libre el espacio del tronco. Y nada más. Aún tuvo una esperanza antes de reconocer, entre el rojo absoluto de los miembros, el diente brillante de Edith y el lustre, ahora bermellón, de su cabello. No pudo reprimir un largo grito. Tuvo que contenerse de patear la habitación, de destruirla, como si así destruyese también el recuerdo. Tuvo que salir a la escalera para vomitar, para llorar, para patear.

Media hora después, se había repuesto ligeramente. Por lo menos ya podía ver sin que su vista se empañase de bruma roja. Un agente le enseñó un caño donde podía lavarse la cara un poco. No sabía qué sentir: rabia, dolor, frustración, autocompasión... Todos los sentimientos se le acumulaban en el pecho sin definirse.

Cuando bajó, el capitán Pacheco lo esperaba. El juez Briceño también estaba ahí. Su mirada era extraña, distante. El fiscal pensó que debía tener un aspecto lamentable. No había espejo en el caño. No le importaba tampoco. Pocas cosas le importaban a estas alturas. Trató de peinarse instintivamente, pero sin convicción. Trató de decir algo, pero ninguna palabra salió de su boca. El juez habló:

—Una carnicería, ¿no?

Asintió con un gesto. Trató de volver al trabajo. No tenía sentido, pero quizá era uno más de esos gestos inútiles que uno hace, como peinarse, como horrorizarse, como temer o llorar, cosas inútiles que no podemos evitar.

—Denme... denme el acta de levantamiento del cadáver. Firmaré y acompañaré la autopsia si... si algo puede hacer el médico con esto.

Pacheco y Briceño se miraron. El juez dijo:

—Yo asumiré la investigación. No sé si usted... esté en condiciones.

—Estoy en condiciones —dijo el fiscal mirando al suelo. Trató de contener las lágrimas—. Edith era... miembro de una célula terrorista. La han asesinado para silenciarla. Solo habrá que buscar a sus cómplices. Hay... una línea de investigación muy clara por seguir.

Pacheco sacudió la cabeza. Se quitó el kepí. Jugó con él entre las manos mientras decía:

—Ya tenemos una línea de investigación muy clara, señor fiscal.

El fiscal se quedó esperando la continuación de esa frase. Como no llegaba, levantó la vista. La mirada de los otros dos era de hielo. Pacheco sacó un cuaderno y leyó con tono de informe oficial:

—Anoche se le vio salir en compañía de la víctima del restaurante El Huamanguino. Según nuestra información, estaba usted visiblemente alterado. Hay testigos que aseguran que ustedes dos discutieron. Muchísimos testigos. Varios de ellos afirman que la amenazó usted con un arma de fuego en plena vía pública. Después de eso, ella no volvió al restaurante. Nadie más volvió a verla viva. ¿Qué tiene usted que decir?

Nada. No tenía nada que decir. Ni siquiera la carcajada enferma que lo había azotado el día anterior en la comisaría salió esta vez en su defensa. Los policías que se le acercaron entonces parecían sorprendidos de que no opusiese resistencia, de que se dejase arrastrar como un juguete del viento, como un hombre de papel. Lo metieron en un patrullero y lo sacaron ya en la comisaría. Lo arrojaron a una celda del tamaño de un armario. En una esquina había un agujero para que hiciese sus necesidades ahí. Supo por el olor que no era ni de lejos el primero en ocuparla. En las paredes aún quedaban vivas a la guerra popular arañados con cantos de piedra. Pasó varias horas ahí, tratando de pensar en una solución, pero le parecía que no quedaba nada en qué pensar, que todo lo que necesitaba saber quedaba ya más allá de sus pensamientos. Por la tarde, lo interrogó Pacheco en persona. No fue necesario ejercer la violencia:

—¿Por qué no confiesa de una vez? —le preguntaba el policía. Parecía tranquilo, protector, paternal—. Hemos enviado a Lima las huellas que encontramos junto al cuerpo de Quiroz. Los resultados llegarán el martes, pero ni siquiera son necesarios. Hay más testigos que lo vieron salir armado de la casa parroquial. Y la vecina de Edith Ayala lo vio entrar enloquecido en casa de la chica la noche anterior, inmediatamente después de los hechos de sangre que perpetró en el Corazón de Cristo. Figura en las listas de visita de Hernán Durango, y el coronel Olazábal afirma que usted ofreció negociarle un ascenso antes de la fuga del terrorista. Nos ha llegado un informe firmado por usted en el que declara haberse puesto en contacto con Justino Mayta Carazo en la clandestinidad. Eso lo convierte en la última persona que afirma haberlo visto con vida. Por lo que hemos visto, usted llevaba la investigación sin informarnos de ella y redactaba los informes con el solo fin de cubrirse las espaldas...

El fiscal Chacaltana respondía a todo con vagos movimientos de cabeza, como un bulto inane. Por primera vez, el policía perdió la paciencia.

—¡Usted ha matado como si estuviera en su casa! ¡Hasta los terroristas dejaban menos rastros cuando ponían bombas!

El fiscal no levantó siquiera los ojos. El policía recuperó la tranquilidad y continuó:

—Es comprensible, Chacaltana. No es justificable, pero es comprensible. La muerte flota en esta ciudad. He visto a otros como usted perder la cabeza. Pero a nadie del modo que usted lo hizo. Por ahora, tiene asegurada la cadena perpetua, y agradezca que nunca se reglamentó la pena de muerte. No obstante, su régimen penitenciario puede ablandarse en la medida en que coopere. Hágame el favor, hágase el favor...

El fiscal no reaccionó. Se veía embrutecido, sobrepasado. El policía le mostró unos papeles. Eran las notas senderistas dejadas en los cuerpos de Durango y Mayta.

—Vamos por partes —dijo—. ¿Escribió usted estas notas? Dígamelo con confianza. Solo eso. ¿Las escribió usted?

El fiscal miró los papeles. Recordó las notas. Recordó las pintas en el cuarto de Edith. La firma: Sendero Luminoso.

—Lo hizo usted mal —dijo el policía—. Muy mal. Sendero nunca firmaba así. Firmaban PCP, Partido Comunista del Perú. O simplemente dejaban sus consignas: Viva la Guerra Popular, Viva el Presidente Gonzalo, ese tipo de cosas. ¿Ah? Cómo se nota que usted no vivía acá en la época del terrorismo. Sus pruebas para despistar no habrían convencido ni a un niño de ocho años. Estos papeles no lo ayudan. Al contrario, obran en su contra. Y sus métodos. Los senderistas eran unos salvajes pero tenían cierto sentido político. ¿Me entiende?

Lo de usted, en cambio, es carnicería pura, señor fiscal.

Por primera vez, el fiscal dio muestras de responder. Movió la boca, como si tuviera que desentumecerla para hablar. Luego dijo, en un susurro inaudible:

—¿No fue Sendero?

Pacheco, que había tenido un segundo de animación, volvió a parecer decepcionado.

—Señor fiscal, ténganos un poco de respeto y deje de hacerse el imbécil. Admítalo todo de una vez y quíteselo de la conciencia. Le traeremos una declaración, la firmará y podrá descansar tranquilo. A fin de cuentas, usted era uno de los nuestros, Chacaltana. Se le tomará eso en consideración, nadie le hará daño.

—No era Sendero... —repitió el fiscal.

Ahora sí se sentía un inútil. Había estado siguiendo todo el tiempo un callejón sin salida, persiguiendo fantasmas, persiguiendo a sus propios miedos, a sus propios recuerdos, más que a una realidad que se reía de él. Entonces, solo entonces, la luz empezó a iluminar su mente. Quizá la luz del fuego, quizá la luz de las teas ardientes en los cerros, pero una luz clara e intensa que empezaba a abrirse paso en la oscuridad de su razón. Recordó a Pacheco, cuando le advertía de sus malas compañías. Este es un pueblo chico, todo se sabe. Lo habían estado siguiendo, habían sabido siempre adónde iba, habían sabido siempre con quién hablaba. Sus ojos se iluminaron. Preguntó con recuperado aplomo:

—¿Me ha dicho que tiene mis informes? ¿Cómo es que el jueves no tenían los informes y ahora sí los tienen?

—¿Perdone? —dijo Pacheco. Aún conservaba una sonrisa apacible.

—¿Por qué obstaculizaron toda la investigación y ahora la asumen de repente?

La sonrisa de superioridad de Pacheco fue borrándose de su rostro.

—Bueno, la salida de Carrión ha dejado un hueco de seguridad ciudadana que...

—¿Por qué me dejaron suelto si los testigos me incriminaron el jueves y, una vez más, durante la noche del viernes? ¿Por qué no fueron por mí de inmediato?

Pacheco empezó a balbucear. Estaba repentinamente pálido.

—Los testigos... bueno... es que...

—Me quieren incriminar. ¡Me quieren incriminar a mí en esto! ¡Me quieren encerrar!

—Chacaltana, cálmese...

Chacaltana no se calmó. Se levantó de la mesa y se abalanzó sobre el policía. Lo tomó del cuello. Todo estaba tan claro y era tan tarde. Ahora que estaba perdido, quizá podría llevarse al menos a Pacheco al infierno con él. Lo arrojó al suelo y empezó a apretarle el cuello, como recordaba que Mayta se lo había apretado a él mismo. Al final, los asesinos cambian de cara, pensó, se confunden unos con otros, se convierten todos en el mismo, se multiplican, como imágenes en espejos deformes. Pacheco trató de quitárselo de encima, pero el fiscal estaba demasiado enardecido. El policía empezaba a ponerse morado cuando el fiscal sintió el porrazo en la cabeza. Trató de apretar un poco más mientras sentía que perdía la conciencia, que entraba en un sueño, y que todo a su alrededor se convertía en una misma y única oscuridad.

El último sueño que tuvo el fiscal distrital adjunto Félix Chacaltana Saldívar antes de lo que ocurrió después fue muy distinto a todos los anteriores: no había fuego ni sangre ni golpes. Había solo una enorme pradera pacífica, un paisaje andino, quizá. Y un cuerpo acostado en medio de la tierra. Poco a poco, primero con lentitud, después cada vez con más agilidad, el cuerpo se iba levantando, hasta que lograba ponerse de pie. Entonces se veía con claridad. Era un cuerpo hecho de partes distintas, un Frankenstein cosido con hilos de acero que no cerraban bien sus junturas, de las que goteaban coágulos y costras. Tenía dos piernas distintas, y tampoco los brazos parecían corresponderle exactamente. El tronco era de mujer. La visión era macabra, pero no parecía tener una actitud violenta. Se limitaba a levantarse e irse reconociendo poco a poco mientras tomaba conciencia de ser. Lo que sobresaltó realmente al fiscal fue solo el fin de la visión, cuando el engendro terminó de incorporarse y, sobre sus hombros, el fiscal vio su propia cabeza, atrapada sobre ese cuerpo que no había elegido, antes de que la luz fuese haciéndose más intensa, cada vez más, hasta cegarlo todo como una luminosa oscuridad blanca.

Entonces despertó. A su lado, la reja de su cubículo estaba abierta. Dos policías extendieron sus manos hacia él y lo arrastraron afuera. A empellones lo llevaron hasta la oficina del capitán. Lo arrojaron a los pies de Pacheco. El fiscal pensó que todo había terminado, que él tampoco merecería un juicio, solo lo llevarían a alguna de las fosas y eso sería el final. Caso cerrado, aquí no hay terroristas y nunca pasó nada. Pensó en la fosa casi con alivio mientras levantaba la cabeza hacia su captor.

—Tiene usted amigos poderosos, señor fiscal —dijo Pacheco—. ¿Con quién está en esto?

El fiscal no entendió la pregunta. El policía parecía furioso.

—No debo preguntarlo, ¿verdad? A veces son tantas las cosas que uno no debe preguntar que ya no sabe cuáles sí debe. A veces, señor fiscal, me pregunto para quién trabajamos. Sobre todo cuando lo veo a usted.

El fiscal empezó a levantarse. De verdad, le pareció que el cuerpo que habitaba no era el suyo, que estaba hecho de pedazos ajenos, que alguien se lo había prestado para usarlo como una marioneta.

—¿Es un asunto de Inteligencia? —volvió a preguntar el policía—. Es eso, ¿verdad?

El fiscal no respondió. El capitán se dio por satisfecho con su silencio.

—Lárguese —dijo.

—¿Qué?

Estaba seguro de que había oído mal.

—¡Que se largue de una vez! Su paso por aquí no está registrado, señor fiscal. Usted nunca vino aquí. Pero sepa que yo no seré responsable por esto, Chacaltana. Y que en cuanto tenga la menor oportunidad, me lo quemo. Llévenselo.

Chacaltana trató de protestar, pero no sabía de qué protestar. Entonces se le ocurrió preguntar algo. Nuevamente, no sabía qué. Se dejó arrastrar por los mismos policías hasta la puerta. El bullicio de la calle le pareció un recuerdo lejano e informe. Sus propias piernas, cuando lo soltaron en la esquina de la plaza, se le hicieron extrañas, como si tuviese que acostumbrarse a ellas. Se preguntó si el olor del ponche y el sonido de las bandas de música en la plaza no eran el sonido del cielo. O el del infierno.

Caminó hasta su casa. Le dolía todo el cuerpo. Cuando llegó, se precipitó al cuarto de su madre. Juntó todas las fotos y las colocó sobre la cama. Luego prendió velas en las cuatro esquinas de la habitación, como si dedicase una ceremonia a su madre. Se arrodilló ante la cama y besó sus sábanas. Acarició la madera del dosel. Lloró.

—Sé lo que ha pasado, mamacita. Sé lo que me han hecho. Falta un muerto, ¿sabes? Mañana es Domingo de Resurrección. Y falta la cabeza. Yo soy la cabeza, mamacita. Esta noche me van a matar.

Permaneció ahí varias horas, preguntándose cómo sería la muerte. Quizá no fuese tan terrible. Quizá fuese una cama suave, con un dosel de madera. Quizá fuese simplemente nada. Vivir en el recuerdo de nadie, porque todos los que conocía estaban muertos. Se preguntó a qué hora irían sus asesinos a buscarlo. Pasaba de medianoche. Se preguntó si estaría más seguro en la celda de la comisaría. Se rio débilmente de su propia idea. Los esperó con impaciencia. Imaginó la sierra que debía cortar su cuello. La pensó atravesando arduamente sus vértebras, sus venas. Llegado un momento, se enojó, deseó que llegasen de una vez. Se pasó un rato meditando y recordando imágenes aisladas y caóticas de su madre, sonriéndole, aconsejándolo, abrazándolo, esperando por él ahí donde estaba, donde había estado siempre, en el fuego. Al evocar la imagen de su madre saliendo de las llamas, una idea cobró forma en su mente. Quizá no todo estaba perdido. Quizá había un lugar en el que podía estar seguro. Solo uno, el último. Tomó una decisión. Antes de ponerla en práctica, besó todos los retratos de su madre, uno por uno, como en una larga y cariñosa despedida a través de las sábanas. Cariñosamente, apagó cada una de sus velas. Luego, con nuevos bríos, volvió a su habitación, sacó el arma, la cargó, la guardó en la cartuchera, bajo su manga, y salió. Sintió que quizá no moriría esa noche.

Atravesó la fiesta callejera como un zombi, rozándose con la gente que bailaba y cantaba. A veces, quienes lo veían acercarse se apartaban para cederle el paso. Comprendió que su aspecto no era pulcro. No pensó más en eso. Después de caminar unos diez minutos, llegó a la comandancia militar. Quizá por la fiesta, no había guardias en la puerta. Tampoco se veía a nadie en el interior. Tocó el intercomunicador y el comandante le abrió desde su oficina. Sonaba contento de oírlo. El fiscal atravesó el sombrío patio y subió las escaleras de madera que rechinaban bajo sus pies. Cuando llegó a la oficina del comandante Carrión, entró sin golpear. El comandante estaba adentro, preparando una maleta. Cuando vio al fiscal, su rostro se contrajo en una mueca de susto:

—Chacaltana. ¿Qué carajo le ha pasado?

—¿No lo sabe usted?

—A mí ya nadie me informa de nada, Chacaltana. Mi retiro ha roto récords de velocidad.

Lo dijo con tristeza. Tenía nostalgia adelantada del horror ayacuchano. Chacaltana avanzó unos pasos y se vio de reojo en un espejo del despacho. Estaba horroroso, de verdad. Parecía salido de una cloaca. O de una fosa común.

—Me han acusado de los asesinatos —explicó el fiscal— y luego me han vuelto a soltar. Es extraño, ¿no? Estas semanas han sido muy extrañas.

—Lo sé. Para mí no han sido fáciles.

El fiscal se fijó en las cosas que el militar guardaba en la maleta. Fotos, papeles, viejos álbumes de las promociones militares. Recuerdos. Solo recuerdos. Afuera se oían los fuegos artificiales y las voces y los cantos, pero amortiguados, como si viniesen de otro mundo. El militar se acercó a la ventana y contempló la fiesta. Cerró la cortina.

—No es Sendero el de los asesinatos —dijo el fiscal. No se había sentado—. ¿Sabía eso? Parecía... pero no.

El comandante le sonrió tenuemente.

—Me lo temía. A veces creo que es mejor que me hayan retirado. No seré yo quien cargue con todo esto. ¿Hay alguna nueva vía de investigación?

El comandante encendió un cigarrillo. Le ofreció uno al fiscal, que lo rechazó.

—Hay alguna, sí —respondió.

El comandante aspiró el humo mientras esperaba el desarrollo del fiscal. El fiscal tenía la mirada ausente, como si viese los fuegos artificiales a través de la persiana.

—¿Y bien? —preguntó el comandante—. No me deje así. ¿De quién sospecha?

El fiscal pareció volver en sí. Luego dijo:

—De usted, comandante.

El comandante se rio, como si apreciase la broma. Luego entendió que el fiscal no estaba bromeando.

—Creo... que no comprendo —dijo.

—Yo tampoco, comandante. Pensaba que usted me lo explicaría.

El comandante retiró unos papeles del escritorio sin perder la compostura. Chacaltana había llegado a ver que estaban todos escritos en minúsculas y llenos de faltas ortográficas. El comandante cerró la maleta diciendo:

—Me temo que comete usted un error...

—Usted era el único que podía enviar mis informes a la policía porque era el único que los tenía, comandante. —La voz del fiscal había subido de volumen y de autoridad—. También era el único que conocía todos mis movimientos. Y el único interesado en borrar su pasado, durante los ochenta. Pacheco fue destacado a Ayacucho mucho después y lo único que quería era largarse. Igual que Briceño, igual que todos.

El comandante Carrión dio una larga calada a su cigarro. Su mirada perforó al fiscal. Ahora era como la mirada de los padres de Edith en las fotos. El fiscal siguió:

—Usted me mandó a Yawarmayo para que Justino me quitase de en medio. Pero Justino fracasó. Estaba tan aterrorizado que ni siquiera servía para matar a un hombre desarmado y cobarde como yo. Además, se iba de lengua. Lo que él quería en realidad era denunciarlo a usted. Entonces lo mató también a él y decidió darme la investigación en secreto para callarme y de paso librarse de todos los que podrían incriminarlo en algún momento: Quiroz, Durango... Finalmente me incriminaría a mí... o para asegurar mi silencio me mataría también, como pensaba hacer esta noche. Por eso dio orden de que me soltasen en la comisaría. Aquí nadie le dice que no a un jefe militar, aunque se esté retirando. Lima lo sabe todo, el Servicio de Inteligencia está al tanto de lo que ha hecho. Pero es como siempre, ¿no? Cuando salta la pus, a ustedes los retiran o los trasladan. Nadie toca a un militar. Es lo que hicieron con el teniente Cáceres.

—¡Cáceres era un animal! —dijo Carrión, perdiendo los papeles de repente—. Todo estaba bien, todo estaba tranquilo, hasta que ese mierda volvió de Jaén. Dijo que lo tenían haciendo trabajo de escritorio. Dijo que él era un héroe de guerra, que se había dejado el pellejo por este país. Quería que se lo reconocieran. Es el mayor asesino que hemos tenido. ¡Y quería que le levantásemos un monumento, el puta! Se arrogó el derecho de organizar milicias de defensa entre la población. ¿De defensa contra qué?

—Quizá contra ustedes mismos.

El comandante ahora parecía más grande y resoplaba, como un animal herido. No hizo caso de la interrupción:

—No nos dejó más remedio. Estaba resucitando los viejos fantasmas. La población lo estaba reconociendo. Los senderistas de Yawarmayo estaban más agitados que nunca. No tardaría en aparecer algún opositor de mierda para denunciar a la prensa que el teniente había vuelto a Ayacucho. O peor aún, un atentado terrorista en elecciones y Semana Santa. Si eso pasaba, iban a venir a freírnos. Traté de hablar con Cáceres, traté de explicárselo, de calmarlo. Cáceres era mi amigo, Chacaltana, peleamos juntos. ¿Sabe usted lo que es tener que quemarse a un amigo? Yo entendía lo que él sentía. ¡Yo me sentía igual! ¡Hemos dado sangre por esta nación!

—Pero esa sangre no era la suya, comandante.

—¡No me interrumpa, mierda! —gritó. Luego hizo una pausa para calmarse. Fue una pausa triste, dedicada quizá a su viejo amigo muerto—. Fue fácil convencer a Justino Mayta para deshacernos del teniente. Ningún militar habría matado a otro militar...

El fiscal pensó: ninguno excepto usted.

—Justino, en cambio —siguió el militar—, recordaba bien la entrada de la policía en su casa. Y quería vengar a su hermano. Consideraba... consideraba que su hermano actuaba a través de él, que era como la mano de Dios. Alguna mierda religiosa. Ese estúpido era muy devoto. A él se le ocurrió usar el horno de Quiroz para desaparecer el cuerpo. Y Quiroz estuvo de acuerdo, porque también él tenía mucho que perder si Cáceres hablaba. Todo fue un desastre desde el principio. El horno estaba tan viejo que se jodió a la mitad de la quema. Quiroz y Justino no dejaban de gritarse. Hubo que sacar el cuerpo chamuscado, llevarlo a Quinua y dejarlo ahí. Aun después de eso pensamos que todo quedaría tranquilo, que no pasaría nada. Todo iba a salir bien. Iba a terminar ahí. Pero apareció usted y todo el mundo empezó a ponerse nervioso. Quiroz quería echar la pista sobre Justino. Justino no sabía ni lo que quería. Hubo que silenciarlos. Igual que a Durango... No había modo de saber de qué hablaba usted con Durango... Ni con su amiga, la terruca esa.

Sus últimas palabras atravesaron a Chacaltana como un cuchillo.

—Edith Ayala no era una terruca, hijo de puta.

—Ahora da igual, Chacaltana. Ahora no es nada. Usted nos la regaló. Después de su escena de anoche, me puso muy fácil acabar con ella. Yo hasta pensé que le estaba haciendo un favor porque usted no se atrevía.

La mirada del comandante no era de arrepentimiento sino de desafío, como una llamarada o una ráfaga. El fiscal pensó en él, en Durango, en Justino, en Cáceres, en Quiroz. Asesinos matando asesinos. Sicarios exterminándose entre ellos, una espiral de fuego que no pararía hasta que todos fuésemos uno solo, un solo gigante de sangre. Pero Edith no. Justamente ella, no. Recordó sus restos esparcidos por la cama. Recordó su cuerpo entero entregado en la misma cama, forzado, roto por adelantado.

—Es usted un monstruo, Carrión. Aun si lo que dice es cierto. ¿Por qué así? ¿No le bastaba con un tiro en la nuca? ¿No era ese el método habitual?

El comandante ensombreció su mirada. Le mostró los papeles que llevaba en la mano.

—Lo he escrito todo. Lo he explicado todo.

Chacaltana tomó los papeles y trató de leer. Pero no había nada que entender en ellos. Solo incoherencias. Barbarismos. No eran solo los errores ortográficos, era todo. En el caos no hay error, y en esos papeles ni siquiera la sintaxis tenía sentido. Chacaltana había vivido toda su vida entre palabras ordenadas, entre poemas de Chocano y códigos legales, oraciones numeradas u ordenadas en versos. Ahora no sabía qué hacer con un montón de palabras arrojadas al azar sobre la realidad. El mundo no podía seguir la lógica de esas palabras. O quizá todo lo contrario, quizá simplemente la realidad era así, y todo lo demás eran historias bonitas, como cuentas de colores, diseñadas para distraer y para fingir que las cosas tienen algún significado.

El comandante bajó la voz. Tenía una mirada nueva, una que el fiscal nunca había visto. Dijo:

—Está claro, ¿verdad? ¿Ahora comprende usted? ¿Necesita más explicaciones?

El fiscal se preguntó si no sería él quien leía en renglones torcidos. Si eran sus informes los que carecían de significado. Si quizá los papeles de Carrión eran los verdaderamente legibles, pero él ya no era capaz de entenderlos. Pero entonces recordó a Edith, y se dio cuenta de que en realidad ya no importaba.

—No hay ninguna explicación para lo que ha hecho —dijo.

Mientras Carrión caminaba lentamente hacia su escritorio, el fiscal acercó la mano al arma. El comandante dijo:

—Yo no quería, Chacaltita. Yo no quería que fuese así. Ellos me obligaron.

—¿Quiénes?

Ahora el comandante se retorcía a un costado del escritorio, se desparramaba hacia el suelo y los ojos se le llenaban de lágrimas. Temblaba.

—¿No los ve, Chacaltita? ¿Acaso no puede verlos? Están por todas partes. Están aquí siempre.

Chacaltana los vio entonces. En realidad, llevaba un año viéndolos. Todo el tiempo. Y ahora la venda se le cayó de los ojos. Sus cuerpos mutilados se agolpaban a su alrededor, sus pechos abiertos en canal apestaban a fosa y muerte. Eran miles y miles de cadáveres, no solo ahí, en la oficina del comandante, sino en toda la ciudad. Comprendió entonces que eran los muertos quienes le vendían los periódicos, quienes conducían el transporte público, quienes fabricaban las artesanías, quienes le servían de comer. No había más habitantes que ellos en Ayacucho, incluso quienes venían de fuera, morían. Solo que eran tantos muertos que ya ninguno era capaz de reconocerse. Supo con un año de retraso que había llegado al infierno y que nunca saldría de él. El comandante siguió hablando con una voz cavernosa, gutural:

—Me pedían que la sangre no fuese derramada en vano, Chacaltana, y yo lo hice: un terrorista, un militar, un campesino, una mujer, un cura. Ahora todos están juntos. Forman parte del cuerpo que reclaman todos los que murieron antes. ¿Comprende usted? Servirán para construir la historia, para recuperar la grandeza, para que hasta las montañas tiemblen al ver nuestra obra. A principios de los ochenta prometimos resistir el baño de sangre. Los que se han sacrificado en estos días no han muerto. En nosotros viven y palpitan en nosotros. Solo falta uno para que la tierra se estremezca, se incendien las praderas, lo de arriba quede abajo y lo de abajo, arriba. Solo falta la cabeza...

Desapareció detrás de su escritorio. El fiscal sacó la pistola. Apuntó en su dirección. Ninguna imagen turbó su pulso en ese momento. Era como si todos los malos sueños hubiesen llegado a su final.

—¡Aléjese del escritorio, mierda!

El comandante sacó la cabeza y sonrió de repente, como si todo le pareciese divertido, original.

—Veo que está usando mi arma. ¿Se va acostumbrando a ella?

—Levante los brazos y retroceda. Si no le vuelo la cabeza en este momento es únicamente porque no lo hizo usted solo. Quiero que me diga quién es o quiénes son sus cómplices. Y quiero que me lo diga antes de que pierda la paciencia, porque después ya no podrá decir nada.

El comandante se quedó quieto a un lado de la ventana. Tenía los brazos en alto, más como un gesto irónico que como una rendición. La sonrisa no había abandonado su rostro.

—Mi mejor cómplice —respondió—, a decir verdad, fue usted.

En ese momento, se apagó la luz de la oficina. El fiscal trató de mirar por la puerta entreabierta. Ni siquiera supo dónde estaba la puerta. El apagón se extendía por todo el edificio. Las persianas estaban cerradas.

—¿Quién está ahí afuera? ¿Quién ha apagado la luz?

En la penumbra, escuchó la voz del militar.

—Debería usted sentirse un poco culpable, Chacaltana. Toda la gente con que habla muere. Eso está muy mal.

Oyó abrirse y cerrarse un cajón. Disparó hacia el lugar de donde venía el ruido. Por un momento, la oscuridad del edificio vacío solo le devolvió el eco de la bala. Luego volvió a oír la voz de Carrión:

—No es la primera vez que mata después de todo, ¿verdad? Quizá por eso me ha divertido tanto todo esto. Es un juego entre iguales.

Volteó el arma hacia el origen de la voz, pero el comandante se desplazaba constantemente. Quiso seguirlo. Quiso hablarle para poder rastrear su voz, aunque eso también delatase su propia posición:

—¿De qué mierda habla?

Al chocar con un dintel se dio cuenta de que estaba atravesando una puerta. Avanzó. La voz parecía estar muy cerca pero rebotaba a su alrededor en el espacio abierto de la comandancia.

—¿Por qué nunca habla de su padre, señor fiscal?

Se apoyó en una pared. Tuvo miedo. De repente, el recuerdo de sus sueños se proyectó en la oscuridad. Volvió a oír al comandante:

—Yo conocí a su padre.

—Yo nunca tuve un padre.

El fiscal sintió un temblor emergiendo de su estómago.

—Todos tuvimos uno, señor fiscal. A menudo nos toca un conchasumadre, pero eso no es obstáculo para la paternidad. El suyo fue casi mejor que el mío.

El fiscal disparó. Oyó crujir un pedazo de madera. Supuso que estaban fuera de la oficina, cerca de las escaleras. El comandante continuó:

—El suyo también era militar. Un joven guapo, blanco. Se casó con una cusqueña muy dulce. Sé que usted la tiene muy presente.

—Basta, Carrión. ¡Cállese!

—¿Por qué? ¿Le dan miedo las historias de muertos? Porque él está muerto. Deberían darle más miedo los vivos. Y también debería saber que él está muerto. Debería saberlo muy bien.

El fiscal tropezó con un escalón y cayó. Cuatro escalones más abajo logró agarrarse de la baranda. Se levantó apuntando hacia delante, sin saber qué era adelante y atrás. Ahora tembló. Los golpes de la escalera no le dolieron tanto como los de la memoria.

—¿Ahora recuerda bien?

—¡Silencio, Carrión! ¡Basta!

—Era un poco bestia, ese joven. Un buen chico, salvo cuando bebía. Entonces se ponía difícil. No era usted tan pequeño como para haberlo olvidado...

El fiscal volvió a disparar. Ahora oyó caer un pedazo de yeso de una pared.

—Su madre sufría mucho cuando él se ponía así... Sobre todo porque le daba una borrachera... digamos... violenta. A usted tampoco le gustaba. Pero no eran tiempos para estar protestando a un marido, ni usted tenía edad para poder devolver los golpes. ¿No es cierto? Eran demasiados golpes. Lluvias enteras de hematomas. A su madre llegó a romperle el brazo dos veces. Usted estuvo a punto de perder un ojo. ¿Recuerda?

Ahora las imágenes se sucedían en la mente del fiscal. Como si se rebelase después de décadas de olvido, su padre aparecía ante él. Su sonrisa retorcida, su aliento a alcohol, los golpes, los golpes, el cinturón, el puño, los golpes.

—Ya no existe... Él ya no existe...

—Era un chico listo usted. Y las lámparas eran de keroseno. O quizá de aceite. Una de esas cosas inflamables que siempre llevan encendida una llama. El suministro eléctrico ayacuchano, para ser francos, siempre fue bastante deficiente.

—No es cierto... ¡No es verdad!

El fiscal no sabía si la voz del comandante venía de un piso u otro. Ahora venía de todas partes, de dentro de sí mismo, de la oscuridad.

—¿Lo disfrutó como yo he disfrutado, Chacaltana? ¿Le gustó? Él estaba demasiado ocupado pateándola para ver lo que hacía el niño, al que por lo demás consideraba un retrasado mental. ¿Eran esas sus palabras?

—¡Déjeme en paz!

Pero el torbellino de recuerdos no iba a dejarlo en paz. No iba a dejarlo en paz nunca.

—¿Se da cuenta de lo que hizo, Chacaltana? ¿Y de cómo huyó? Ni siquiera volvió al oír los gritos. Agarró a su madre y corrieron los dos, muy lejos, hasta donde no llegaran los alaridos, hasta Lima. Pero los muertos no mueren, Chacaltita. Se quedan gritando para siempre, reclamando un cambio. Y ahora que estamos a punto de cambiarlo todo, no le gusta. Ahora que solo falta entregar una vida, a usted le parece repugnante. Entregará usted una vida, Chacaltana. Y después de entregarla, puede estar tranquilo. Todo habrá terminado. No tendrá que preocuparse más.

—¡Noooooo!

El resto fue cuestión de un segundo. Quizá una brizna de aire, la ligera vibración que produce un cuerpo al desplazarse en el espacio. Para Chacaltana fue quizá una intuición. Se dio la vuelta sin dejar de gritar y vació el cargador de la pistola contra el cuerpo que sintió más cercano. Una, y otra, y otra vez, tiró del gatillo, como si toda su vida se fuese en ello, como si él solo encarnase toda la guerra de los asesinos, como si la pistola fuese una metralleta de helicóptero, o una sierra de campaña, hasta sentir que ya no disparaba más, porque no tenía más munición o simplemente porque ya nada respiraba del otro lado.

Permaneció una hora más agazapado en la escalera, temiendo recargar el arma o moverse, temiendo que la voz de Carrión volviese a sonar.

Pero no fue así.

El fiscal respiraba pesadamente y no escuchaba otra respiración en el aire. Desde afuera, llegaban los cantos del Domingo de Resurrección que había oído tantas veces. Tanteó la pared hasta alcanzar una de las ventanas y la abrió. Con la luz que se filtraba desde la calle y los fuegos artificiales, alcanzó a ver a Carrión, que yacía en el rellano de la escalera. Los disparos le habían atravesado un pulmón, la frente, un riñón y una pierna. Cuando se acercó a revisar el cuerpo, constató que no llevaba un arma. El comandante Carrión no había estado tratando de matarlo en ese duelo final. Solo había caminado hacia su muerte, igual que todos los demás, igual que hacemos todos. La cabeza de su monstruo era la suya. Ahora su obra estaba terminada.

Secándose las lágrimas de los ojos, el fiscal salió a la calle. En cada esquina de la plaza atestada se quemaba la retama del domingo anterior. En la catedral, la imponente pirámide blanca de la Resurrección empezaba a asomar por la puerta, entre los fuegos artificiales. Sobre cada una de sus gradillas llevaba cirios encendidos. El fiscal se confundió entre la gente. Lentamente, desde el interior de la pirámide, fue emergiendo Cristo resucitado entre los aplausos del pueblo. Más de trescientas personas empezaron a pasar el anda de hombro en hombro alrededor de la plaza. Cuando el anda llegó a sus hombros, Chacaltana se persignó y dijo mentalmente una oración. Al fondo, entre los cerros secos, el sol insinuaba las primeras luces de un tiempo nuevo.

Miércoles 3 de mayo

Los casquillos de bala encontrados en el cuerpo del comandante Carrión pertenecían a la misma arma que había disparado en la casa parroquial. Basados en esta evidencia y en los testimonios que atribuyen al fiscal Chacaltana actitudes de violencia temeraria, así como en la existencia de motivo y oportunidad para los crímenes, la Cuarta Sala Penal del Poder Judicial ha aperturado proceso en su contra por asesinato múltiple con agravantes, proceso que de momento está pendiente de que el acusado acuda de cuerpo presente a la vista oral.

Los funcionarios que deben declarar en calidad de testigos de este caso, sin embargo, han sido transferidos con posterioridad a los hechos de sangre que se registraron durante la Semana Santa: el coronel Olazábal, ascendido al grado de general, se ocupa por el momento del aprovisionamiento logístico de la Segunda Región Policial. El capitán Pacheco, aunque no recibió un ascenso, fue trasladado a la zona de Máncora, en la costa norte de Piura, para garantizar la seguridad de la zona. Por su parte, el juez Briceño es miembro titular adscrito al Juzgado de Familia de Iquitos. Asimismo, el acusado Félix Chacaltana Saldívar se encuentra en paradero desconocido.

Es necesario resaltar en este extenso informe que las Fuerzas Armadas, en conjunción con las instituciones encargadas de mantener el orden público y los Servicios de Inteligencia del Ejército, han conseguido mantener los hechos al margen de la opinión pública, evitando de este modo que se extienda el pánico por la región. Igualmente, es un logro a destacar la desaparición material de todos los archivos vinculados al caso, que han sido trasladados al Servicio Nacional de Inteligencia para que obre según su criterio y discrecionalidad. Conviene notar que la apertura de proceso en el juzgado penal carece de poder vinculante ante el susodicho Servicio de Inteligencia, en tanto en cuanto las instituciones civiles no tienen competencia en casos que puedan estar referidos a la seguridad nacional, los cuales son automáticamente derivados al fuero del Consejo Supremo de Justicia Militar.

Junto con estos archivos, se ha remitido al Servicio de Inteligencia la totalidad de los documentos referidos a desapariciones, torturas y malos tratos practicados durante el periodo de estado de emergencia por los siguientes efectivos militares y policiales, a saber: Alejandro Carrión Villanueva, comandante del Ejército del Perú; Alfredo Cáceres Salazar, teniente del Ejército del Perú; Gustavo Olazábal Goicoechea, general de la Policía Nacional. De momento, no cabe esperar que tales casos sean elevados ni a la justicia civil ni a la opinión pública, de modo que puedan ser manipulados por elementos inescrupulosos con el fin de dañar la imagen de nuestro país en el exterior o empañar los importantes logros del Gobierno en materia de lucha contrasubversiva.

Los documentos faltantes en los expedientes, es decir, los informes suscritos por el fiscal distrital adjunto Félix Chacaltana Saldívar y las notas en minúscula de puño y letra del comandante Alejandro Carrión Villanueva, se envían adjuntos al presente informe, junto con una narración detallada y exhaustiva de los hechos que el firmante conoce de primera mano, por haber desempeñado sus funciones cerca de los implicados durante el periodo correspondiente al primer semestre del año 2000.

Recientemente, nuevos informes del Servicio de Inteligencia del Ejército señalan que el acusado Félix Chacaltana Saldívar, fiscal distrital adjunto, ha sido visto en las inmediaciones de las localidades ayacuchanas de Vischongo y Vilcashuamán, en circunstancias en que trataba de organizar «milicias de defensa» con fines poco esclarecidos. Nuestros informantes afirman que el susodicho fiscal mostraba señales ostensibles de deterioro psicólogico y moral, y que conserva aún el arma homicida, que empuña constante y nerviosamente a la menor provocación, aunque carece de la respectiva munición.

Ni los cuerpos de ronderos de la zona ni los destacamentos de las fuerzas del orden han atribuido excesiva importancia a la belicosa actitud del susodicho fiscal, que no consideran que revista mayor peligrosidad de momento. Aunque los efectivos policiales han solicitado instrucciones al respecto, el comando ha ordenado que no se efectúe la detención y captura del acusado, al menos mientras el país se encuentre todavía en una coyuntura electoral, ya que en estas circunstancias, el caso podría salir a la luz con lamentables consecuencias para nuestra institucionalidad.

Hechas estas gestiones, el funcionario firmante considera terminada su labor en la zona y se permite recomendar que, por razones de seguridad, se produzca su traslado a un nuevo destino. Mi corbata celeste ha sido destruida y mis vínculos con las fuerzas militares, en espera de un reemplazo para el comandante Carrión, se han debilitado. Por lo demás, la intervención del Servicio de Inteligencia en este caso ha cumplido ya con su misión de salvaguardar la paz y la seguridad de la región, a la vez que ha canalizado la información hacia los derroteros que mejor convienen a los intereses del orden y la ley, coadyuvando así en el desarrollo en un país con futuro como el nuestro.

Y para que así conste en acta, lo firma, a 3 de mayo de 2000,

Carlos Martín Eléspuru
Agente del Servicio Nacional de Inteligencia

Nota del autor

Los métodos de ataque senderistas descritos en este libro, así como las estrategias contrasubversivas de investigación, tortura y desaparición, son reales. Muchos de los diálogos de los personajes son en realidad citas tomadas de documentos senderistas o de declaraciones de terroristas, funcionarios y miembros de las Fuerzas Armadas del Perú que participaron en el conflicto. Las fechas de la Semana Santa del año 2000 y la descripción de sus celebraciones también son verdaderas. Sin embargo, todos los personajes, así como la mayoría de las situaciones y lugares aquí mencionados, son ficticios, e incluso los detalles reales han sido descontextualizados de su lugar, tiempo y sentido. Esta novela cuenta, como todas, una historia que podría haber ocurrido, pero su autor no da fe de que haya sido así.

Gracias por la lectura del original y sus sugerencias a Pablo Lohmann, Diego Salazar, Juan Ossio y Jorge Villarán.

ÍNDICE